Nachtvlucht

Van dezelfde auteur

All-inclusive
De vlucht
Zomertijd
Cruise
Après-ski
De suite
Zwarte piste
Bella Italia
Noorderlicht
Bon Bini Beach
Het chalet
Route du soleil
Winterberg
Goudkust
Mont Blanc
Costa del Sol
Sneeuwengelen
Hittegolf
Lawinegevaar
Het paradijs
Winternacht
Super de luxe
IJskoud
Het strandhuis
Zuidenwind
De eilanden
Sneeuwexpress
Lentevuur
Souvenir
Waterland
Midwinter
Zomeravond
Dwaalspoor
Nachtvorst
Roadtrip
Koraalrif
Gletsjer
Strandfeest
De vallei
Mayday
Sneeuwstorm
Bloemeneiland
Spoorloos

Lees je graag de vakantiethrillers van Suzanne Vermeer?
Schrijf je dan in voor de nieuwsbrief op
suzannevermeer.nl of volg Suzanne Vermeer op:

SuzanneVermeerFanpage
SuzanneVermeerFanpage

Suzanne Vermeer

Nachtvlucht

A.W. Bruna Uitgevers

Omslagbeeld
© iStock & Adobe Stock
Omslagontwerp
Margo Togni

NUR 332

Proloog

Het water rondom Stella is zwarter dan de nacht, een oneindige zee waar ze uit moet zien te vluchten. Ruwe huid strijkt langs haar benen. Geruisloos watertrappelend probeert ze haar hoofd boven water te houden. Ze mag geen aandacht trekken, niet van de haaien die onder haar zwemmen en niet van degenen op het water die haar zoeken. Maar niets doen is ook geen optie. Zich ervan bewust dat ze elk moment kan sterven, begint ze te zwemmen. Iets onder water raakt haar en een felle steek schiet door haar buik. Ze kan er nu geen aandacht aan besteden. Voor haar liggen honderden meters die ze moet overbruggen om op het vasteland te komen. En zelfs als ze het redt, is er geen enkele garantie dat ze veilig is. Het is stil, ze hoort alleen het ruisen van de zee.

Vannacht is het nieuwemaan, de hemel boven haar is net zo donker als de zee, op miljoenen lichtgevende speldenprikjes na. Toen ze vanavond de kinderen gedag zei, kon ze niet vermoeden dat dit haar lot zou zijn. Klonk er maar gespartel of hulpgeroep, dan wist ze dat Fabian nog leefde. Roepen durft ze niet. Weer duwt ze haar benen dieper de zee in om al watertrappelend rond te kijken. Het eiland is nog altijd even mooi. Ze is te ver weg om iets te kunnen onderscheiden, maar ze weet dat in de Venetiaanse haven obers de laatste tafels afruimen. Straks doen ze de lampen uit en sluiten ze de deuren van de restaurants achter zich.

Ook in de stad zal het nachtleven langzaam stilvallen. Alleen op de boulevard zullen een paar barretjes nog tot laat geopend zijn voor feestvierende vakantiegangers. Niemand weet dat zij hier is, niemand.

Ze zwemt nog een paar slagen tot de wanhoop bezit neemt van elke cel in haar lijf. Het moment waarop ze zal moeten accepteren dat Fabian verdronken is komt dichterbij. Ze wil er niet aan, nog niet, maar haar energie raakt op. Het dringt tot haar door dat ze voor een verschrikkelijke keus zal komen te staan. Of ze blijft zoeken naar Fabian met het risico dat ze zelf ook na een paar dagen dood aanspoelt bij de pier, of ze kiest voor haar kinderen en zwemt naar de kust. In gedachte plukt ze de blaadjes van een margrietje, zoals ze zo vaak deed toen ze klein was. 'Blijven, gaan, blijven, gaan, blijven, gaan,' zegt ze hardop. De wanhoop vermengt zich met paniek. *Nog één poging*, houdt ze zichzelf voor. Dat er geen gespartel klinkt, hoeft niets te betekenen. Hij kan zich net zoals zij stilhouden. *Wie hou jij voor de gek, Stella?* zegt de stem van haar grootvader in haar hoofd.

Nog één rondje zwemmen. Nog één poging om hem te vinden, anders vergeeft ze het zichzelf nooit.

1

Stella steekt de sleutel in het slot. Een seconde blijft ze roerloos staan. Dit zal een van de laatste keren zijn dat ze het huis binnengaat waarin ze is opgegroeid. Ze kent elk hoekje behang dat loszit, elke krakende traptrede. Op de muur naast de deur van de woonkamer staan potloodstreepjes met jaartallen die haar grootvader heeft gezet om bij te houden hoe hard ze groeide. Twintig jaar heeft ze hier gewoond. Vanaf het moment dat haar ouders om het leven kwamen bij een auto-ongeluk tot de dag waarop ze verhuisdozen naar buiten sjouwde omdat ze was aangenomen op de Filmacademie. Een jaar nadat ze Fabian had leren kennen tijdens een concert van Bruce Springsteen is ze vanuit dit huis getrouwd. En nu hangt er volgende week een TE KOOP-bord aan de gevel. In de huidige markt zal het wel zo verkocht zijn.

Ze draait de sleutel om en duwt met haar schouder tegen de voordeur, die al zo lang als ze zich herinnert klemt. Er ligt een berg post achter, waardoor de deur niet ver opengaat en ze zich door een kier moet wurmen. Sinds haar opa's overlijden, vijf weken geleden, is ze hier niet meer geweest. Ze kon het niet opbrengen. Ze sluit de voordeur en bukt om de stapel post op te rapen. Terwijl ze naar de woonkamer loopt, laat ze de enveloppen door haar handen glijden. Een paar nota's gericht aan Evangelis Venizelos en een blauwe envelop voor 'de erven van', verder vooral reclame. Ze laat zich op de bank vallen en kijkt rond. De grote klok staat stil omdat niemand de gewichten heeft opgetrokken. Alles ziet eruit alsof haar grootvader elk moment binnen kan komen wandelen. Zijn donkergroene wollen trui hangt achteloos over een stoel, zijn pantoffels liggen onder de salontafel en een koffiekopje staat half leeggedronken op het dressoir. Ze leunt achterover in de bankkussens en sluit haar ogen. Toen haar ouders stierven, bleven ze met z'n drieën achter. Nadat oma overleed, alweer twintig jaar geleden, waren het alleen nog zij en opa. En nu, nu heeft ze haar eigen gezin, maar het gemis van eigen familie blijft. Ze mist wortels, ouders, broers, zusjes, neefjes en nichtjes.

Er wordt op het raam getikt. Ze opent haar ogen en kijkt op. Fabian wijst naar de voordeur. Kennelijk doet de bel het niet. Ze komt overeind en loopt naar de gang.

'Ik heb verhuisdozen achter in de auto liggen,' zegt hij zodra ze de deur heeft geopend. 'Gaat het met je?'

Stella knikt. Ze hoeft hem niet uit te leggen welk verdriet haar sinds een paar weken vrijwel dagelijks overvalt. Huilen helpt soms, maar lang niet altijd. Haar opa is zesennegentig jaar geworden, een respectabele leeftijd. Ze wist dat hij niet in haar leven kon blijven tot ze zelf oud en grijs zou zijn, maar ze had hem zo graag honderd zien worden.

'Zal ik de dozen in de gang zetten?' vraagt Fabian aarzelend.

Stella laat de deur los. 'Ja, sorry, ik ben er niet met mijn gedachten bij. Ik...' Haar keel lijkt plotseling wel dichtgedrukt te worden.

Fabian doet een stap over de drempel en slaat zijn armen om haar heen. 'Het geeft niet, liefje.'

Een tiental seconden leunt ze tegen zijn schouder. Haar tranen maken zijn kleding nat. Dan hoort ze hem plotseling zeggen: 'Zal ik anders eerst koffie voor je maken?'

Stella schiet in de lach. 'Van die lekkere sterke Griekse, zoals opa altijd zette.' Ze kijkt in Fabians groenblauwe ogen, waar enkel liefde uit spreekt.

'Die ja, met veel te veel suiker.' Hij trekt een vies gezicht en veegt daarna behoedzaam Stella's gezicht droog. 'Mijn prachtige Griekse godin. Ik gooi de dozen naar binnen terwijl het water kookt. Na de koffie pakken we de boel samen in, goed? Mijn ouders halen de kinderen vanmiddag van school. Mochten we niet op tijd klaar zijn, dan kunnen ze bij hen blijven slapen.'

Terwijl hij aan de slag gaat, loopt Stella terug naar de woonkamer en kijkt rond. Het best kan ze beginnen met het leeghalen van de kasten en de inhoud scheiden tussen wat weg kan en wat ze wil bewaren. Ze trekt een laatje van het dressoir open en leegt het op de eetkamertafel. Een oude schoolfoto van haar valt op de grond. Ze raapt hem op. Hij is genomen in groep drie. Ze weet dat er nog veel meer jeugdfoto's in dit huis liggen, ook uit de tijd waarin haar ouders nog leefden. Haar grootouders hebben er een paar keer op aangedrongen dat ze de albums zou bekijken, maar dat heeft ze altijd geweigerd. In de keuken staat Fabian te fluiten, ze ruikt de koffie die hij op het gas laat koken, net zoals haar opa altijd deed. Ze trekt een deurtje van het dressoir open. Er staan een paar ordners in met jaartallen op de rug: opa's administratie. Op de plank eronder ligt een ouderwets fotoalbum, rood met een goud randje. Dat heeft ze zo vaak zien liggen. Aarzelend haalt ze het album eruit.

'Wat is dat?' Fabian zet twee kopjes op de eettafel.

'Jeugdfoto's.'

Hij gaat zitten. 'Wat leuk! Ik weet helemaal niet hoe jij eruitzag als kleuter.'

Stella houdt een schampere lach in. Dat weet ze zelf ook niet. Haar moeder had rood haar en sproeten. Die laatste heeft ze van haar geërfd, maar dat is dan ook werkelijk het enige. Als ze in de spiegel kijkt, herkent ze haar vader en haar opa. Ze opent het album. Voor het eerst in vijfendertig jaar ziet ze haar ouders op een vergeelde polaroid staan. Ze zitten naast elkaar op een bankje in een park, haar moeders hand rust op haar buik terwijl het stel elkaar dolgelukkig aankijkt. Stella slikt.

Fabian merkt het op, schuift zijn stoel een stukje dichterbij en slaat een arm om haar schouders. 'Zijn dat je ouders?' vraagt hij.

Voorzichtig streelt Stella de foto, alsof de aanraking haar dichter bij hen zal brengen. 'Ja, dat zijn ze.'

Ze slaat de pagina om. Er staan geen datums bij de foto's, maar aan haar moeder te zien moeten deze in 1988 zijn gemaakt, vlak voor de bevalling. Op dat moment wist ze niet dat ze nog maar twee jaar te leven had. Weer slikt Stella een paar tranen weg. Tussen de volgende pagina's steekt een oude zwart-witfoto met een kartelrandje die dubbelgevouwen is geweest. Er staat een jongen op die voor een huis met luiken staat. Naast hem scharrelt een klein donker hondje.

'Wie is dat?' vraagt Fabian.

Stella pakt het fotootje en bekijkt de achterkant. Ze ontcijfert de hanenpoten van haar grootvader. 'Armeni, 1945,' leest ze hardop voor. 'Dat moet mijn opa zijn. Gek, ik dacht dat hij helemaal niets meer uit zijn jeugd had.' Weer kijkt ze naar de foto.

'Hoe oud was hij toen zijn ouders naar Nederland kwamen?' Fabian pakt het fotootje van haar over om het te bestuderen.

'Hij is op zijn zeventiende alleen naar het noorden getrokken. Verstoten door zijn ouders, broers en zussen vanwege een of andere ruzie, geloof ik. Hij komt uit een streng-gelovig Grieks-orthodox gezin.'

Fabian geeft het fotootje aan haar terug. 'Vreemd, zo jong. Heeft hij later nog contact met zijn familie gezocht?'

Stella schudt haar hoofd. 'Nee, nooit. Griekse koppigheid. Hij wilde ze niet meer zien. Toen ik op mijn achttiende met Marijke naar Chersonissos vloog, heeft hij uit woede twee maanden geen woord tegen me gezegd.'

Fabian schudt zijn hoofd. 'Waar ligt dat dorp eigenlijk, Armeni?'

'Ik heb geen idee.' Stella steekt de foto weer op z'n plek. Ondertussen toetst Fabian iets in op zijn telefoon.

'Het ligt in de bergen achter Rethymnon, dat is een kuststadje in het noorden van Kreta. Zo te zien stelt het weinig voor. Enkele honderden huizen en een indrukwekkende kerk. Er is een of andere opgraving uit de oudheid. Dat is alles,' zegt hij.

'Dan zal hij daar zijn opgegroeid.'

Stella slaat nog een pagina van het album om. De tranen springen in haar ogen. Voor het eerst ziet ze zichzelf als baby in haar moeders armen liggen. Fabian legt een hand op haar schouder. Ze legt het album gesloten op tafel en staart er een poosje naar. Ze kan het ook bij de stapel 'weggooien' leggen. Wat moet ze ermee? Het levert toch alleen maar verdriet op.

'Wil je die foto's niet ooit aan Liza en Levi laten zien?' vraagt Fabian zachtjes, alsof hij haar gedachten kan lezen. 'Het is voor hen fijn om te weten waar hun moeder vandaan komt.'

Stella schuift haar stoel een stukje naar achteren, waardoor zijn hand van haar afglijdt. 'Ooit,' zegt ze.

Halverwege de middag vouwt Stella de eerste verhuisdoos met spullen dicht. Die kan naar hun zolder. Ze pakt een tweede doos van de stapel die in de gang ligt en zet die klaar naast de eettafel. Als eerste legt ze het fotoalbum erin, want Fabian heeft gelijk: ze moet alle foto's bewaren voor hun kinderen. Ze pakt een stapel oude post die uit het laatje kwam en bekijkt de afzenders. Een van de enveloppen is nog dicht. Het is een wit exemplaar zonder afzender of postzegel, maar wel staat er iets op geschreven in de grote ouderwetse hanenpoten van haar opa. *Stella, openen na mijn dood*, leest ze.

'Fabian?'

Hij is in de keuken bezig om het glaswerk en servies in te pakken voor de kringloopwinkel en hoort haar niet. Ze roept nogmaals zijn naam.

'Een moment!' roept hij terug.

Stella staart naar de dichte envelop. Ze houdt niet van dit soort verrassingen. Liever had ze een testament gevonden dat was opgesteld door een notaris. Met trillende vingers scheurt ze de plakrand open en haalt er een handgeschreven brief uit.

'Wat is er?' Fabian veegt het zweet van zijn voorhoofd terwijl hij de woonkamer binnenkomt.

Ze zwaait met de brief. 'Dit. Van opa.'

'Wat staat erin?'

'Ik heb hem nog niet gelezen.'

Fabian trekt resoluut het vel gelinieerd papier uit haar hand zonder haar te vragen of ze dat goedvindt. Heel even voelt Stella de kriebel die aankondigt dat ze tegen hem gaat uitvallen, dan haalt ze diep adem en zwijgt.

'Zal ik hem voorlezen?' vraagt hij.

Ze haalt haar schouders op. 'Ach, waarom niet...'

Kort fronst hij zijn wenkbrauwen, dan begint hij hardop te lezen.

Lieve Stella,

Het moest er eens van komen, lieve kleindochter van me: je opa is er niet meer. Als het goed is, ben ik gecremeerd en nu heb ik nog één laatste wens. Eentje die alleen jij voor me in vervulling kunt laten gaan. Ik hoop dat je dit wilt doen, lieve Stella, ook al zal mijn verzoek vragen bij je oproepen.
Mijn wens is dat je mijn as naar Kreta brengt. De coördinaten van de plek waar ik uitgestrooid wil worden zijn 35°20'43"N, 23°54'11"E. Doe het in stilte, zoek geen contact met mijn familie. Ik vraag je dit voor je eigen bestwil. Wil je me dat beloven?

Een laatste dikke kus,
opa

Fabian laat de brief zakken. 'Naar Kreta?'
Ze is net zo stomverbaasd als hij. Zo lang als ze haar grootvader gekend heeft, mocht het woord 'Kreta' niet eens vallen, en nu wil hij dat ze zijn as daarheen brengt?
'Leuk!' zegt Fabian ineens.
'Leuk?' herhaalt ze. 'Je denkt toch niet dat ik in m'n eentje met opa's urn op en neer naar Kreta vlieg? Nadat ik met Marijke ben gaan partyen in Cherso gaf hij me de zwijgdood en nu dit!'
'Kom op, Stella. Dat is eeuwen geleden. Dit is zijn laatste wens, en bovendien, je hoeft er niet alleen naartoe. We maken er een gezinsvakantie van.'
'Een gezinsvakantie? Ik mag zijn familie niet eens een overlijdensbericht sturen! Straks loop ik ze tegen het lijf in de bergen!' Ze kan geen touw vastknopen aan haar opa's verzoek. Het slaat helemaal nergens op. Ze gaat nu niet

halsoverkop naar Kreta. Mochten ze er ooit om een andere reden heen vliegen, dan is het nog vroeg genoeg om aan zijn wens te voldoen.

'Kreta is heel groot, een derde van Nederland zelfs, dus die kans is niet groot. En dan nog, de familie heeft jou nog nooit gezien. Hoe zouden ze je moeten herkennen?'

'Ik weet het niet,' zegt ze met een diepe zucht. 'En eigenlijk hoef ik er nu ook geen besluit over te nemen, uitstrooien kan altijd nog.' Ze steekt de brief terug in de envelop en legt hem in de doos die ze aan het vullen is.

Fabian haalt hem er weer uit. 'Straks moeten we al die dozen opnieuw openmaken om de coördinaten te zoeken. Ik bewaar hem wel.'

Er is geen straks, wil ze zeggen.

'Ben je niet nieuwsgierig waarom hij dit zo graag wil?' vraagt Fabian.

'Nieuwsgierig wel, maar ik kan het hem niet meer vragen. Mag ík die brief bewaren? Hij is aan mij gericht.' Die woorden kwamen iets te scherp uit haar mond.

Zonder in discussie te gaan geeft Fabian haar het vel papier terug.

'Een wandeling door de bergen om zijn as uit te strooien en daarna drie weken zon, zee en strand met de kinderen,' zegt hij in een kennelijke poging haar alsnog over de streep te trekken.

'Zee? Zeg je dit nu echt?' vraagt ze met oprechte verbazing. Haar man zwemt niet meer in zee sinds een vakantie in Schoorl, toen hij acht jaar was. De stroming trok hem naar de bodem en als zijn vader hem er niet op tijd aan een arm uit had getrokken, zou Fabian zijn verdronken. Zijn vader werd meegesleurd door het water en heeft die reddingsactie met de dood moeten bekopen.

'Ik kan ook van de zee genieten zonder erin te hoeven

duiken. Liza en Levi zullen het geweldig vinden. Ik heb nog ruim twintig vakantiedagen en jij zelfs nog meer, dus wat dat betreft houdt niets ons tegen.'

Hij heeft gelijk. Sinds Stella een jaar geleden als producent bij SignO Productions aan de slag ging, heeft ze nog geen vakantiedag opgenomen. Het drukke draaidagenschema staat dat niet toe. Ze houdt van haar werk, maar soms zou ze zich er even van willen loskoppelen om bij te komen van de hectiek in het filmwereldje.

'Drie weken met bergwandelingen, palmbomen, een strakblauwe hemel, de sirtaki dansen en Griekse salade met tzatziki eten,' somt Fabian op. 'Hoppa!' Hij gooit zijn armen in de lucht en knipt met zijn vingers, terwijl zijn voeten heen en weer gaan onder zijn stoel.

Onwillekeurig schiet Stella in de lach. Het is zo'n vreemd gezicht om haar blonde man Griekse danspasjes te zien doen.

Fabian laat zijn armen zakken. 'Je lacht gelukkig weer. Goed, wat denk je ervan?'

'Ik weet het niet,' zegt ze. 'Maar als we besluiten om die kant op te vliegen, dan is het op één voorwaarde. We gaan niet op zoek naar familie. Mijn opa had vast een goede reden om geen contact meer te hebben en dat wil ik respecteren.' Ze kent Fabian.

'Beloofd,' antwoordt hij met een knipoog. Dan wordt zijn gezicht ineens een stuk serieuzer. 'Maar één ding, Stella. Iedereen heeft familie nodig.'

2

Stella zet de laatste verhuisdoos op zolder en schuift hem met haar voet naar de hoek waar de rest van de spullen staan die uit haar opa's huis zijn gekomen. Vanuit de woonkamer klinkt de muziek van Mikis Theodorakis. Fabian heeft de platenspeler en lp's van haar opa meegenomen en er zojuist eentje opgezet. Die liedjes kan ze wel dromen, hoewel ze de tekst niet begrijpt. Ze kijkt door het kleine kiepraam naar buiten; regen klettert tegen het glas. De lucht is al weken loodgrijs. Wat dat betreft zouden een paar weken zon heerlijk zijn. Nog steeds twijfelt ze erover om in de zomervakantie naar Kreta te vliegen. Een paar dagen geleden heeft ze de coördinaten uit haar opa's brief in Google Earth gezet en kwam ze uit op een verlaten plek in de bergen. Sindsdien vraagt ze zich af waarom hij uitgerekend daar uitgestrooid wil worden.

Ze stapelt de dozen op elkaar en blaast een donkere lok weg die uit de clip is ontsnapt. Daarna daalt ze achterwaarts de vlizotrap af en schuift hem in elkaar. Het zolderluik sluit met een klap. Waarschijnlijk komen die dozen niet eerder tevoorschijn dan bij hun volgende verhuizing en die ligt ergens ver in de toekomst. Ze werpt een blik in de slaapkamer van Liza. De grond is één grote puinhoop van barbiepoppen en -kleertjes. Levi is wat dat betreft een stuk netter, die bergt zijn speelgoed voordat hij naar bed gaat altijd keurig op. Met twee handen veegt ze de barbiespullen bijeen en gooit ze in de opbergkist. Als laatste raapt ze een stapel kleren bij elkaar en legt ze op Liza's bed. Dan gaat ze ernaast zitten en begint met opvouwen. Fabian heeft wel gelijk. De kinderen hebben het recht om te weten waar hun roots liggen, ook al heeft zijzelf helemaal niets met Kreta. Marijke wilde destijds per se naar Chersonissos, maar wat haar betreft hadden ze ook in het Spaanse Salou kunnen gaan feesten. Ze kijkt op haar horloge. Over een uur heeft ze met Marijke afgesproken in de stad. Ze legt de kleren in Liza's kledingkast. In de badkamer inspecteert ze haar gezicht. Alleen een borstel door haar haar en de clip weer op zijn plek zetten is genoeg; de wallen onder haar ogen die ze sinds haar opa's dood heeft, laten zich toch niet door concealer wegwerken.

'Stella!' roept Fabian vanuit de woonkamer.

'Moment.'

Ze veegt haar haar bij elkaar en zet het vast. In de slaapkamer haalt ze een witte blouse uit de kast, haar lievelingsexemplaar. Ze trekt hem aan en haalt een leren riem door de lusjes van haar spijkerbroek. Na een laatste goedkeurende blik in de spiegel te hebben geworpen, gaat ze naar beneden.

Fabian zit aan de eettafel achter zijn laptop. Hij draait het scherm haar richting op. 'Kijk eens.'

'Mooie badkamer, maar we gaan echt niet verbouwen. Ik heb zo een afspraak met Marijke op het Heuvelplein en...'

'Verbouwen?' onderbreekt hij haar. 'Wie heeft het hier over verbouwen? Dit is de badkamer van het Griekse huis dat ik zojuist drie weken gehuurd heb. Ik had je trouwens de patio willen laten zien, niet de badkamer.' Hij klikt een paar keer op een pijltje om naar een andere foto te scrollen.

'Grieks huis?'

'Ja. Kijk. Mooi toch, met die roze bougainville over dat witte muurtje. Het staat in het oude centrum van Rethymnon, op loopafstand van de historische Venetiaanse haven en het strand. De vliegtickets zijn al geboekt en een huurauto is gereserveerd. De vlucht wordt door TOI geregeld, we hoeven alleen maar onze koffers te pakken. En o ja, je moet een in het Grieks vertaalde overlijdensverklaring meenemen voor de Griekse douane. Anders mogen ze de urn weigeren.'

'Wat?' Typisch Fabian. Ze heeft nog niet eens ja gezegd of hij heeft alles al in kannen en kruiken!

Hij komt overeind en pakt zachtjes haar armen vast. 'Ja, ik weet het. Ik ben snel. Maar je moet maar zo denken: nu hebben we nog keus en anders zitten we noodgedwongen weer drie weken lang in een all-inclusivehotel.'

'Er is niks mis met een all-inclusive.'

Hij laat haar los.

'Ik weet niet eens of ik wel drie weken achterelkaar vrij kan krijgen deze zomer!' gaat Stella verder.

'Kom op. Heel de Nederlandse tv-wereld zit zomers duimen te draaien. En dan nog, je kunt toch aanvoeren dat je de laatste wens van je opa moet uitvoeren?'

Ze weet dat hij gelijk heeft. As verstrooien kan ook in augustus of december, maar ze houdt wijselijk haar mond. Als Fabian eenmaal iets in zijn hoofd heeft, is hij er heel moeilijk van af te brengen.

'Er wonen trouwens nog steeds mensen met de achternaam Venizelos in Armeni, volgens Facebook dan.'

'Fabian. Ik meende wat ik zei: geen familiebezoek!'

'Ik heb ook geen afspraak met "neef Nikos" gemaakt of hem een vriendschapsvoorstel gedaan. Ik was alleen maar nieuwsgierig.'

'Daar begint het mee.'

'Ik doe niets zonder jouw uitdrukkelijke toestemming. Echt.'

'Behalve dan een huis huren en tickets boeken. Of een weekendje met je vrienden naar het circuit van Zandvoort gaan terwijl we hadden afgesproken iets leuks met de kinderen te gaan doen, of een aannemer in de arm nemen om een nieuwe keuken te laten installeren terwijl de oude nog prima functioneerde,' somt ze op.

'Dat laatste heb ik alleen maar gedaan omdat ik een riante eindejaarsbonus kreeg. Geen oude koeien uit de sloot halen. Geloof me, je gaat me dankbaar zijn dat ik dit geregeld heb.'

Zonder weerwoord te geven loopt ze naar de gangkast en pakt haar korte leren laarsjes eruit, die ze aanschiet. Daarna haalt ze haar lange jas van de kapstok.

'Hoe laat ben je terug?' vraagt Fabian, die in de deuropening is komen staan.

Stella haalt haar schouders op. 'Geen idee, we gaan alleen maar een drankje doen.'

'Dan kook ik. Om het goed te maken.'

Stella kijkt hem aan en zucht. Het lukt haar nooit om lang boos te blijven op Fabian. 'Leer alsjeblieft om te overleggen,' zegt ze en ze zucht nogmaals. 'Ik voel me zo voor het blok gezet op deze manier.'

Hij pakt haar hand en trekt haar naar zich toe. 'Sorry, je hebt gelijk. Ik dacht echt er goed aan te doen, Stella. Hand op mijn hart, ik ga niemand van jouw familie benaderen.'

'Het is al goed,' zegt ze. 'En nu moet ik gaan. Marijke wacht.' Ze trekt haar sleutels van het haakje en loopt via de achterdeur naar de schuur om haar fiets te pakken.

In een vaartje fietst Stella de steeg uit die achter hun huis langsloopt. Gelukkig is het gestopt met regenen, hoewel de lucht meer water belooft. Ze slaat de hoek om en duwt de trappers sneller naar beneden. Fabian heeft gelijk: zij zou de beslissing eeuwig voor zich uit geschoven hebben.

Pas als ze bij het Heuvelplein is remt ze hijgend af. Toen zij en Marijke nog op de havo zaten, gingen ze hier elke vrijdagavond stappen in discotheek Talk of the Town. Dansen tot in de kleine uurtjes en daarna shoarma of een pita kaas eten. Ze zet haar fiets op slot en loopt naar het café waar ze hebben afgesproken. Haar jeugd speelde zich hier in Tilburg af, niet op Kreta. Ze voelt zich Nederlander, of liever Brabander, geen Griek, hoewel er een grote Griekse gemeenschap in de stad is. Maar zelfs daar was haar opa geen onderdeel van. En toch kriebelt het in haar buik vanaf het moment waarop Fabian over tickets en een huurauto begon. Het jaar dat zij en Marijke naar Chersonissos vlogen, dacht ze nog niet zo na over haar wortels. Zon, zee en strand en 's nachts dansen was het enige wat ze wilde. Gek genoeg voelt het bijna als verraad tegenover haar grootvader om zijn laatste wens aan te grijpen voor een vakantie, en toch wil ze 'zijn' Kreta leren kennen.

Terwijl de gedachten in haar hoofd rondtollen, is ze bij haar fiets blijven staan. Ineens ziet ze Marijke zwaaien achter de ruit om haar aandacht te trekken. Stella steekt het fietssleuteltje in haar zak en loopt het café binnen.

'Ik was even bang dat je in slaap gevallen was,' roept Marijke lachend, terwijl ze opstaat om haar een knuffel te geven.

'Staande op straat,' antwoordt Stella spottend.

'Helemaal logisch is het inderdaad niet. Spaatje?' vraagt Marijke.

'Lekker.'

Terwijl Marijke naar de bar loopt, trekt Stella haar jas uit en hangt hem over de enige vrije stoel aan het tafeltje. Ze werpt een blik op haar iPhone. Liza heeft een foto geappt van een tekening die ze op school heeft gemaakt. Stella plaatst er een hartje bij en bergt haar mobiel daarna op.

'Alsjeblieft, spa rood on the rocks.' Marijke zet een glas voor haar neer en gaat zelf ook zitten. 'In de tweede week van augustus is er een reünie voor oud-Talk of the Town-gangers. Zin om te gaan?'

'Helaas, dan ben ik op Kreta.' Stella tikt haar glas tegen dat van Marijke aan. 'Proost.'

Marijke kijkt haar teleurgesteld aan. 'Kreta is geen straf. Gaan jullie omdat je opa is overleden? Ik bedoel, de vorige keer was hij er niet zo blij mee dat je die kant op vloog.'

'Zoiets.'

'Waar gaan jullie naartoe?' vraagt Marijke.

'Rethymnon. Fabian heeft een huis gehuurd via Airbnb. Drie slaapkamers en een half overdekte patio die vol met potten met planten staat. Er groeit een bougainville over een wit muurtje.' Ze neemt een slok.

'Geef mij zo'n man die alles regelt,' antwoordt Marijke met een zucht.

'Je mag hem een tijdje lenen, goed? Kijken of je het dan nog zo leuk vindt.'

Marijke schiet in de lach. 'Je zou gek staan te kijken als ik op dat aanbod inging.' Ineens wordt haar gezicht een stuk serieuzer. 'Wil je niet naar Griekenland?'

Stella gaat verzitten. Liever liet ze dit onderwerp rusten, maar ze kan moeilijk tegen haar beste vriendin liegen. 'Mijn opa wil dat we zijn as daar uitstrooien.'

Marijke blijft even stil. Dan zegt ze peinzend: 'Nou ja, als hij dat wil...'

Stella speelt met een bierviltje dat op hun tafeltje ligt. Marijke kan zich vast nog herinneren hoe hij reageerde toen ze met twee tickets in haar hand aanbelde om te vertellen dat alles geboekt was. Zijn woorden waren verre van vriendelijk geweest.

‘Helemaal begrijpen doe ik het niet,’ gaat Marijke verder. ‘Maar je kunt nu wel je familie gaan zoeken.’

‘Je lijkt Fabian wel. Die haalt de banden ook het liefst aan.’

‘Daar is toch niks mis mee?’ Marijke kijkt haar vragend aan.

Ergens heeft ze gelijk, beseft Stella. Maar wat moet ze met die mensen? Ze kent ze niet en ze verstaat de taal niet. Erger nog, ze hebben de man die als een vader voor haar is geweest de deur gewezen. Wie weet willen ze haar, Stella Verhoeven-Venizelos, helemaal niet ontmoeten! Daar lijkt niemand bij stil te staan.

‘Het lijkt me ook leuk voor Liza en Levi. Zoveel familie hebben ze niet, aangezien ook Fabian enig kind is.’ Marijke kijkt haar triomfantelijk aan, alsof ze zojuist haar troefkaart heeft gespeeld.

‘Ik ga erover nadenken, goed? Zullen we het nu over iets anders hebben?’

Marijke legt een hand op de hare. ‘Prima. Maar ik weet zeker dat er iets ontbreekt in je leven als je je familie daar nooit leert kennen, Stella.’

‘Ik heb jou toch? En Fabian en de kinderen. Hoe is het eigenlijk met de sollicitatie van je zusje afgelopen? Verhuist ze naar Italië?’ Ze moet het gespreksonderwerp veranderen voor ze in tranen uitbarst.

‘Volgende maand gaat ze in Salerno wonen. Dat is zo’n mooie stad.’

Terwijl Marijke enthousiast begint te vertellen, merkt Stella dat ze moeite heeft om haar verhaal te volgen. Telkens weer dwalen haar gedachten af. Zou ze haar familie eigenlijk willen leren kennen? Haar leven speelt zich in Nederland af en dat van hen ruim drieduizend kilometer zuidelijker. Als ze in Armeni was opgegroeid, had het anders gelegen. Hoe eerlijk is het tegenover Liza en Levi om neefjes en nichtjes aan hen voor te stellen die ze vervolgens hooguit één keer per jaar zullen zien? En wil ze elke vakantie wel opofferen aan familiebezoek?

'Luister je eigenlijk wel?' vraagt Marijke.

Stella voelt dat ze kleurt. 'Niet echt. Sorry. Maar eh, ze gaat dus naar Bologna?'

'Nee, Salerno. Stella, ga lekker naar huis en denk na over wat je nu eigenlijk wilt,' zegt Marijke ineens. 'Dan kletsen we volgende week verder, goed?'

Stella glimlacht. 'Daarom hou ik nou van je.'

'Omdat ik gelijk heb?'

'Nee, omdat je me begrijpt.' Stella werpt haar een luchtkus toe en pakt haar jas van de stoel, die ze onderweg naar buiten aantrekt.

'Je wilt wat?' vraagt Fabian verbaasd als ze hem even later uitlegt wat haar plan is.

'De ruimte krijgen om eerst zelf op zoek te gaan naar mijn roots. Jij kunt je toch met de kinderen vermaken op het strand?'

'Je spreekt de taal niet, hoe wil je dat gaan doen?'

'Jij ook niet,' pareert ze zijn bezwaar. 'Ik loop echt niet in zeven sloten tegelijk.'

Fabian schudt zijn hoofd. 'Ik vind het geen goed plan. We kunnen toch met z'n vieren bij elkaar blijven? Misschien kunnen we een keer langs dat dorp gaan en een beetje proeven van de sfeer. Ze zullen gewoon denken dat we een stelletje toeristen zijn. Jouw opa is achtenzeventig jaar geleden hierheen gekomen, dus degenen die hem destijds uit de familie gekickt hebben, zijn allang overleden.'

Er klinken kindervoetjes op de trap, gevolgd door een bonk die aankondigt dat Liza de laatste treden af is gesprongen.

'Wonen daar nog ooms en tantes?' Met die vraag stormt ze de woonkamer binnen. 'En hebben die ook kinderen?' Kennelijk heeft haar dochter bovenaan de trap staan luistervinken.

'Ik zou het niet weten, schat,' antwoordt Stella.

'We kunnen toch op visite gaan?'

Fijn, nu zijn de kinderen ook enthousiast over een ontmoeting met hun verre familie. Ze trekt haar naar zich toe. 'Misschien.'

Liza trekt zich los en springt opgewonden door de woonkamer. 'Ja, joepie!' schreeuwt ze.

'Niet joepie, hoppa!' roept Fabian.

'Hoppa!' imiteert Liza haar vader.

Stella komt overeind. 'Kom, we gaan de tafel dekken. Papa heeft spaghetti gemaakt,' zegt ze in een poging Liza af te leiden. Springend gaat Liza mee naar de keuken. Pas als Stella haar een stapel borden in handen geeft, blijft ze stilstaan.

'Het lijkt me heel leuk, mama,' zegt ze met een ernstig gezicht.

Stella woelt met een hand door het bruine haar van haar dochter. 'Mij ook,' liegt ze. 'Kom, tafel dekken.'

3

Stella doet de stoelriem van haar dochter vast terwijl het vliegtuig een bocht maakt. Over het hoofd van Liza heen kijkt ze door het raampje. In de verte ziet ze het eiland liggen met zijn brede gele stranden langs de noordkust en drie hoge bergtoppen. Van de vorige keer weet ze dat de landingsbaan direct aan de kust begint, waardoor het bijna lijkt alsof je op zee landt. Weer voelt ze de kriebel in haar lijf die zich sinds hun besluit hierheen te vliegen af en toe meldt. Eentje die zegt dat haar leven zal veranderen door deze reis. Het toestel maakt een hikje, alsof er turbulentie is. Stella ziet de schrik in Liza's ogen.

'Het is niets,' zegt ze. 'Kijk, de steward lacht ook nog.' Ze wijst op de jongeman die controleert of iedereen vastzit voordat hij zelf plaatsneemt.

Liza knikt, maar ze ziet er niet echt gerustgesteld uit.

Een rij voor hen zitten Fabian en Levi druk te praten. Opnieuw kijkt Stella naar buiten. Heraklion strekt zich uit vanaf zee. Als ze haar ogen samenknijpt, kan ze de zwembaden van de hotels en villa's onderscheiden.

Dan klinkt de stem van de piloot door de cabine. 'Dames en heren, over enkele minuten landen we op luchthaven Heraklion. De temperatuur is achtentwintig graden en er staat een matige zuidenwind. Namens de crew wens ik u een prettig verblijf toe.'

Ineens voelt Stella een brok in haar keel. Over een paar

minuten zet ze voet op het eiland waar ze vandaan komt. Gek, toen ze hier met Marijke was deed het haar helemaal niets. En nu overvallen de emoties haar.

Liza geeft een kort rukje aan haar mouw. 'Niet huilen, mama.'

Stella veegt een traan weg en pakt Liza's hand. 'Het zijn geen tranen van verdriet, schatje.'

Weer kijkt ze uit het raam. De landingsbaan is nu zo dichtbij dat ze de naden van de betonnen platen kan zien. Even later raken de wielen van het landingsgestel de grond en plotseling lijken ze drie keer zo hard te gaan als in de lucht. De piloot remt en al snel raast de bebouwing niet langer aan hen voorbij, maar taxiën ze rustig naar de gate. Als het vliegtuig stilstaat en de lampjes die aangeven dat de riemen vast moeten weer uitgaan, kijkt Stella naar haar dochter. 'Veilig geland,' zegt ze.

Er breekt een lach door op Liza's gezicht. 'Vakantie,' antwoordt ze enthousiast.

Fabian komt overeind en opent het luik van het vak boven zijn hoofd, waar de tas met de urn in zit. Voorzichtig haalt hij de tas eruit en geeft hem aan Stella. Ze drukt hem tegen zich aan terwijl Fabian de overige handbagage onder de kinderen en zichzelf verdeelt. Opgewonden schuifelen ze met de andere passagiers mee het vliegtuig uit naar de slurf.

Terwijl ze wachten tot de bagage op de band verschijnt, halen Liza en Levi een trolley om alles op te laden. De minuten verstrijken zonder dat er iets gebeurt. Straks moet ze ook nog met de urn langs de douane en met een beetje pech is dat niet een-twee-drie geregeld. De kinderen beginnen zich te vervelen. Ze ondernemen pogingen om de trolley als skelter te gebruiken. Fabian moet alle zeilen bijzetten om ze daarvan af te houden.

'Zal ik alvast naar de douane gaan?' vraagt ze aan hem. 'Dan zien we elkaar weer in de aankomsthal.'

'Weet je het zeker? Ik blijf liever bij elkaar.'

'Er zit alleen een schuifdeur tussen ons.' Stella knikt naar de matglazen deur die telkens open- en dichtgaat zodra een passagier bij de bagagebanden wegloopt. 'Als er iets is, bel ik je. Misschien kun je alvast regelen dat we de sleutel van de huurauto krijgen.'

'Goed,' zegt hij met zichtbare tegenzin. 'Dan zie ik je zo.'

'Kunnen jullie papa helpen met de koffers? Dan ga ik even naar die meneer daar.' Ze wijst naar de desk waar een lange man met wit geblondeerd haar achter staat.

'Waarom?' vraagt Levi.

'Omdat ik opa niet zomaar het land mee in mag nemen.'

Liza en Levi kijken elkaar met een blik aan die boekdelen spreekt: hun moeder is gek geworden.

'Opa is dood,' zegt Levi.

'Dan mag je nog steeds niet zomaar iemands as meenemen. We zien elkaar in de aankomsthal.'

Stella loopt naar de desk en zet de tas met de urn erop. Ze vist de envelop met de overlijdensakte uit haar handtas.

'*You have something to declare?*' vraagt de man.

Stella knikt. Hij pakt een formulier en schuift dat naar haar toe met een pen.

'*If you want to fill this in first.*'

Ze buigt zich over de desk en vult de vragen een voor een in. *Wat is ons verblijfadres in Rethymnon?* appt ze Fabian.

Een minuut later krijgt ze antwoord. *Odos Macedonia 20. Ik weet niet of er ook een postcode is.*

Stella vult het adres en de naam van de stad in. Als laatste noteert ze haar telefoonnummer. Dan legt ze de pen neer. '*Finished.*'

De geblondeerde man kijkt kort naar het formulier en

vraagt dan iets in het Grieks, in de kennelijke veronderstelling dat zij met haar Kretenzer achternaam de taal machtig is. '*Death certificate,*' herhaalt hij zijn vraag in het Engels.

Stella legt de akte opengevouwen voor hem neer.

De man fronst zijn wenkbrauwen terwijl hij leest. '*Ollandía, Netherlands?*' vraagt hij.

Ze knikt.

'*Passport.*'

Stella haalt haar identiteitsbewijs uit haar portemonnee. '*It's my grandfather,*' zegt ze.

De man kijkt haar kort aan. Zonder iets te zeggen loopt hij met de akte en haar identiteitskaart naar een kantoor dat door een glazen wand van de desk wordt gescheiden. Stella ziet dat hij telefoneert. Hopelijk is de akte in orde, want ze wil de urn niet achterlaten op het vliegveld. Haar blik glijdt naar haar gezin dat nog steeds bij de bagageband staat. Inmiddels liggen er drie koffers op de trolley en de vierde komt eraan; ze herkent de snoepjesroze koffer met de eenhoornstickers van haar dochter. Ze wappert zichzelf lucht toe met de envelop waar de akte in zat. De douanemedewerker staat nog steeds aan de andere kant van het glas te telefoneren. Af en toe kijkt hij haar met zijn diepliggende donkere ogen aan. Stella wendt haar blik af. Er is alweer een vliegtuig geland, getuige de massa die zich nu rond een andere bagageband verzamelt. Mensen lopen blij lachend richting de schuifdeuren. Telkens als ze opengaan, komt er een stroom koele lucht binnen. Voor de zoveelste keer kijkt ze naar het glas. Dat getelefoneer begint op haar zenuwen te werken. Als er iets mis is, kan hij het haar toch ook gewoon vertellen?

Ineens gaat zijn arm de lucht in en verandert zijn gezicht in een donderwolk. Hij loopt heen en weer terwijl hij praat, af en toe vliegen zijn ogen haar kant op. Dan legt hij de hoorn neer. Stella's hart slaat een slag over als hij weer bij de desk is.

'*It's okay,*' zegt hij tot haar verbazing. Hij maakt een fotokopie van de akte en geeft het origineel terug aan haar. '*Sorry, Miss Venizelos. Have a nice time on Crete.*'

Ze mompelt een bedankje en vouwt het papier weer op. Met vlugge passen loopt ze naar de schuifdeuren. Pas als ze die gepasseerd is, voelt ze zich opgelucht. Ze kijkt rond. Fabian en de kinderen zijn in geen velden of wegen te bekennen en ze heeft geen idee bij welke maatschappij hij de auto gehuurd heeft. Ze zoekt een plekje om haar tas neer te zetten en belt hem op.

'Hé lieverd, is alles geregeld?' Met die vraag neemt hij op.

'Gelukkig wel. Waar zijn jullie?'

'Ik sta met de autosleutels in mijn hand bij de bar van een koffiecafé ijs te bestellen voor de kinderen, links van de schuifdeuren. Wil jij ook iets?'

'Doe maar een ijsje, ja. Ik loop jullie kant op.'

Ze pakt haar tas en laveert tussen de mensenmassa door naar de linkerkant van de aankomsthal tot ze het café in het zicht krijgt. Fabians blonde kop steekt boven alles en iedereen uit. Even later zet ze de tas opgelucht op een tafeltje.

Liza komt naar haar toe met een ijsje. 'Papa wil een frappé of zoiets,' zegt ze. 'Wat is dat?'

'IJskoffie.' Stella scheurt de verpakking van het ijsje open.

'Bah.' Liza trekt een vies gezicht terwijl ze aan haar eigen ijsje likt.

'Niks bah, dat is heel lekker. Hier, gooien jullie dat eens voor me weg.' Stella geeft het papiertje aan haar dochter. Zij en Levi doen braaf wat hun gevraagd wordt. De hele reis zijn de kinderen al een beetje tegendraads, omdat ze vannacht nauwelijks een oog dicht hebben gedaan en de wekker vanmorgen om vijf uur afliep, maar nu luisteren ze gelukkig.

'Ha, je bent er al.' Fabian komt met een beker waar een rietje in zit bij haar zitten. 'Het is ongeveer een uur rijden naar Rethymnon. Halverwege de middag zijn we daar. Ik heb voor 's avonds al een restaurantje uitgezocht en een tafel gereserveerd.'

Ze werpt hem een verwonderde blik toe. 'Zonder te overleggen?'

'Deze keer wel. Morgen mag jij kiezen,' zegt hij lachend. 'Zonder gekheid, het is vrijdag en hoogseizoen, dus het leek me gewoon wijzer om voor onze eerste avond een tafeltje te regelen in plaats van rond te struinen door de stad op zoek naar een plekje of te eindigen met een broodje kaas op een bankje in het park.'

Stella schiet in de lach bij dat beeld. Ze bijt de chocola rond het ijs stuk en kijkt rond. Zo'n twintig meter verderop ziet ze het geblondeerde hoofd van de douanier die kennelijk ergens naar op zoek is. Ze draait haar stoel om. Straks komt hij nog op zijn besluit terug en moet ze de urn alsnog bij hem achterlaten. Dat gaat niet gebeuren!

'Er zit tien liter benzine in de tank. Volgens de man van het autoverhuurbedrijf is er een tankstation op weg naar Rethymnon,' zegt Fabian.

De kinderen staan bij het raam naar buiten te kijken. Stella houdt ze in de gaten. Er valt weinig te zien. Voor de deur is een taxistandplaats en mensen begroeten van elkaar. Ineens wordt haar dochter aangesproken door een oudere man. Als door een wesp gestoken legt ze haar ijsje op tafel en beent naar ze toe. '*Excuse me!*' zegt ze, terwijl ze mensen probeert te passeren. 'Liza, Levi!' roept ze door de zaak.

Haar dochter draait haar hoofd om.

'Hier komen!'

Weer probeert de man hun aandacht te trekken. Hij bukt en kijkt Liza aan. Stella wurmt zich tussen twee tafels door naar het raam en grijpt haar kinderen bij een arm. De man gaat weer staan. Glimlachend zegt hij iets in het Grieks en dan loopt hij weg.

'Jullie mogen niet met vreemden praten!' zegt ze met stemverheffing.

'Ik heb helemaal niks tegen hem gezegd!' roept Levi verontwaardigd uit.

'Ik ook niet. Hij praatte tegen ons.'

Stella laat hun armen los. 'Loop maar naar papa. En laten we bij elkaar blijven, goed?'

Mokkend wandelen de kinderen voor haar uit naar Fabian. Stella kijkt de man na, die samen met een vrouw van zijn leeftijd de hal uit loopt. Waarschijnlijk ziet ze spoken.

'Wat was er aan de hand?' vraagt Fabian als ze bij hem staat.

'Een of andere enge kerel sprak onze dochter aan en dat zinde me niet.'

'Hij was anders heel aardig,' zegt Liza.

Stella houdt haar mond. Nu een lesje preken over praten met vreemdelingen is zinloos, dat kan ze beter op een ander moment doen als ze zelf minder geëmotioneerd is.

'Hier.' Fabian houdt haar het ijsje voor. 'Hij is wel een beetje gesmolten.'

'Ik heb er geen trek meer in,' zegt Stella. 'Zullen we gaan?'

'Miss Venizelos!' klinkt het plotseling door de hal.

Ze herkent de stem van de geblondeerde man.

'Iemand zoekt je,' zegt Fabian, terwijl hij met zijn ogen de mensen afspeurt.

'Zullen we gaan?' stelt ze nogmaals voor.

'Daar.' Liza wijst naar de douanier die zich een weg door de stroom mensen heen hun kant op baant.

'Miss Venizelos!' klinkt het weer.

'Fabian, ik wil gaan. De urn is aangegeven, ik heb geen zin in een discussie met die man.'

'We kunnen niet wegrennen voor de autoriteiten, Stella. Dat heeft ook geen zin, want je hebt zojuist ons adres in Rethymnon aan hem gegeven.'

Daar heeft ze geen seconde bij stilgestaan. Inmiddels loopt de douanemedewerker in een rechte lijn op haar af.

'*Didn't you hear me?*' vraagt hij nijdig als hij bij hun tafeltje staat. Demonstratief legt hij haar ID-kaart voor haar neer. '*You forgot this.*' Zonder verder iets te zeggen keert hij zich om en loopt weg.

Een gevoel van schaamte overvalt Stella. Hoe kon ze denken dat hij iets vervelends van plan was terwijl hij haar alleen maar wilde helpen? Zonder die kaart was ze onherroepelijk in de problemen gekomen bij de terugreis. Ze pakt hem van tafel en steekt hem in haar portemonnee.

'Dat is erg vriendelijk van hem,' zegt Fabian. Hij drinkt zijn beker in één teug leeg en knijpt het karton dan samen. 'Zullen we gaan?'

'Ja!' roepen de kinderen in koor.

Met een boogje gooit Fabian de koffiebeker in een prullenbak. 'Eén nul voor papa,' zegt hij met een knipoog in Stella's richting.

Terwijl de kinderen de trolley voor zich uit duwen, slaat hij een arm om haar schouder. 'Ontspan, lieverd. We zijn een paar weekjes weg, even niets,' fluistert hij in haar oor.

Ze voelt de spieren in haar nek ontspannen en slaat haar arm om zijn middel. Samen lopen ze de hal uit naar het parkeerterrein, waar de huurauto voor hen klaarstaat.

4

Stella doet het raampje van de auto een stukje open. Ze vindt niets zo fijn als de wind door je haren voelen, ook al staat de airco nu voor niets aan. Ze leunt met haar arm op de deurlijst en legt haar hoofd tegen de neksteun. De zijspiegel vertelt haar dat ze er een stuk ontspannener uitziet dan zojuist, in het café. Hoewel Fabian soms wat te voortvarend kan zijn, weet hij haar ook altijd te kalmeren als het nodig is. In de middenberm staan oleanders in bloei, struiken met witte of roze bloemen wisselen elkaar af. Ze ruikt de zee, die soms achter een rotspartij verdwijnt om bij een volgende bocht weer in zicht te komen. Deze kant van het eiland is veel groener dan bij Chersonissos, valt haar op. Ze voelt zich hier op een vreemde manier thuis, iets wat ze tijdens haar vakantie met Marijke niet zo heeft ervaren.

Fabian neemt gas terug en rijdt rustig het terrein van tankstation op. De brandstofmeter staat gevaarlijk laag, ziet Stella. Het oranje lampje brandt al sinds ze Heraklion verlieten.

'Zal ik wat water en iets te eten halen?' vraagt Stella, terwijl ze naar de overvolle *minimarket* kijkt die in het gebouwtje van het tankstation gevestigd is.

'IJs!' roept Levi opgetogen vanaf de achterbank.

'Vergeet het maar,' antwoordt Stella. 'Eentje per dag is meer dan genoeg.'

'Dus we krijgen elke dag één ijsje?' informeert Liza, die soms veel te bijdehand is naar Stella's zin. Ze gaat dan ook niet op haar vraag in, maar stapt uit. Een warme zuidenwind laat haar luchtige kleding wapperen, maar geeft nauwelijks verkoeling. Een paar keer knippert Stella met haar ogen. De zon staat nog steeds hoog aan de hemel, hoewel de klok richting het eind van de middag gaat. Ze snuift de geur van Kreta op: salie en eucalyptus.

Bij het winkeltje staan twee Griekse vrouwen met elkaar te praten. '*Yasou*,' zegt een van de twee als Stella hen passeert.

Een beetje onwennig zegt ze de vrouw in het Nederlands gedag en vlucht dan de winkel in. Thuis bij opa en oma was het ronduit verboden om ook maar één woord Grieks te laten vallen. In groep vier kwam ze bij een Grieks jongetje in de klas wiens ouders naar Tilburg waren verhuisd; Paris heette hij. Paris heeft haar een paar woorden geleerd. Die middag was ze opgewonden uit school thuisgekomen en had '*Ti kanis?*' gezegd toen ze binnenkwam. Het was een onschuldig zinnetje: hoe gaat het met je, maar haar grootvader had niets geantwoord en was de tuin in gelopen. Daar bleef hij koppig zitten totdat zij op bed lag.

'Het is niet jouw schuld, kindje.' Met die woorden had oma haar tranen gesust.

'*Kyria?*' vraagt een man met een witte schortjas.

Plotseling is ze terug in de minimarket. Ze kijkt om zich heen en vraagt in het Engels of hij koude drankjes verkoopt. Hij verstaat haar niet, aan zijn gezichtsuitdrukking te zien.

'Water, *aqua*,' probeert ze.

Hij schudt zijn hoofd. Stella kijkt rond. Ergens tussen de schappen met blikken olijven en potten groente ziet ze een smalle cooler staan met flesjes water en blikjes cola en sinas. Ze opent het deurtje en pakt er een paar uit.

'Aqua,' zegt ze terwijl ze naar het flesje water wijst.

'Ah, *nero*,' antwoordt de man lachend, waarna hij een paar zinnen in zijn eigen taal ratelt.

Stella leegt haar handen op de counter. Ze pakt een stokbrood uit de mand bij de kassa en legt dat erbij. In de koeling heeft ze ook schapenkaas zien liggen. Het is een eenvoudige maaltijd, maar alles is beter dan een zak chips.

Terwijl de man de artikelen op een ouderwetse kassa aanslaat, steekt Fabian zijn hoofd naar binnen. 'Ik heb voor zestig euro getankt bij pomp drie,' laat hij haar weten.

Over het schap heen kijkt Stella naar buiten. Liza en Levi zijn met hun gebruikelijke duw- en trekspelletje bezig; iets wat ze alleen maar doen uit verveling. Het eindigt altijd in ruzie, weet ze uit ervaring.

De eigenaar van de minimarket roept een bedrag, terwijl hij op het display wijst. Stella haalt haar creditcard tevoorschijn en houdt hem bij het pinapparaat. Ondertussen doet de man haar boodschappen in een plastic zak en als laatste gooit hij het pinbonnetje erin.

'Goeie reis,' zegt hij breedlachend in het Nederlands met een zwaar Grieks accent.

Stella pakt de tas van hem aan. Kennelijk heeft iemand hem ooit een paar woorden Nederlands geleerd.

'Dank u,' zegt ze zo duidelijk mogelijk.

Hij herhaalt haar woorden een paar keer om ze in zijn geheugen op te slaan en zegt haar dan in zijn eigen taal gedag.

Fabian heeft de huurauto achter het tankstation geparkeerd. Zo goed en zo kwaad als het gaat belegt Stella stukken stokbrood met de kaas en deelt ze uit. Onder het eten staan ze met z'n vieren op de rotsen te kijken naar de zee die beneden hen een leeg kiezelstrand op golft. Levi gooit af en toe kleine steentjes in het water in een poging ze te laten ketsen. Het lukt niet, want ze staan veel te hoog.

'Lekker,' zegt Fabian, terwijl hij het laatste stukje stokbrood in zijn mond stopt. Hij klopt de kruimels van zijn hand. 'Zullen we zo verder gaan? Het is nog ruim drie kwartier rijden.'

Stella knikt. 'Jongens, even dooreten,' zegt ze.

Met een boog werpt Levi de rest van zijn stokbrood het strand op.

Stella kijkt hem verbouwereerd aan. 'Dat bedoelde ik niet.'

Levi haalt zijn schouders op. 'Ik had geen honger meer, maar zij wel.'

Een groepje vogels duikt op het brood af.

'Goeie,' zegt Liza, die onmiddellijk het voorbeeld van haar broertje volgt en dan naar de auto rent.

Eigenlijk zou ze de kinderen nu terecht moeten wijzen, beseft Stella terwijl ze een laatste blik op de zee werpt. Ze knijpt haar ogen samen. In de verte komt een grote witte boot op het eiland af; dat moet de veerdienst vanuit Piraeus zijn. De komende weken zullen ze die wel vaker zien aankomen. Ineens overvalt haar het gevoel dat ze rechtsomkeert wil maken, terug naar Nederland, maar ze weet niet waarom. Ze haalt een paar keer diep adem en loopt naar de auto. Haar hele gezin zit al klaar voor vertrek. Als ze ook zit, start Fabian de motor en even later rijden ze over de kustweg naar hun eindbestemming.

Veertig minuten later verlaten ze de snelweg en passeren een bordje met daarop RETHYMNON. Een poosje rijden ze langs grote witte hotels die aan een boulevard staan. Vlak voor een rijtje restaurants slaat Fabian links af de stad in. Traag kruipen ze door de smalle straatjes tot ze de zee weer zien. Langs de weg die naar het Fortezza leidt, staan overkappingen aan de zeekant met tafels en stoelen eronder. Opnieuw slaan ze af. Ze rijden een smal straatje in waar potten met planten tegen de gevels staan. Voor nummer 20 houdt Fabian stil. 'Ik denk niet dat we hier voor de deur mogen parkeren,' zegt hij droog.

Stella schiet in de lach. 'We blokkeren nota bene het hele straatje.'

'Voor laden en lossen kan het wel even.' Fabian stapt uit en opent de achterklep.

Stella kijkt naar het witte huis met de grote donkerrode deur. Links ervan is een raam waarvan de luiken dicht zijn en ook op de bovenverdieping zijn alle luiken gesloten.

Er komt een man naar haar toe gelopen. 'Verhoeven?' vraagt hij.

Stella knikt.

'*Welcome!*' Hij steekt een sleutel in het slot en nodigt hen uit om naar binnen te gaan. De eerste paar meter lopen ze onder de bovenverdieping door, maar dan komen ze op een patio die vol met potten met bloeiende planten staat. Stella kijkt om zich heen. Het huis heeft twee verdiepingen die rond de patio zijn gebouwd. Een paar dubbele deuren geven toegang tot de keuken en de woonkamer.

'*You like it?*' vraagt de man.

Stella knikt.

'Er liggen handdoeken voor jullie klaar in de badkamer,' zegt hij in het Engels. 'Willen jullie nog een rondleiding?'

'Nee,' zegt Stella. 'Dat hoeft niet. We vinden het wel.'

'Dan laat ik jullie alleen.' Hij geeft haar de sleutel en zegt iets in het Grieks, terwijl hij een kaartje met een telefoonnummer in haar handen duwt. 'Ik woon op nummer 28. Mocht er iets aan de hand zijn dan kun je me bellen, ik ben zo hier.'

'Oké,' zegt ze.

'Ik ga de koffers uitladen,' zegt Fabian nadat de eigenaar is vertrokken.

Liza en Levi rennen het huis binnen. Even later hoort ze de kinderen kibbelen over wie welke slaapkamer krijgt. Stella loopt terug naar de auto en haalt de tas met de urn eruit.

'Ik rij de auto straks naar het pleintje aan het begin van de straat. Hopelijk is er nog een plekje vrij,' zegt Fabian, terwijl hij de laatste koffer uit de achterbak tilt.

Stella loopt via de dubbele deuren naar binnen. De sfeer in de woonkamer is net zo fijn als buiten, constateert ze. Hier gaat ze het wel drie weken uithouden. Ze haalt de urn uit de tas en plaatst hem voorzichtig naast een grote open haard, waar de geur van verbrand hout in hangt. Weer wordt ze overvallen door emoties. Na bijna tachtig jaar is haar grootvader weer op Kreta.

Tegen de tijd dat het donker wordt, komt Fabian overeind en rekt zich uit. De rest van de middag hebben ze op de patio gezeten met een drankje.

'We hebben een reservering voor over een kwartier. Ik stel voor dat we richting het restaurant lopen,' zegt hij.

'Is het zo dichtbij?' vraagt Stella.

'Straat uit, pleintje over, en dan staan we al in de Venetiaanse haven.' Fabian verzamelt de vuile glazen en brengt ze naar de keuken.

Een plotselinge vermoeidheid overvalt Stella. Ze heeft helemaal geen zin om nog op pad te gaan na zo'n lange dag. Het liefst zou ze de avond in alle rust hier doorbrengen. Met tegenzin hijst ze zich overeind. De kinderen hebben een grote bak lego gevonden in de woonkamer en bouwen al ruim een uur aan een dorp met een kerk, weet ze van

Levi die een halfuurtje geleden trots kwam vertellen dat het heel mooi wordt. Stella stapt over de legokerk heen om de ramen aan de straatkant te sluiten, die ze had opengezet om de boel te laten doorluchten. Als Fabian even later de buitendeur op slot draait, ziet Stella dat ze vergeten is om ook de luiken te sluiten. Kort twijfelt ze, maar dan besluit ze dat het niet erg is. Odos Macedonia is een stil straatje waar nauwelijks iemand komt.

Met z'n vieren wandelen ze richting het pleintje. Vanuit de achterdeur van een restaurant komt de geur van moussaka. Ze kijkt naar binnen, de gang in waar de toiletten en de keuken aan liggen. Voorbij de gang ziet ze een grote ruimte met houten tafels en stoelen. De andere deur komt uit bij de weg die langs zee loopt.

'Hier wil ik morgen eten,' zegt Stella beslist. Wat haar betreft is niets zo lekker als moussaka na een warme zomerdag, ook al is het een wintermaaltijd. Gek eigenlijk: ze aten thuis geregeld Grieks. Daar had haar opa dan weer minder moeite mee.

'Uw wens is mijn bevel,' antwoordt Fabian. Hij loopt het restaurant in, om even later met een vergenoegde blik op zijn gezicht weer naar buiten te komen. 'Geregeld.'

Stella geeft hem een kus. Ze steken het pleintje over en lopen een korte helling af. Stella laat haar blik over de kleine taverna's glijden die in een halve cirkel rond de haven staan. De terrasjes liggen langs het water, waar vissersbootjes op deinen. Een paar mannen zijn bezig om hun netten op te rollen.

Fabian blijft stilstaan bij een terrasje met blauw geschilderde tafels en stoelen en blauwgeruite kleedjes op tafel. Er flakkeren waxinelichtjes in glazen houders en onder eentje ervan ligt een papiertje waar iets op geschreven staat. Met moeite ontcijfert Stella hun achternaam. Ze kijkt rond. Het water kabbelt rustig tegen de kade en op de pier brandt het licht van de vuurtoren. Dit is een geweldig mooi plekje om hun eerste avond door te brengen. Op slag is ze haar vermoeidheid vergeten. Ze schuift een stoel over de keien naar achteren en gaat aan het vierkante tafeltje zitten.

Als iedereen zit, zegt Fabian: 'Zullen we mezzes bestellen? Dat zijn allemaal kleine hapjes.'

'Heb jij een online cursus Griekenland voor beginners gevolgd?' vraagt Stella een tikje spottend. Ineens kent haar echtgenoot, die nooit enige interesse in haar 'vaderland' heeft getoond, allerlei Griekse gewoonten en woorden.

'Ik heb me gewoon een beetje ingelezen,' antwoordt hij.

Fabian steekt zijn hand op naar een serveerder. Even later staat de jongeman naast hun tafeltje met een klein schrijfblokje en een pen.

'Vlees, vis, vega?' vraagt Fabian.

'Vis en vega,' zegt Stella beslist.

'Maar geen inktvis,' vult Liza met een vies gezicht aan.

Terwijl Fabian met de serveerder onderhandelt over de gerechten, glijdt Stella's blik langs de vissersbootjes en de netten die op het dek liggen. Plotseling overvalt haar een gevoel van gemis. Ze had hier jeugdherinneringen kunnen hebben, als haar opa niet gebroken had met zijn afkomst. Ze haalt het papiertje uit haar portemonnee waarop ze de coördinaten heeft geschreven die haar opa voor haar heeft achtergelaten en opent Google Earth op haar iPhone. Voor de zoveelste keer staart ze naar de plek waar ze morgen zijn as gaan uitstrooien. Er is niets te zien. Het is een hoogvlakte op ruim duizend meter hoogte met rotsen, mos en een enkele boom die uitmondt in de Samariakloof. Het dichtstbijzijnde dorpje stelt weinig voor, maar aan het begin van de kloof is een café dat nieuw lijkt te zijn gebouwd voor de toeristen die door de kloof naar zee willen lopen.

‘Wat is er?’ vraagt Fabian.

Stella kijkt op. ‘Ik begrijp nog steeds niet waarom mijn opa op de hoogvlakte van Omalos uitgestrooid wil worden. Wat had hij met die plek?’

‘Daar zullen we nooit achter komen, vrees ik,’ antwoordt Fabian. ‘Het antwoord heeft hij mee zijn graf in genomen.’

Stella knikt afwezig. Ze weet dat Fabian gelijk heeft, en toch spookt de vraag ‘waarom’ al weken door haar hoofd. Haar opa deed niets zomaar, die had overal een reden voor. Er moet iets zijn wat hem aan deze plek bindt.

5

Stella knoopt de veters van haar bergschoenen strak dicht. Afgelopen nacht heeft ze goed geslapen. Het geluid van een feestende menigte in de stad ging naarmate de nacht vorderde over in geroezemoes. De bloeiende jasmijn in de achtertuin zorgde voor een heerlijke geur in de slaapkamer. Ze trekt de veters strakker aan. De rugzak met eten en drinken staat al klaar. Nu nog een paar vesten pakken omdat het in de bergen koeler is dan aan de kust, en dan kunnen ze wat haar betreft vertrekken.

'Iedereen klaar?' roept Fabian door het huis.

De kinderen rennen joelend naar de binnenplaats en gaan bij de voordeur staan. Stella pakt de urn van de grond. Die houdt ze onderweg wel op schoot. Fabian heeft ondertussen de deur geopend. Terwijl de kinderen voor hen uit rennen, wandelen zij hand in hand naar het pleintje waar de auto staat. Ondanks het vroege uur zijn er al terrassen geopend. Met z'n vieren wachten ze tot een stroom verkeer gepasseerd is en steken dan over. Even later rijden ze via een weg die uit de berg gehakt lijkt te zijn de stad uit. Een poosje houden ze aan hun rechterhand een kiezelstrand waar nog maar weinig mensen zijn.

'Over een kwartiertje komen we in de buurt van het meer van Kournas, zullen we daar even stoppen voor koffie?' stelt Fabian voor.

'Leuk,' antwoordt Stella, terwijl ze gedachteloos uit het

raam naar de zee kijkt. Haar hand ligt op het deksel van de urn. Op de achterbank vermaken de kinderen zich met een kaartspel dat ze uit het huis hebben meegenomen.

'Dan lunchen we in Vrisses,' zegt Fabian.

Stella kijkt hem van opzij aan. 'Heb je de hele route al uitgestippeld?' Ze laat zo'n dag als vandaag liever spontaan verlopen.

'We rijden er toch doorheen,' antwoordt Fabian verdedigend. Hij legt een hand op haar been. 'Maar je hebt gelijk. Ik zal de rest van de vakantie niet langer de regelneef uithangen.'

Stella kijkt hem van opzij aan. Fabian is zoals hij is, dat heeft ze allang geaccepteerd. Meestal heeft ze er ook geen enkel probleem mee, maar af en toe moet ze piketpaaltjes slaan om niet ondergesneeuwd te raken, zoals nu.

'Daar hou ik je aan,' zegt ze.

Vanaf het terras kijken ze uit over het meer, dat veel groter is dan Stella had verwacht. De zon glinstert op het spiegelgladde wateroppervlak en de bergen aan de overkant. Een paar meter verderop staat de eigenaar van de zaak souvlaki te barbecueën terwijl zijn vrouw een lange tafel dekt. Kennelijk komt er straks een heel gezelschap eten. De geur van het vlees dat gekruid is met oregano herkent ze van haar weken in Chersonissos. Een vrouw brengt hun bestelling en zet een klein glaasje met daarin de bon op tafel.

'*Efcharisto,*' zegt Fabian.

De vrouw geeft hem een kort knikje en loopt weer weg. Inwendig moet Stella lachen. Nog even en haar oer-Hollandse echtgenoot spreekt de taal nog eerder dan zij. Zou ze dat zelf willen, Grieks leren? Haar familie ontmoeten…? Ze pakt haar glas ijskoffie van tafel en steekt het rietje in haar mond. Dit is geen dag om beslissingen te nemen. Eerst haar opa's as verstrooien en dan is er ruimte om na te denken over de toekomst. Voor hetzelfde geld komt ze hier nooit meer terug, maar vieren ze de komende tien jaar hun vakantie in de Algarve, of Turkije.

Vanuit het niets krijgt ze opeens het gevoel dat er iemand naar haar kijkt. Stella zet haar glas op tafel en keert zich om. Een paar tafels verderop zit een Griekse vrouw die haar aanstaart. Zodra ze oogcontact maakt, slaat de vrouw een kruisje en prevelt iets. Daarna schuift ze haar stoel naar achteren en loopt snel weg, alsof ze een spook gezien heeft. Haar drankje blijft onaangeroerd op het tafeltje staan.

'Wat is er aan de hand?' vraagt Fabian.

Stella gaat weer recht zitten. 'Niets. Het is nog een flink stuk rijden. Zullen we zo weer gaan?' Ze trekt het rietje uit de koffie en drinkt haar glas in een paar teugen leeg.

Fabian kijkt naar het lege tafeltje waar de vrouw aan zat en volgt Stella's voorbeeld. De kinderen hebben hun limonade allang op.

In gedachten verzonken loopt Stella achter haar gezin aan naar de auto. Het gevoel van thuiskomen dat haar gisteren overspoelde, is dankzij de vrouw weggeëbd en nu vraagt ze zich af of ze er werkelijk goed aan gedaan heeft om hierheen te vliegen. Ze zet het idee opzij. Geregeld mopperde haar opa over de Hollandse nuchterheid die ze van haar moeder heeft geërfd, dus gaat ze zich dan nu overgeven aan voorgevoelens die kant noch wal raken?

Fabian klikt de autoportieren open. De kinderen zitten al op de achterbank als ze instapt.

'Gordels om,' zegt Stella.

Liza en Levi doen wat ze vraagt. Stella zet de urn weer op schoot en maakt zelf ook haar riem vast. Als iedereen zit, rijden ze een stukje steil omhoog tot ze weer bij de weg zijn.

'De volgende stop is Vrisses!' zegt Fabian. 'Daar gaan we lunchen.'

Eigenlijk heeft ze helemaal geen zin om er vandaag een toeristische trip van te maken. Aan de andere kant, ze moeten toch lunchen. Het idee om weer ergens stokbrood met schapenkaas te kopen en langs de kant van de weg op te eten staat haar net zomin aan.

Een paar kilometer verderop verlaten ze de zeeweg en rijden de bergen in. Af en toe komt er een stroompje water tussen de rotsen vandaan en geregeld passeren ze smalle bruggetjes, tot de weg breder wordt en er bebouwing opdoemt. Rustig rijdt Fabian een dorp in dat in de schaduw van eucalyptusbomen ligt. Hij stopt bij een riviertje dat met veel kabaal over de rotsen naar beneden stroomt en trekt de handrem aan. Links voor hen ligt een terrasje aan het water.

'Daar gaan we eten,' kondigt Fabian aan en hij stapt uit.

Kort twijfelt Stella of ze de urn wel of niet in de auto moet achterlaten. Het is ook een beetje raar om er telkens mee op een terrasje te gaan zitten. Uiteindelijk neemt ze een besluit. In tegenstelling tot daarnet bij het meer kunnen ze de auto nu wel zien staan. Ze zet de tas uit het zicht in de kofferbak, sluit de deur en loopt de zonovergoten parkeerplaats op. Via een paar traptreden komen ze op het schaduwrijke terras. De kinderen rennen naar een tafeltje bij het water en duiken op de houten stoelen.

'Gaat het een beetje?' Fabian kijkt haar bezorgd aan.

Dat is een goede vraag. Naarmate ze de plek naderen die haar opa heeft opgeschreven, voelt ze zich onbehaaglijker worden. Het liefst zou ze terug naar Rethymnon rijden en daar de as in zee strooien.

'Het gaat, maar ik weet niet of we het juiste doen. Moeten we dit wel doorzetten?' Ze wil de kinderen niet alarmeren met haar paniekgevoelens.

Hij kijkt haar kort aan. 'Twijfel je?'

Ze haalt haar schouders op. 'Het voelt allemaal zo vreemd. Waarom mag de familie niet weten dat hij is overleden? Het is toch niet meer dan normaal om mensen te informeren?'

'Jij wilde tot een halfjaar geleden ook niets met je Griekse wortels te maken hebben, weet je nog?' vraagt Fabian met gefronste wenkbrauwen.

'Ik móćht er niets mee te maken hebben,' corrigeert ze hem. 'Dat was niet mijn keus.' Toch heeft hij gelijk, maar sinds ze hier is heeft ze het gevoel dat ze in een emotionele rollercoaster zit. Alles voelt vertrouwd aan en tegelijkertijd wil ze wegrennen.

'Eerst maar lunchen,' zegt ze. 'Daarna kan ik altijd nog kiezen welke kant we opgaan.'

'Links of rechts?' vraagt Fabian als ze een uur later weer in de auto zitten.

'Rechts,' antwoordt Stella beslist. Tijdens het eten heeft ze nagedacht en besloten de tocht vandaag voort te zetten. Dat is ze verschuldigd aan de man die haar liefdevol in huis nam toen ze wees werd.

Als ze de rivier gepasseerd zijn, kronkelt de weg omhoog tot de bebouwing minder wordt. Even later rijden ze via haarspeldbochten de bergen in. Op een bord langs de weg staat hun einddoel al aangegeven: OMALOS.

'Moet je daar kijken!' roept Levi uit. Hij wijst op het dal rechts van hen. 'Wat diep!'

Eén verkeerde inschatting van Fabian en we liggen honderden meters lager tussen de rotsen, schiet er door Stella's hoofd. Onmiddellijk duwt ze de gedachte weg. Dit slaat nergens op. Buiten een lichte aanrijding voor een rood stoplicht hebben ze geen van beiden ooit schade gereden. Dagelijks rijden er massa's auto's en toeristenbussen langs deze route naar de ingang van de Samariakloof en dat gaat allemaal goed, dus dit ook.

'Wauw!' roept Liza als ze de bocht omgaan en het dal zich voor hen uitstrekt.

'Vinden jullie het eng?' vraagt Stella.

'Nee!' klinkt het in koor vanaf de achterbank.

Stella gaat verzitten en kijkt naar buiten. Er is nauwelijks begroeiing, alleen maar rotsen. Bocht na bocht kruipen ze hoger de bergen in. Fabian zit geconcentreerd achter het stuur naar buiten te turen. Af en toe drukt hij vlak voor een scherpe bocht kort op de claxon ten teken dat ze eraan komen. Soms spatten er steentjes onder de banden van hun auto vandaan of moet Fabian een gat in het wegdek zien te ontwijken. Stella pakt met haar vrije hand de greep boven het portier vast om te voorkomen dat ze van links naar rechts geslingerd wordt. *Nog maar een paar kilometer*, houdt ze zichzelf voor in een poging de opkomende angst te beteugelen. Ze vertrouwt Fabians rijkunsten, maar niet het wegdek dat aan de randen is afgebrokkeld.

Fabian geeft net gas voor de volgende bocht omhoog als er plotseling een lijnbus luid toeterend de bocht om komt. Geschrokken gooit hij het stuur om, waardoor het achterwiel grip verliest. De bus rijdt in hoog tempo door, maar zij staan stil. Fabian trapt het gaspedaal diep in. Het wiel slipt verder weg en draait nutteloos boven de afgrond. Heel even is Stella ervan overtuigd dat haar voorgevoelens bewaarheid worden, dat de auto straks naar achteren zal glijden en de berg af zal tuimelen. Dat ze hier, op Kreta, met haar jonge gezin de dood zal vinden.

'Papa!' gilt Levi op de achterbank.

Liza zegt niets, maar zet het op een huilen.

Fabian trekt de handrem aan.

'Zet de motor uit!' roept Stella. De kinderen kunnen rustig aan de wegkant uitstappen en als het moet, klimt zij wel over de middenconsole heen.

Fabian reageert niet. In plaats daarvan trapt hij het gaspedaal tot de bodem in.

'Stop!' schreeuwt Stella.

Ook Levi begint nu te huilen. Fabians knokkels worden wit door de kracht waarmee hij de handrem vasthoudt. Ineens drukt hij de knop bovenaan de pook in en laat de rem los. Stella's hart slaat een slag over van schrik, maar dan voelt ze dat de band weer grip krijgt. Ze klemt de urn tegen zich aan en plotseling schiet de auto vooruit richting de bergwand. Vlak voor ze tegen de rotsen knallen, komen ze met piepende banden tot stilstand. Een paar seconden zegt niemand iets, dan beginnen de kinderen wild door elkaar heen te schreeuwen. Dat waar ze zojuist nog om huilden, vinden ze nu ineens stoer.

'Gaat het?' vraagt Fabian met een lijkbleek gezicht. Er staan druppels zweet op zijn voorhoofd, ziet Stella.

Ze knikt. 'Hoe ver is het nog, denk je?'

Nog voor Fabian antwoord kan geven, klinkt de claxon van een auto die niet anders kan dan hen over de verkeerde weghelft passeren, omdat zij de boel blokkeren. Fabian start de motor. Rustiger dan tot nu toe rijdt hij verder. 'Ik heb geen idee, maar zo lang kan het niet meer zijn,' zegt hij na een halve minuut.

Zwijgend vervolgen ze hun weg. Alleen de kinderen zijn nog steeds door het dolle heen; die zijn alweer vergeten dat deze tocht bijna in een vreselijk ongeluk was geëindigd.

Na tien minuten zijn de bochten minder scherp en is het terrein vlakker. Dit moet de hoogvlakte van Omalos zijn, realiseert Stella zich als ze een groot dal ziet liggen. Er staat een herder langs de weg met een kudde schapen. Hij steekt zijn hand op als ze voorbijrijden. Stella zwaait kort terug.

Haar hart heeft zijn normale tempo weer hervonden, maar de schrik zit er nog steeds goed in bij haar en ook de kleur op Fabians gezicht is nog niet helemaal terug.

'Verderop zijn een paar huizen, zal ik de auto daar neerzetten? Dan lopen we het laatste stuk,' stelt hij voor.

'Heel graag.' Ze wil zo graag de auto uit dat het haar niet uitmaakt of het één of elf kilometer lopen is naar hun eindbestemming.

6

Als ze uitgestapt zijn, kijkt Stella om zich heen. Een paar huizen zien er bewoond uit, hoewel de luiken dicht zijn. Aan de overkant van de weg staat een voordeur open. Er hangt een kralengordijn voor de ingang dat heen en weer wappert. Een plotselinge windvlaag waait dwars door haar T-shirt heen. De haartjes op haar armen komen overeind. Ze haalt haar vest tevoorschijn en trekt het aan. Fabian is verderop met zijn telefoon in de weer, terwijl de kinderen een nest mieren in de berm bestuderen. Ze haalt de urn uit de auto.

'Het is vanaf hier ruim twee kilometer lopen die kant op,' roept Fabian. 'Het pad slingert naar die bergen.'

Stella kijkt in de richting die hij aanwijst. Het is redelijk vlak terrein, die paar kilometer moet dus goed te doen zijn.

Het kralengordijn aan de overkant wordt opzijgeduwd. Een vrouw bekijkt hen nieuwsgierig vanuit de deuropening. 'Kan ik jullie ergens mee helpen?' vraagt ze in keurig Engels. De vrouw spreekt de taal vloeiend en zonder accent. 'De ingang van de kloof ligt een stukje verderop.' Pas dan lijkt ze te zien dat Stella een urn vasthoudt. 'O, sorry. Jullie zijn geen toeristen.'

'Kom je uit Engeland?' vraagt Stella.

Ze glimlacht. 'Ja, uit Manchester. Ik woon al veertig jaar op deze troosteloze plek, voor de liefde. Mijn man is hier geboren.'

'Mijn grootvader is op Kreta geboren; we gaan zijn as straks verstrooien,' antwoordt Stella.

'Ach, wat naar voor je,' zegt de vrouw. 'Sterkte. Laat de auto gerust hier staan, ik zal er een beetje op letten.' Na die woorden verdwijnt ze weer achter het gordijn.

'Ben je er klaar voor?' Fabian kijkt Stella vragend aan.

'Ja,' zegt ze.

Een poosje volgen ze de paden, totdat die niet meer herkenbaar zijn en ze alleen nog over stenen en rotsen klimmen. De bergen torenen hoog boven hen uit. Af en toe schuift er een wolk voor de zon, waardoor de schaduw voor hen uit lijkt te vluchten. Stella begrijpt waarom de Engelse het woord 'troosteloos' gebruikte. Er is hier niets dan rotsen, mos en wind. Voor het eerst houdt ze er rekening mee dat haar grootvader een vergissing heeft gemaakt toen hij de coördinaten opschreef. Twee cijfers omdraaien en je komt op een heel andere plek uit.

'Ik ben moe,' klaagt Liza.

'Even doorzetten. We zijn er bijna.' Fabian legt een hand op de rug van zijn dochter om haar te ondersteunen.

Het ruige terrein is eigenlijk niet geschikt voor een wandeling, denkt Stella. Ze stopt en zet de urn op een vlak stuk steen. Met een hand boven haar ogen speurt ze de omgeving af. Verderop staat een kleine kudde geiten, maar er is geen herder in zicht. De huizen waar ze de auto hebben geparkeerd zijn stipjes in de verte geworden.

'Weet je zeker dat we goed lopen?' vraagt ze ongerust aan Fabian.

Hij pakt zijn iPhone en veegt over het scherm. 'Dat vroeg ik me ook net af. Google Maps stuurt ons dwars door het land, maar er lijkt rechts wel degelijk een smalle weg te lopen die uitkomt bij de plek van de coördinaten. Gek.'

'Ja hoor.' Liza rolt demonstratief met haar ogen. Levi lijkt het allemaal niet te interesseren, die is op zoek naar stenen om mee te gooien.

'Laat mij eens kijken?' vraagt Stella.

Fabian geeft haar zijn toestel. Hij heeft gelijk. Het pad eindigt op de plek waar ze naartoe gaan, maar er is daar niets; geen huis, schuur of zelfs maar een kleine herdershut. Waarom is er dan een pad aangelegd? Stella laat de rugzak van zich afglijden en gaat op een rots zitten. Ze pakt een flesje water en neemt een paar slokken. De zon staat inmiddels hoog aan de hemel en brandt op haar huid. Ze trekt de mouwen van haar vest naar beneden.

'Willen jullie ook wat drinken?'

Fabian hurkt bij haar neer en pakt het flesje van haar aan. 'Hield je opa's vader soms schapen?'

'Volgens mij wel, maar hij sprak er niet veel over.'

Fabian draait het dopje weer op de fles en komt overeind. 'Het was handig geweest als opa je had laten weten waarom hij specifiek hier uitgestrooid wil worden. Nu kunnen we alleen maar naar de reden gissen.'

'Niemand hoeft zijn laatste wens uit te leggen,' antwoordt Stella. 'Zullen we verdergaan?' Ze stopt het flesje terug in de rugzak. Zodra ze klaar zijn, wil ze naar de kust om de dag af te sluiten met een drankje aan de boulevard; proosten op opa Evangelis en daarna drie weken vakantie vieren met de kinderen.

Vrij snel bereiken ze het pad dat Google Maps aangeeft. Het loopt kaarsrecht op een rotspartij af en lijkt zelfs goed te worden onderhouden.

'Het moet daar zijn,' zegt Fabian als ze een kleine vijfhonderd meter hebben afgelegd.

Even later staan ze stil bij een grote rots waar een gedenkplaat op geschroefd is die glinstert in de zon. Er staat iets in het Grieks op en een rijtje van achttien namen, waarvan sommige in het Engels.

'Ik denk dat dit een monument is,' zegt Stella. Ze haalt haar iPhone tevoorschijn en zoekt online naar een vertaalwebsite om de tekst te vertalen, maar er is slecht bereik. Teleurgesteld maakt ze een foto van de gedenkplaat. Ze kijkt rond. Links van de rots moet een gebouw hebben gestaan, maar alleen de geblakerde contouren zijn nog zichtbaar op de grond. De plek werpt zoveel vragen op en tegelijkertijd beseft ze dat ze hier geen antwoorden gaat vinden.

Ze zet de urn neer en haalt het deksel eraf. Fabian legt een hand op haar schouder, die warm en vertrouwd aanvoelt. In haar eentje had ze dit nooit kunnen doen, beseft Stella.

'Liza, Levi, komen jullie er even bij staan?' vraagt ze aan de kinderen.

Pas als Stella omringd wordt door haar gezin, begint ze te praten. Haar onderlip trilt terwijl ze de urn stevig vasthoudt. 'Lieve opa, we hebben je met z'n allen thuisgebracht.' Na die woorden kiept ze de urn om. De wind neemt een deel van de as mee naar de plek waar ooit iets gestaan moet hebben. Ineens valt alle wind weg. Stella ziet de as op de resten van het gebouw neerdalen. Ze schudt het laatste restje uit de urn, dat bij de gedenkplaat blijft liggen.

'Dag opa Evangelis,' zegt ze schor. 'Bedankt voor alles.' Een traan rolt over haar wang. Plotseling is ze overmand door verdriet. Voor ze het weet, glijdt de keramische urn door haar vingers en valt hij stuk op de grond. Ze zakt door haar knieën en probeert de scherven bij elkaar te zoeken, terwijl de tranen over haar wangen rollen. Liza gaat naast haar zitten en kruipt tegen haar schouder terwijl ze haar handen om Stella's bovenarm slaat. Ook Levi en Fabian hurken bij haar neer. Een poosje blijven ze zo in stilte zitten, tot Stella voelt dat ze kalmer wordt. 'Zullen we terug naar de auto lopen?' vraagt ze zachtjes. De wind is opnieuw opgestoken en waait nu dwars door haar vest heen.

Liza laat haar los. 'Moeten we de scherven niet opruimen?' vraagt ze.

'Nee, die laten we hier liggen.' Stella krabbelt overeind en klopt haar broek af. Ze kijkt een laatste keer naar de as. Ze heeft de laatste wens van haar opa vervuld.

Als ze weer terug over het pad lopen, pakt Fabian haar hand. 'Gaat het een beetje?'

Stella knikt. 'Nu wel.'

'Wil je niet toch een keer naar Armeni?'

Die vraag stelt ze zichzelf al sinds gisteravond, maar wat heeft ze in het dorp te zoeken? Als er nog familie van haar grootvader woont, dan zijn het oude mensen. Misschien hebben ze kinderen, neven en nichtjes van haar, of kleinkinderen. Dat kan. Wat niet kan is vertellen wie zij is zonder bekend te maken dat Evangelis Stellios Venizelos is overleden en dat ze zijn as op de hoogvlakte van Omalos heeft uitgestrooid.

'We kunnen er toch eens rondkijken,' probeert Fabian weer. 'Ben je niet nieuwsgierig?'

'Het is waarschijnlijk een dorpje zoals alle dorpjes hier: witte huizen met blauwe luiken, een kerk en een begraafplaats.'

'Maar het is ook de plek waar jij zou zijn opgegroeid als je opa niet naar Nederland was geëmigreerd.'

Stella blijft stilstaan. 'Wat een onzin. Dan had hij mijn oma nooit ontmoet en zou ik nooit zijn geboren. Bovendien was het niet zijn keus. Wat wel zijn keus is... Ach, laat ook maar.'

'Erdoorheen rijden kan geen kwaad. De mensen herkennen je echt niet omdat je toevallig op je opa lijkt. Die verwachten helemaal geen nazaten van hem in het dorp.'

Stella slikt haar opkomende boosheid weg. Daar heeft hij gelijk in.

'Misschien moeten we een kaarsje voor Evangelis aansteken in de kerk van Armeni,' stelt Fabian voor.

'Nee,' antwoordt Stella net iets te fel. 'Luister, als we er toevallig langsrijden, prima. Maar ik wil niet deze hele vakantie om mijn grootvader laten draaien. Dit is een emotionele dag die ik graag wil afsluiten met z'n vieren. Kunnen we het onderwerp nu laten rusten? Ik ben doodmoe.'

Fabian stopt en neemt haar in zijn armen. 'Sorry,' mompelt hij.

'Mama, papa!' roepen de kinderen, die kennelijk doorhebben dat hun ouders zijn achtergebleven.

'Het is al goed.' Stella maakt zich los uit zijn greep. 'We komen eraan!' roept ze naar Liza en Levi.

Tegen de tijd dat de huurauto in zicht komt zijn de kinderen het zat, ziet Stella aan hun houding. Alleen Fabian loopt erbij alsof hij fit genoeg is om nog zo'n tocht te maken.

De Engelse vrouw staat in de deuropening van haar huis. 'Is alles goed gegaan?' vraagt ze. Er spreekt medeleven uit haar ogen.

'Ja. Dank je.' Stella steekt haar hand op bij wijze van groet.

Fabian opent de achterklep. Stella laat de rugzak van zich afglijden en legt hem in de auto. De kinderen kruipen op de achterbank. Ze opent net het portier om te gaan zitten, als de vrouw plotseling begint te praten.

'Ik ben Anna Papadopoulos. Willen jullie misschien iets drinken?' roept ze.

Stella en Fabian kijken elkaar over het dak van de huurauto heen aan.

'Ga jij niet liever meteen door naar Rethymnon?' vraagt hij.

'Eigenlijk wel. Maar ik zou ook graag een paar vragen willen stellen over die gedenkplaat. Vind je dat erg?'

Hij haalt zijn schouders op. 'Welnee. Ik lust wel een drankje.'

'Graag,' zegt Stella dan tegen Anna. Het voelt een beetje vreemd om bij een onbekende in huis te worden gevraagd, hoewel het in Griekenland niet ongebruikelijk schijnt te zijn.

'Levi, Liza, kom op, eruit,' zegt Fabian.

Mokkend klimmen de kinderen van de achterbank. Stella steekt alvast de weg over. De vrouw wenkt haar met een hoofdknikje mee naar binnen een donkere gang in. Als Stella een stap naar voren zet, glijdt het kralengordijn achter haar dicht.

7

‘Ga zitten,’ zegt Anna. ‘Dan haal ik iets te drinken.’

De woonkamer is eenvoudig ingericht met houten meubels. Het ruikt er bedompt en er hangt een tabakslucht, maar er staat geen asbak op tafel. Het stugge kussen van de bank veert nauwelijks mee als Stella plaatsneemt. Liza en Levi blijven midden in de kamer staan. Ze lijken zich niet goed raad te weten in dit vreemde huis.

Stella klopt op het kussen naast haar. ‘Kom maar hier zitten,’ zegt ze.

Terwijl ze zwijgend wachten tot de vrouw terugkomt uit de keuken, fluistert Levi: ‘Wie zijn die mensen aan de muur?’

Stella kijkt naar de zwart-witfoto’s die in ovale lijstjes hangen. Er staan streng kijkende mannen op in typisch Kretenzer kleding: een broek tot aan hun knieën met lange witte kousen eronder, een brede band rond hun middel en een soort gilet met een wit overhemd. Op hun hoofd dragen ze een zwarte doek. Op een van de foto’s herkent ze het huis van hun gastvrouw. ‘Ik denk dat het familie van haar man is,’ zegt ze.

Op de stenen vloer ligt een sleets tapijt en er hangt een fitting aan het plafond waar een lamp in is gedraaid die wit licht door de ruimte verspreidt.

Anna komt met een groot houten dienblad in haar handen binnen. ‘Zo,’ zegt ze. ‘Ik heb koffie en raki, en voor de kinderen limonade.' Ze zet het blad op de oude houten salontafel en gaat dan zelf zitten. 'Ik krijg niet veel visite, we wonen ook zo afgelegen. Maar vertel. Waar komt je grootvader vandaan? Is hij geboren in Omalos?'

'Nee, in Armeni,' antwoordt Stella aarzelend. Ze weet niet of ze met deze vrouw over haar familie wil praten, hoewel ze erg aardig is.

'Armeni? Maar waarom heb je hem dan hier uitgestrooid? Ach, laat maar, ik ben veel te nieuwsgierig. Dat zijn mijn zaken niet.' Ze pakt kleine kopjes met Griekse koffie van het dienblad en deelt die rond. Daarna opent ze een blik met zelfgemaakte koekjes. 'Eet er maar lekker van,' zegt ze tegen de kinderen.

Stella pakt haar kopje van tafel en warmt haar handen eraan. 'Het was zijn laatste wens om bij de rots met de gedenkplaat uitgestrooid te worden, maar we weten niet waarom.'

'Dat is vreemd,' mompelt de vrouw.

Stella hoort de kralen bij de voordeur tegen elkaar tikken.

'Anna!' klinkt het vanuit de gang.

De Engelse komt overeind. 'Een moment. Dat is mijn man.'

Nog voor ze bij de deur is, komt er een grote man van een jaar of zestig de woonkamer binnen. Hoewel Stella het gesprek tussen de twee niet verstaat, begrijpt ze wel dat de vrouw uitlegt wie ze zijn. Ze hoort de naam van het dorp vallen waar haar opa geboren is. De Griek stelt op barse toon een vraag en dan draait de vrouw zich naar hen om.

'Mijn man vraagt wat de naam van je grootvader was,' zegt ze.

'Evangelis Stellios Venizelos,' antwoordt Stella.

De man kijkt haar een paar seconden aan alsof hij water ziet branden en beent dan zonder iets te zeggen het huis uit.

'Sorry,' zegt de Engelse zich verontschuldigend. 'Hij komt

uit een familie van partizanen, mannen die verzet hebben gepleegd in de oorlogen die om Kreta gevoerd zijn. Het zijn niet de meest vriendelijke mensen, maar je kunt wel op ze bouwen.'

'Hij leek te schrikken van mijn opa's naam,' zegt Stella.

'Welnee,' wuift de Engelse haar woorden weg. 'Hij kent volgens mij helemaal geen mensen uit de streek waar Armeni ligt. Ik heb hem leren kennen toen ik als gids door de Samariakloof liep met toeristen. Zelf rij ik nog weleens naar de stad, maar mijn man komt de hoogvlakte niet af.'

Stella neemt een paar kleine slokjes van haar koffie. Vanuit haar ooghoeken kijkt ze naar Fabian, die zijn kopje niet aanraakt. Hij is niet dol op de sterke en mierzoete koffie, en ook de raki zal hij niet opdrinken, weet ze uit ervaring. Fabian gaat nooit met drank op achter het stuur zitten. Aan de gezichten van haar man en kinderen te zien zouden zij het liefst onmiddellijk vertrekken. De sfeer in het huis benauwt haar ook.

'Weet jij waarom er een gedenkplaat op de rots zit?' vraagt ze de vrouw.

'Het is een herdenkingsplek. Er staan namen van mannen op die in de Tweede Wereldoorlog zijn gesneuveld. Eén keer per jaar wordt er een kerkdienst gehouden bij de rots.'

Maar wat kan haar opa met een herdenkingsplek te maken hebben, denkt Stella. Ze wil net vragen wat er daar gebeurd is, als Anna weer begint te praten.

'Er zijn heel veel van dat soort plekken op Kreta,' vertelt ze. 'Er is veel gebeurd in de oorlog. De Duitsers hebben destijds zelfs een heel dorp platgebrand, Vorizia. Je kunt het bezichtigen; de ruïnes staan er nog steeds.'

'Mam, zullen we gaan?' vraagt Liza.

Stella kijkt haar aan. De kinderen zijn zo timide, die voelen zich echt niet prettig in dit huis. 'Dat is goed.' Ze zet het lege koffiekopje op tafel. 'Sorry, we moeten terug naar de kust. Mijn man en ik hebben de kinderen beloofd dat we vanmiddag in zee gaan zwemmen.'

'Huh, papa?' vraagt Levi, die kennelijk meer Engels verstaat dan Stella had ingeschat.

'Ja, schat,' zegt ze iets te luid in de hoop dat Levi begrijpt dat hij niet op dit onderwerp moet doorgaan.

'Maar papa durft helemaal niet in zee te zwemmen!' roept Levi uit.

'Vandaag wel,' zegt Fabian en hij staat op. '*Thank you for your kindness.*'

Anna kijkt een beetje verbaasd, kennelijk verward over het feit dat het bezoek opeens ten einde is gekomen.

'Dank je wel,' zegt Stella. 'De koffie was erg lekker, maar we moeten nu echt gaan.'

De Engelse knikt en loopt voor hen uit naar de voordeur. Met haar hand houdt ze de kralenketting opzij tot Stella als laatste naar buiten stapt, de zon in. Ze knippert een paar keer met haar ogen tegen het felle licht.

'*Bye!*' hoort ze Fabian roepen, die al met de kinderen aan de overkant staat.

'Dank je,' zegt Stella nog een keer. Daarna steekt ze met grote passen de weg over. Plotseling overvalt haar het gevoel dat ze hier weg moet. Ze gaat op de passagiersstoel zitten en sluit onmiddellijk het portier.

'Ik vind het hier eng,' zegt Liza. 'Gaan we?'

Stella kijkt over haar schouder. 'Die mevrouw was anders heel aardig tegen ons.'

'Zeker, maar Liza heeft wel gelijk. Er hing een vreemde sfeer in dat huis en die man was ronduit onbeschoft.' Fabian start de auto.

'Gaan we echt in de zee zwemmen?' vraagt Levi, terwijl ze achteruit de parkeerplaats af rijden.

'Nee, natuurlijk niet,' antwoorden Fabian en Stella in koor.

'Ik maak het goed met jullie,' belooft Fabian de kinderen. 'Onderweg stoppen we weer bij dat meertje en dan huren we een waterfiets.'

Stella is hem dankbaar voor het voorstel, ook al zal zij degene zijn die het water op moet.

'Joepie!' schreeuwt Levi.

Terwijl Fabian de route zoekt op Google Maps, kijkt Stella door de voorruit naar de vrouw die nog altijd in de deuropening staat. Haar man is achter haar komen staan, ziet Stella nu. Zijn donkere, diepliggende ogen beangstigen haar. Liza en Levi hebben hun kaartspelletje gelukkig weer tevoorschijn gehaald.

'Rij nou maar gewoon; zoveel wegen zullen er vast niet naar Rethymnon gaan,' zegt ze in de hoop dat Fabian zijn telefoon weglegt en het gaspedaal intrapt.

'Eén seconde. Ik ben zo klaar.'

Het kralengordijn wordt opzijgeschoven en de man doet een stap naar buiten.

'Wil je alsjeblieft gaan rijden?' vraagt Stella zo rustig mogelijk. Ze wil de kinderen niet alarmeren, want die hebben vandaag al genoeg voor hun kiezen gekregen.

'Er is hier nu geen bereik,' antwoordt Fabian.

Stella geeft hem een zacht tikje tegen zijn been. Geluidloos vormt ze het woord 'rijden' met haar lippen, gevolgd door een kort knikje richting de man die een paar passen hun kant op is gelopen. Pas nu reageert Fabian. Hij zet de versnellingspook in de eerste versnelling en trapt op het gaspedaal. In de zijspiegel ziet Stella dat de man de weg op is gelopen en hun auto nakijkt.

8

Met een vers stokbrood onder haar arm geklemd loopt Stella naar de voordeur van hun huis. De ochtendzon schijnt al fel en het lijkt vandaag warmer dan gisteren. Waarschijnlijk voelt de temperatuur ook anders omdat ze gisteren het leeuwendeel van de tijd op die naargeestige hoogvlakte hebben doorgebracht. Pas aan de oevers van het meer lukte het haar om te ontspannen. Het was een goed idee van Fabian om een waterfiets te huren. Zij is met de kinderen het water op gegaan. Zelf bleef hij aan de kant zitten. Aan de overkant van het meer staken schildpadjes hun kopjes boven het water uit en dat maakte de dag voor Liza en Levi weer goed.

Ze loopt de patio op. De tafel is inmiddels gedekt en uit de keuken komt de geur van gebakken eieren. Stella legt het brood neer. 'Ik ben terug!' roept ze.

Vandaag hebben ze een dagje strand op de planning staan. Voorbij het haventje is een boulevard met een breed zandstrand, waar ze ligbedjes en een parasol kunnen huren. Ze heeft een boek meegenomen in haar koffer en dat wil ze lezen terwijl de kinderen zich vermaken in het zeewater.

'Wil jij ook een gebakken ei?' vraagt Fabian vanuit de keuken.

'Lekker.'

'Mama!' Levi rent naar buiten in zijn zwembroek.

'Je bent vergeten om je aan te kleden,' zegt Stella.
Hij kijkt haar beteuterd aan. 'We gaan toch zwemmen?'
'Ja, maar de zee ligt niet pal voor het huis. Aankleden jij, en dat geldt ook voor je zusje.'
'Oké.'
Zonder tegengas te geven loopt hij terug naar zijn kamer. Dat heeft ze weleens anders meegemaakt. Levi is zes jaar en behoorlijk wijs voor zijn leeftijd, maar soms valt er geen land met hem te bezeilen.
Fabian komt met een paar borden met omelet naar buiten en zet ze op tafel. 'Zullen we tegen het eind van de middag de oude moskee in Rethymnon bekijken?'
'We gaan toch zwemmen?' schreeuwt Levi door het open raam in zijn slaapkamer.
'Zon, zee, zand en cultuur.' Fabian kijkt Stella vragend aan. 'De moskee schijnt pas gerestaureerd te zijn.'
'Leuk!' Ze breekt een stukje stokbrood af en steekt dat in haar mond. De korst is lekker knapperig, daar houdt ze van. Ze kijkt haar man na terwijl hij terug naar de keuken loopt. Fabian is nooit te beroerd om zijn handen uit de mouwen te steken als het op huishoudelijke klusjes aankomt. Met het zoutvaatje in zijn hand komt hij weer naar buiten.
'Wat is er?' vraagt hij. 'Je kijkt me zo vreemd aan.'
'Niets. Ik hou gewoon van je,' zegt ze.

Ze hadden veel vroeger naar het strand moeten gaan, stelt Stella vast als ze tegen het einde van de ochtend de boulevard op lopen. In de verste verte is geen vrij bedje meer te zien. Normaal gesproken huren ze een appartement of hotelkamer waar een privéstrand bij is.
'En nu?' vraagt ze. De warme wind strijkt langs haar huid, maar hij brengt geen enkele verkoeling.

'We kunnen proberen een stiller stukje te zoeken,' stelt Fabian voor. 'In een van de dorpjes buiten de stad, bijvoorbeeld. De auto staat toch vlakbij.'

'Ja!' roepen de kinderen.

Door een plotselinge windvlaag klapt een parasol om en Stella voelt de fijne steentjes van het zand tegen haar kuiten opwaaien. Ze kijkt omhoog. Nergens is een teken te zien dat er slecht weer op komst is en toch trekt de wind aan. In de verte hoort ze honden janken.

'Laten we dat maar doen,' zegt ze.

Terwijl ze teruglopen naar de auto, stuift het zand over de weg. Stella kijkt naar het strand. Sommige mensen pakken hun spullen bij elkaar en een van de strandwachten hijst een zwarte bal.

Ze wijst ernaar. 'Wat zou dat betekenen?'

'Ik heb geen idee. Wacht.' Fabian loopt naar de overkant van de weg, waar een bord staat. Hij bestudeert het en komt dan terug. 'Ik denk dat de zee vandaag te gevaarlijk is om in te zwemmen.'

'Er wordt gewaarschuwd voor een sterke onderstroom,' roept een voorbijlopende Nederlander in badkleding. Het T-shirt dat hij in de gauwigheid heeft aangetrokken wappert in de wind en hij moet zijn zonneklep vasthouden om te voorkomen dat die wegvliegt.

Stella ziet Fabians gezicht vertrekken.

'In dat geval gaan we iets anders doen,' zegt hij kortaf.

Ze vindt het niet goed dat hij zijn trauma projecteert op de kinderen, maar hij heeft gelijk. Het is niet leuk om op het strand te zitten als ze Liza en Levi moeten verbieden om de zee in te gaan. Ze kijkt naar hun teleurgestelde gezichtjes. Levi geeft een paar schoppen tegen een plantenbak.

'Hou daar eens mee op,' zegt ze. Misschien hadden ze toch beter voor een hotel kunnen kiezen, dan hadden die twee zich kunnen vermaken in het zwembad.

'Heb je nog een ander idee?' vraagt ze aan Fabian, die op zijn telefoon kijkt.

'De wind lijkt in de loop van de dag af te nemen.' Hij kijkt rond. 'We kunnen een terrasje zoeken dat in de luwte ligt en dan na de lunch verder beslissen.'

'Wat vinden jullie?' vraagt ze aan de kinderen.

Liza haalt haar schouders op en ook Levi lijkt niet onmiddellijk enthousiast te worden bij het idee ergens te gaan eten.

'Zodra het kan gaan we alsnog zwemmen,' belooft ze hun. Het levert haar een donkere blik van Fabian op.

Via een steegje zijn ze naar de winkelstraat gelopen die achter de boulevard ligt. Ze wandelen langs toeristenwinkeltjes en een zaakje dat aardewerk uit het dorpje Margarites verkoopt. Stella bekijkt de kruiken en kommetjes. Ze zou er graag iets van mee naar huis nemen, maar de kruiken zijn te groot om in haar handbagage te doen en als ze het aardewerk in haar koffer stopt, komt het vast kapot aan. Misschien als ze het heel goed inpakt?

'Het is maar goed dat we met het vliegtuig zijn gekomen,' merkt Fabian op als hij ziet dat ze een aardewerken karaf terugzet.

Ze geeft hem een speels elleboogje. 'Laten we maar weggaan, voordat ik me niet kan inhouden en de hele winkel leegkoop.'

'En dan? Een vrachtschip afhuren?' vraagt Fabian met een knipoog.

'Mmm,' antwoordt ze nadenkend. 'Dat is misschien niet eens zo'n gek idee.'

'Alsjeblieft niet, we hebben al genoeg kommetjes en schaaltjes. Levi, Liza, gaan jullie mee?'

De kinderen staan al op straat voor zij naar buiten komen. Het loopt tegen halfeen en de terrassen stromen langzaam vol voor de lunch. Rond twee uur gaan de meeste winkels dicht. Dan zijn de straten bijna uitgestorven. Tot om vijf uur de *volta* begint: het moment waarop de Grieken weer naar buiten komen om op straat rond te slenteren.

'Zullen wij ook een plekje voor de lunch zoeken?' vraagt Stella al rondkijkend.

'Verderop is een pleintje. Toen we hierheen reden, zag ik een taverna met een paar tafeltjes en stoeltjes buiten die er niet toeristisch uitzag. Zullen we daarheen lopen?' stelt Fabian voor.

Het lijkt haar een goed plan. Als de lokale bevolking er eet, is de keuken doorgaans goed. Ze lopen de winkelstraat uit. Bij het plein pakt Stella de handen van de kinderen vast. Auto's en scooters razen rond een groot beeld op een sokkel en lijken zich niets aan te trekken van wandelaars. Na een paar minuten wordt het rustiger en wagen ze de oversteek.

De taverna is traditioneel ingericht met houten tafels en stoelen en geblokte kleedjes. Er zit een oudere vrouw buiten aardappels te schillen. Ze veegt het zweet van haar voorhoofd met een doek. Als ze dichterbij komen kijkt ze op. Glimlachend wijst ze naar een vierkant tafeltje. '*Kátze,*' zegt ze.

Fabian kijkt Stella aan.

'Ik denk dat ze ons uitnodigt op haar terras,' zegt ze. Ze pakt een stoel en even later zitten ze met z'n vieren rond de tafel.

Vanaf de plek waar ze zit, begint de vrouw op te sommen wat ze allemaal serveert. Een deel van de gerechten herkent Stella, maar een deel ook niet. Uiteindelijk bestelt ze *fasolakia*, een ovenschotel met bonen, tomaten en aardappels, en een mandje brood. De vrouw reageert niet onmiddellijk, maar schilt rustig door. Er komt een man bij haar aan tafel zitten.

'Hebben ze hier niet gewoon hamburgers?' vraagt Levi, die het allemaal zat aan het worden is.

'Nee, daarvoor moet je naar McDonald's,' zegt de man in het Engels. Hij komt overeind. 'Ik ben Alex en dit is mijn moeder, Alathea. Ze maakt de heerlijkste fasolakia die je ooit gegeten hebt, dus jullie zullen geen spijt krijgen van je keus. Waar komen jullie vandaan?'

'Nederland,' antwoordt Fabian.

'Ah, mooi land. Ik ben een keer in Rotterdam geweest, maar dat is lang geleden. Zijn jullie op vakantie?'

'Ja,' antwoordt Stella vlug voor Fabian iets kan zeggen. Ze voelt er weinig voor om nog meer wildvreemden te vertellen dat ze de as van haar grootvader hier heeft uitgestrooid terwijl zijn familie niks mag weten. Niet dat ze bang is dat het verhaal gaat rondzingen, daarvoor is het eiland veel te groot. Het voelt gewoon niet goed. 'We wilden vandaag naar het strand, maar er staat te veel wind en er wordt gewaarschuwd voor een sterke onderstroom.'

'Daar heb je op ons terras gelukkig weinig last van,' zegt Alex. 'De wind komt uit Libië, maar vanmiddag gaat hij liggen. Als jullie op een rustige plek willen zwemmen, kun je beter naar de zuidkant van het eiland rijden. Aan de noordkant is veel meer golfslag, in tegenstelling tot de zuidkant. Daar is vrijwel nooit gevaarlijke stroming.'

'Dank je voor de tip!' Ze is oprecht blij. Fabian zal ook in het zuiden de zee niet in gaan, maar hij zit een stuk relaxter op het strand als hij weet dat de kinderen niets zal overkomen.

'Je spreekt trouwens goed Engels,' complimenteert ze de man.

Alex glimlacht. 'Dat is niet zo vreemd,' zegt hij. 'Mijn

grootvader komt uit Australië. Hij is na de Tweede Wereldoorlog op het eiland gebleven, omdat hij verliefd was geworden op mijn grootmoeder. Mijn moeder spreekt ook Engels, maar ze geeft de voorkeur aan Grieks.'

Onwillekeurig gaan Stella's gedachten naar haar grootvader, die zijn moedertaal juist afgezworen had. Was het inderdaad koppigheid van hem of is er veel meer gebeurd dan enkel een ruzie?

'Werk jij ook hier?' vraagt Fabian aan Alex.

'Je bedoelt of deze taverna een familiebedrijf is? Ja en nee. Mijn broer en ik zijn mede-eigenaar, maar eigenlijk is het mijn moeder die de zaak draaiende houdt. Wij hebben een paar velden met olijfbomen, dus de olie die we hier gebruiken komt van onze eigen bomen.'

'Dat klinkt goed,' zegt Stella.

Alex pakt een stoel en schuift hem erbij. 'Vinden jullie het goed als ik er even bij kom zitten? Tot mijn moeder het eten brengt, uiteraard.'

'Natuurlijk.' Fabian maakt een beetje ruimte.

'We wonen niet in de stad, maar in een dorpje vlakbij. Achter het dorp ligt onze olijfgaard. Mijn moeder heeft een groentetuin bij het huis, waar ze zelf alles kweekt, en ze houdt kippen die ze soms slacht. Ook onze vis vangen we zelf, gewoon hier op zee,' zegt hij met een armgebaar richting de kust.

'Wat leuk!' roept Stella uit. Ze ziet aan zijn gezicht dat hij trots is.

Alex gaat verder: 'Ik werk 's morgens in de keuken om alles voor te bereiden en mijn broer doet de zakelijke kant; hij is beter met cijfers dan ik of mijn moeder.'

Dromerig kijkt Stella naar de gevel. Ze houdt van het tv-wereldje waar ze nu werkt, maar een klein restaurantje starten op Kreta waar ze vanuit haar eigen tuin kan koken... dat lijkt haar zó romantisch. In gedachte ziet ze Liza en Levi al in de tuin spelen, tussen de tomatenplanten. Het leven zal hier kalmer verlopen dan in het hectische Nederland en... Ineens spat haar droom uit elkaar. Haar grootvader had een goede reden om nooit meer terug te keren. Misschien moet ze dat als een waarschuwing zien en er niet eens over nadenken om naar Kreta te emigreren.

'Is er een strand aan de zuidkust dat je ons kunt aanraden?' vraagt Fabian.

Alex denkt even na. 'Plakias, hoewel het strandzand daar niet zo prettig is als hier in Rethymnon. Maar het heeft een paar leuke tentjes en de zee is rustig. Verder zou je kunnen overwegen om naar het palmenstrand van Preveli te gaan, dat er vlakbij ligt. Daar is het waarschijnlijk wel een stuk drukker. Vroeger kon je daar rustig zwemmen, maar toen moest je er via een pad dat langs de rotsen loopt heen klimmen. Dat was levensgevaarlijk. Tegenwoordig is het toegankelijker en hebben de toeristen het ontdekt. Vanuit zee gaat er een riviertje het binnenland in naar een waterval. Mocht het er inderdaad druk zijn, dan kun je altijd nog het klooster bezoeken dat op de rotsen gebouwd is.'

Stella kijkt naar haar kinderen. Ze kan zich niet voorstellen dat die twee van haar warmlopen voor een klooster, maar misschien is het een idee om er later een kijkje te nemen. Zon, zee en zand afwisselen met cultuur of historie kan geen kwaad.

'Wacht.' Alex staat op en loopt naar binnen. Even later komt hij weer naar buiten met een veelgebruikte routekaart. Hij spreidt hem uit op hun tafel en pakt een pen uit zijn borstzakje. 'Vanaf Rethymnon rij je langs deze weg naar het zuiden. De weg splitst hier en dan heb je twee keuzes. Als je deze route kiest, kom je door een heel mooie kloof. Die is absoluut de moeite waard.' Hij trekt een streepje met de pen.

Alathea komt naar buiten met een grote schaal waar de damp vanaf slaat en een mand vers brood. Ze ratelt iets in het Grieks tegen haar zoon.

'Mijn moeder wil dat ik borden en bestek voor jullie pak. En tja, je moet altijd naar je moeder blijven luisteren.' Vlug vouwt Alex de kaart weer op en zet zijn stoel terug.

Stella en Fabian schieten in de lach.

'Wat zegt die meneer?' vraagt Liza.

'Dat kinderen altijd naar hun moeder moeten luisteren, ook als ze zo oud zijn als hij,' vertaalt Fabian Alex' woorden.

'Pff,' is de reactie.

Als Alex naar binnen is, kijkt Stella haar man en kinderen aan. 'Ik vind het wel een goed idee om straks naar de zuidkust te rijden en daar te gaan zwemmen. Wat denken jullie?'

De kinderen beginnen te juichen.

'Goed plan,' zegt Fabian. 'Eerst fasola-nog-wat eten en dan heerlijk uitbuiken aan het strand!'

9

Na de lunch rijden ze via een weg die omhoogkronkelt de stad uit. Pas als de bebouwing is opgelost, geeft Stella gas.

'We gaan toch niet weer over zo'n enge weg rijden?' vraagt Liza.

Stella kijkt haar via de achteruitkijkspiegel aan. 'Nee,' zegt ze. 'Deze keer niet.' Het is een aanname, want ze weet helemaal niet wat ze gaan tegenkomen. Naast haar zit Fabian met de kaart van Kreta op schoot. Ze glimlacht. Het ziet er oldskool uit, maar eigenlijk ook wel een beetje knus, dat gehannes met zo'n groot stuk papier dat zich zelden op de juiste wijze laat vouwen.

'En? Hoe moet ik rijden?' vraagt ze. Inmiddels hebben ze de stad ver achter zich gelaten en passeren ze velden met olijf- en sinaasappelbomen.

'Gewoon de weg blijven volgen.' Fabian kijkt op. 'Alles op deze kaart staat in Griekse letters, ik kan er geen chocola van maken.'

'Dat hoeft ook niet, zolang je maar op tijd roept waar ik moet afslaan.'

Hij probeert de kaart zo goed en zo kwaad als het gaat op te vouwen en zegt: 'Voorlopig is het heel simpel. Het is twee uur, de zon staat in het zuiden en daar moeten we ook heen.'

'Volg de zon dus,' vat Stella Fabians woorden samen. Gelukkig is het een brede weg zonder haarspeldbochten die goed te rijden is. Af en toe passeren ze een huis of een bar, tot ze bij een dorpje komen. Stella neemt gas terug.

'Armeni,' leest Fabian hardop voor.

Van schrik trapt ze op de rem. 'Zeg dat het niet waar is.'

'Dat stond op het plaatsnaambord, waar trouwens kogelgaten in zitten.' Fabian draait zich om en kijkt. 'Vreemd,' mompelt hij.

'Ik weet niet of ik dit dorp in wil,' zegt Stella, terwijl ze stapvoets verder rijden.

'We zullen wel moeten, want dit is de doorgaande weg.' Fabian kijkt rond. 'Het is hier groter dan ik had verwacht.'

Hij zegt het en zij dacht het. Armeni is geen stad, maar ook geen speldenprik op de kaart. Er moeten minstens een paar honderd mensen wonen. Een grote kerk torent boven het dorp uit. Ze passeren een restaurant en een plaatselijk *kafenion*, een Grieks koffiecafé waar een aantal mannen voor zitten. Met gemengde gevoelens rijdt Stella door de straatjes. Hier had ze kunnen opgroeien als alles anders was gelopen. Deze straten en pleinen hadden haar speelplek kunnen zijn. Plotseling overvalt haar het pijnlijke gevoel dat ze iets gemist heeft in haar leven, een gevoel dat ze nooit eerder heeft gehad.

Ze slaat links af. Even later rijden ze het dorp uit. Een poosje concentreert ze zich op de weg en het overige verkeer, in de hoop dat het nare gevoel afneemt, maar het blijft zeurderig hangen. Waarom heeft ze niet eerder aan haar grootvader gevraagd wat er vroeger is gebeurd? Zelfs toen hij haar en Marijke uitfoeterde omdat ze naar Chersonissos wilden, heeft ze hem geen vragen gesteld.

Fabian legt een hand op haar been. 'Gaat het?' vraagt hij bezorgd.

Ze knikt zonder iets te zeggen. Fabian laat haar weer los en pakt zijn mobiel. Terwijl hij iets opzoekt, rijden ze opnieuw een dorp in. Spili, leest Stella. Dankzij een grote rots liggen de huizen vrijwel allemaal in de schaduw. Ze komen voorbij een langgerekte fontein van leeuwenkopjes die water spuwen in een bak. Er staan wat toeristen bij te kijken. Voor het eerst vraagt ze zich af hoe het hier na de zomer zal zijn, als het leven van de Kretenzers zijn normale ritme weer krijgt. Misschien moeten ze een keer in de herfst deze kant op vliegen. Ze is verrast hoe haar gedachten steeds alle kanten op gaan. Het ene moment is ze nieuwsgierig en voelt ze zich hier thuis, het volgende moment kan ze niet snel genoeg weg hier en verlangt ze naar Nederland.

'Ik denk dat we straks een keuze moeten maken,' zegt Fabian. 'Als ik de letters een beetje goed heb ontcijferd, dan rijden we zo door een kloof die Kourtaliotiko heet. Wanneer de wind vanuit een bepaalde hoek komt, schijn je daar het geluid van klappende handen te kunnen horen.'

'Wat eng,' zegt Liza. 'Moeten we daar echt doorheen?'

'Moeten niet, maar we gaan wel,' beslist Fabian. 'Hier links aanhouden.'

Stella kijkt naar boven. Tussen het groen ligt de ruïne van een groot gebouw. Links van de weg stroomt een riviertje waarvan de bedding zichtbaar is. Ze volgen het water een poosje tot ze een oude boogbrug zien.

'Wauw!' roept Levi uit.

Stella gaat iets langzamer rijden om iedereen de kans te geven naar buiten te kijken. 'Willen jullie dat ik stop?'

'Alleen als we erop mogen klimmen,' zegt Liza.

Dat lijkt haar geen goed plan. De brug ziet eruit alsof hij er al eeuwen ligt. Ze trapt het gaspedaal in. De begroeiing is hier veel hoger dan een paar kilometer terug. Dat is waarschijnlijk aan het riviertje te danken.

'Rechts,' roept Fabian plotseling.

Stella remt en kijkt naar het weggetje waarvan haar man

wil dat ze erin gaat. Twijfelend houdt ze haar voet boven het gaspedaal. Ze heeft geen zin om voor de tweede keer van de weg te worden gereden door een lijnbus. Dan schuift ze die gedachte opzij. Er rijden wekelijks vast honderden mensen per dag langs deze route naar het palmenstrand. Zo gevaarlijk kan het niet zijn. Ze gooit haar stuur om en rijdt omhoog. Al snel maken de struiken plaats voor rotsen die op sommige plekken overhangen. Beneden in de kloof stroomt het water richting zee. Na een paar kilometer rijden ze een bocht om. De Libische Zee strekt zich voor hen uit. Het water schittert in de felle zon.

'Gaan we daarin zwemmen?' vraagt Levi. 'Papa ook? Dat zei hij gisteren wel.'

'Mama gaat met jullie mee,' zegt Fabian. 'Dan blijf ik op de spullen passen. We kunnen niet alles zomaar laten liggen, toch?'

Levi probeert nog een paar keer om zijn vader te overtuigen, maar hij vangt telkens bot en uiteindelijk geeft hun zoon het op. De weg gaat ondertussen met grote bochten naar beneden tot ze bij de kust aankomen. Stella heeft nergens een bord gezien dat naar het palmenstrand bij Preveli verwijst, maar Plakias is ook goed. Het dorp ziet er vanaf deze afstand gezellig en levendig uit. Als ze beneden zijn, parkeert ze de auto en opent het portier. Er staat nog steeds wind, maar het waait niet zo erg meer als vanmorgen.

Terwijl Fabian hun tassen pakt, kijkt Stella rond. Er is een bar op het strand. Gelukkig maar, want ze heeft dorst gekregen van de rit. De volgende keer moeten ze beter voorbereid op pad gaan. Ze lopen richting het zandstrand, waar het lang niet zo druk is als in Rethymnon. Hier zijn nog voldoende bedjes vrij.

'Zullen we bij de waterkant gaan liggen?' stelt Fabian

voor. 'Dan kunnen we de kinderen makkelijker in de gaten houden.'

Liza en Levi hebben allebei hun zwemdiploma, maar als het Fabian geruststelt, maakt het haar niet uit. Ze lopen naar twee parasols met allebei twee bedjes die nog vrij zijn en spreiden hun handdoeken uit. Terwijl Fabian afrekent, trekken de kinderen hun kleren uit. Stella doet haar bikini aan. Even later rennen ze in hun zwemkleding naar het heldere water en laten zich erin vallen. Stella zwemt een paar slagen. Het is lang geleden dat ze heeft gezwommen. Vroeger dook ze een paar keer per week het zwembad in. Ze heeft zelfs nog een poosje wedstrijden gezwommen, maar op de een of andere manier komt het er niet meer van. De zee is prettig koel; niet te koud en je kunt visjes zien zwemmen. Fabian is op een van de bedjes gaan zitten. Ze steekt haar hand op. Zelfs vanaf deze afstand ziet ze dat hij er moeite mee heeft dat zijn hele gezin in het zeewater ligt.

Stella crawlt een paar slagen. Het wordt al snel dieper. Ze is amper tien meter uit de kust en haar tenen raken de bodem al niet meer. Rustig watertrappelend kijkt ze om zich heen. Er spelen heel veel kinderen in het water. Verder op zee dobbert een rubberen roeibootje. Ze gaat op haar rug liggen en kijkt naar de diepblauwe hemel. Het was een goed idee van Fabian om hierheen te vliegen, ook al had ze eerst haar bedenkingen. Ze beweegt haar voeten voorzichtig om te voorkomen dat ze zinkt en blijft zo een tijdje drijven met niets anders in zicht dan het intense blauw.

'*Hilfe! Hilfe!*' hoort Stella plotseling.

Gealarmeerd laat ze haar benen zakken en kijkt rond. Er staat een man in het rubberbootje die bijna zijn evenwicht verliest. '*Hilfe, mein Kind!*' schreeuwt hij. Niemand op het strand reageert, maar misschien horen ze hem niet. Ook zij is inmiddels een flink eind uit de kust gedreven.

Stella crawlt richting het bootje. Als ze vlakbij is wijst de man naar het water. '*Da, mein Kind. Bitte, Hilfe. Wir können nicht schwimmen!*'

Ze kijkt rond maar ziet niets. Het kind moet al gezonken zijn. Met een paar slagen zwemt ze richting de bodem en opent haar ogen. Het zoute water prikt. Verderop ziet ze een jong meisje met lang blond haar dat buiten westen lijkt te zijn. Zo snel als ze kan zwemt ze naar het kind toe. Haar hand raakt het jurkje dat ze draagt en ze grijpt het kledingstuk vast. Terwijl ze met één arm naar het wateroppervlak zwemt, trekt ze het kind met zich mee. Eenmaal boven hapt Stella met gierende halen naar lucht. Ondertussen probeert ze het meisje zo te draaien dat ze met haar naar de kust kan zwemmen. Vanuit het rubberbootje schreeuwen de ouders paniekerig naar haar. Ze slaat er geen acht op. Eerst moet het kind in veiligheid worden gebracht. Terwijl ze het hoofdje boven water houdt, zwemt ze met krachtige slagen richting het strand. Pas als Stella steentjes tegen haar billen voelt schuren stopt ze. Verschillende mensen komen het water in gerend om het meisje van haar over te nemen. Terwijl Stella happend naar adem door de inspanning en alle emoties blijft zitten, schreeuwt iemand in het Duits: 'Ze leeft, ze leeft nog!'

'Mama!' Liza slaat haar armen om Stella heen. Ook Levi kruipt dicht tegen haar aan. Ze houdt haar kinderen stevig vast.

Fabian knielt bij haar neer. Ze kan de angst van zijn gezicht aflezen. Niet alleen omdat hij in de zee zit, maar ook omdat zij zojuist met gevaar voor eigen leven een kind uit het water heeft gehaald. 'Gaat het?' vraagt hij.

'Ja,' zegt ze schor. 'Met jou ook?'

Fabian knikt alleen even.

Een paar meter verderop ligt het inmiddels lege rubberbootje van de Duitsers. De golven trekken het mee de zee in en spugen het weer uit op het strand.

'Ik wil graag het water uit,' zegt ze.

Liza en Levi laten haar onmiddellijk los. Fabian staat op, biedt zijn hand aan en trekt haar overeind. De spieren in haar benen zijn verstijfd door de kracht die ze heeft moeten zetten en door de stress. Ze was zo bang dat het meisje het niet zou redden. Geholpen door haar man loopt ze het strand op. Pas nu ziet ze het kind zitten; ze kijkt een beetje verdwaasd om zich heen. De ouders zitten naast haar. Fabian pakt een handdoek van hun bedje en legt dat over haar schouders. Gelukkig maar, want ze heeft het ineens ijskoud, hoewel het bijna dertig graden is.

Als de zon niet langer loodrecht aan de hemel staat, is het tumult op het strand voorbij. Het Duitse stel heeft haar meerdere malen huilend bedankt. Liza en Levi zijn het water niet meer in geweest. Ze hebben op het strand gespeeld met stenen die ze probeerden op te stapelen. Fabian zwijgt al een hele tijd op zijn bedje en Stella weet precies waarom.

'Wat had ik dan moeten doen?' vraagt ze uiteindelijk toonloos om het stilzwijgen te doorbreken.

Hij kijkt haar aan. 'Heb jij enig idee hoeveel mensen er verdrinken omdat ze iemand anders proberen te redden? Die ouders hebben zelf de keus gemaakt om zo'n eind uit de kust te varen, terwijl ze geen van drieën konden zwemmen en geen reddingsvesten aanhadden!'

'Ik weet het,' antwoordt ze bijna fluisterend. 'Maar ik had niet met mezelf kunnen leven als ik ze aan hun lot had overgelaten. Ik wist dat ik dit kon, Fabian. Ik was nota bene vrijwilliger bij de reddingsbrigade voordat ik jou leerde kennen!' Ze ziet tranen in zijn ogen. Hij doet moeite om niet in huilen uit te barsten. Het kan niet anders of Fabian heeft de dag dat zijn vader overleed zojuist van seconde tot seconde herbeleefd. Ze kruipt tegen hem aan.

Hij legt een arm om haar schouder. 'Ik begrijp het wel.'

Er hoort een 'maar' achteraan die hij niet uitspreekt en dat is misschien maar goed ook. Ze kijkt naar de kinderen die lief zitten te spelen. Fabian heeft gelijk: het was dom van die mensen om zo ver de zee op te gaan, maar dat was niet de schuld van hun dochter.

Fabians hand omklemt haar andere schouder. 'Alsjeblieft, Stella, wil je dat nooit meer doen?' Hij kijkt haar met een pijnlijke blik in zijn ogen aan. 'Beloof het me.'

'Dat beloof ik,' zegt ze rustig. Het is een leugen. Als ze nog een keer voor de keus komt te staan, zal ze precies hetzelfde doen. 'Zullen we terug naar Rethymnon gaan? Misschien kunnen we thuis iets kleins te eten klaarmaken en een spelletje doen met de kinderen. Ze zullen in Griekenland toch ook wel Monopoly Junior verkopen?'

'Monopoly Junior in het Grieks, welja. Moeten we wel de Kans-kaartjes vertalen.'

'Of er onze eigen draai aan geven.'

Gelukkig lacht Fabian weer. Ze gaat staan en veegt het zand van haar huid.

'Jongens, gaan jullie mee?' roept ze. 'Dan gaan we wat lekkers kopen en een spelletjesavond houden.'

'Joepie! Met pizza's?' vraagt Levi.

Stella kijkt haar man aan. Die haalt zijn schouders op. 'Waarom ook niet? Er zullen hier toch ook wel pizzakoeriers rondrijden? En anders nemen we er een paar mee uit de supermarkt. We hebben een oven in het huis.'

'Met pizza's!' roept Stella terug.

10

Als ze op de terugweg weer door de kloof rijden, ziet Stella dat er een kapelletje in de rotsen is gebouwd. Aan de overkant van de weg is een smalle parkeerstrook.

'Zullen we daar even stoppen?' Ze wil een kaarsje aansteken. Voor haar opa en voor de goede afloop van vandaag.

Fabian rijdt de strook op. Er gaat een trap naar beneden de kloof in. Ze stappen uit. Onmiddellijk rent Levi naar de trap. Hij staat al op de tweede tree als Fabian hem bij zijn arm grijpt. 'Dat gaan we niet in ons eentje doen,' zegt hij.

Levi kijkt hem met een donkere blik aan. Het is ook niet niks voor een zesjarige stuiterbal om tegengehouden te worden, denkt Stella.

'Weet je wat,' zegt ze. 'Als we nou eens eerst bij die kapel daar een kaarsje gaan aansteken, dan lopen we daarna een stukje naar beneden.'

Ze steken de straat over. Tot Stella's teleurstelling is de deur hermetisch afgesloten. Terug bij de auto kijkt ze over het hekje. De trap lijkt helemaal tot aan het riviertje te leiden dat door de kloof stroomt. Halverwege ziet ze een wit gebouwtje. Er is een houten leuning die de afdaling veilig maakt.

'Niet rennen!' waarschuwt Fabian de kinderen, die alvast aan de tocht naar beneden zijn begonnen.

Rustig lopen ze de treden af, die dan weer breed en dan weer smal zijn. Af en toe blijft Stella staan om de grillig gevormde rotswanden te bekijken. Beneden groeien bomen en struiken met roze bloemen en ze hoort het water stromen. Na tientallen meters te zijn afgedaald, komen ze bij het witte gebouwtje, dat een kerkje blijkt te zijn. Er hangt een klok in de toren en de houten deur staat op een kier. De kinderen voelen de serene sfeer aan, want hun geschreeuw is overgegaan in fluisteren vanaf het moment dat ze naar binnen lopen. Het is er koel. Naast het altaar is een plek waar dunne kaarsen branden. Stella gooit wat muntjes in een bakje en laat Liza en Levi er allebei eentje aansteken. Als de kaarsjes in het zand zijn gezet, gaan ze op een van de houten banken zitten. Een poosje blijven ze allemaal verzonken in hun eigen gedachten zitten, tot de kinderen onrustig worden.

'Zullen we weer naar boven klimmen?' vraagt Fabian.

De woorden hebben amper zijn mond verlaten of de kinderen vliegen al naar buiten.

'Dat lijkt me een goed plan.' Stella komt overeind. Voor ze de kapel verlaat werpt ze nog een laatste blik naar binnen. Zou haar grootvader hier ook weleens geweest zijn? Ze weet zo weinig van zijn jeugd, eigenlijk helemaal niets. Haar liefde voor opa Evangelis heeft een zoektocht naar haar roots tot nu toe in de weg gestaan, maar hoe eerlijk is het dat zij haar familie niet heeft leren kennen? Enkel en alleen omdat een oude ruzie nooit is bijgelegd. Ze had zijn laatste wens om hier uitgestrooid te worden bijna naast zich neergelegd, moet ze zich dan wel neerleggen bij zijn waarschuwing?

Op de terugweg naar Rethymnon komen ze straks opnieuw door Armeni. Misschien moeten ze er deze keer stoppen voor een koel drankje, besluit Stella.

Als ze weer onderweg zijn vraagt ze: 'Zullen we even in Armeni stoppen om iets te drinken?'

Fabian kijkt haar verbaasd aan. 'Meen je dat nou?'

'Ja. Een drankje kan toch geen kwaad? Ik ga geen navraag doen naar de familie Venizelos en je hebt gelijk, ze zullen me echt niet herkennen.'

Hij glimlacht. 'Goed plan.'

Ze richt haar blik weer naar buiten. Gek genoeg wordt ze ineens een beetje zenuwachtig, maar dat is nergens voor nodig. Ze zijn een gezin op vakantie dat na een warme dag aan het strand verkoeling zoekt in een dorp. Niemand zal daar iets achter zoeken, tenzij ze vragen gaat stellen en dat is ze niet van plan. Inmiddels ziet ze de kerktoren van Armeni al in de verte. Ze gaat wat meer rechtop zitten en sluit het raam. *Een ijskoffie, een spaatje rood en ijsjes voor de kinderen, meer niet*, houdt ze zichzelf voor. *Daarna rijden we door naar Rethymnon om een speelgoedwinkel te zoeken.*

Fabian manoeuvreert de auto door de straatjes tot ze bij de grote kerk zijn. Hij parkeert naast een paar andere auto's. Stella stapt uit en kijkt om zich heen. Armeni lijkt uitgestorven. Er is niemand op straat en hoewel de tafels en stoeltjes nog steeds buiten staan, is de deur van de bar gesloten.

Fabian kijkt op zijn mobiel. 'Het is halfvijf,' zegt hij. 'Waarschijnlijk gaat alles pas over een halfuurtje weer open. We kunnen even door het dorp lopen.'

Stella twijfelt. Armeni verkennen voelt als een stap verder dan onderweg even iets drinken op een terrasje. Ze kijkt om zich heen. Een wandeling is net zo onschuldig als een drankje doen. 'Oké,' zegt ze.

Rustig wandelen ze achter de uitgelaten kinderen aan. Die hebben geen flauw idee dat ze in het geboortedorp van hun overgrootvader zijn. De luiken van de meeste huizen zijn gesloten en ook die van een restaurant zijn dicht. Ze passeren een kafenion waar bomen voor staan die hun schaduw op het terras werpen. De ingang bestaat uit twee smalle deuren in een brede houten lijst waar figuren in gesneden zijn. Iets verderop is een groot bord waarop aanplakbiljetten zijn geprikt. Ze blijven er even stilstaan. Het zijn niet alleen officiële mededelingen van de plaatselijke overheid, maar ook aankondigingen van begrafenissen met een foto van de overledene. Gebiologeerd blijft Stella naar een A4'tje kijken waar een naam op staat die zij ontcijfert als 'Anastasia Venizelos'. Zou de vrouw familie van haar zijn? Ze staart in de ogen van de vrouw op de foto en heel even voelt ze zich duizelig. Ze herkent zichzelf in de vrouw, of verbeeldt ze zich nu dingen? Het is een oude aankondiging. Een van de punaises heeft losgelaten en de hoek van het papier wappert in de wind. Anastasia is drieënnegentig jaar geworden, dus ze zou Stella's grootvader gekend kunnen hebben. Misschien hebben ze vroeger met elkaar gespeeld, of is ze zijn zus...

Fabian heeft kennelijk in de gaten dat er iets is. Hij slaat een arm om haar heen en zegt: 'We kunnen een kijkje nemen op het kerkhof van Armeni.'

Dat gaat haar veel te snel. Ze heeft deze vrouw nooit gekend. Of ze nu familie is of niet, het voelt niet goed om haar graf te gaan zoeken. Stella loopt bij hem vandaan. Ze ziet een schaduw in het kafenion rondscharrelen. Waarschijnlijk gaat het koffiecafé straks open. Aan de poster bij het raam te zien verkopen ze ook ijsjes. Zonder dat ze weet waarom voelt ze zich prettig hier. Bijna alsof ze thuis is gekomen. Misschien moeten ze een beetje blijven rondhangen tot de deur opengaat.

De kerkklok heeft nauwelijks vijf uur geslagen of de twee smalle deuren van het kafenion worden inderdaad geopend. Een vrouw met een schort voor zet ze met een haak vast zodat ze niet dichtwaaien. Ze zet wat stoelen recht en loopt dan terug naar binnen.

'IJsje, ijsje!' begint Levi, die al snel bijval krijgt van zijn zus.

'Kom maar mee,' zegt Stella.

Met z'n drieën lopen ze naar binnen. Er is een kleine houten bar zonder krukken en er staan tafeltjes en stoelen in de ruimte. De vrouw zit gehurkt en is bezig om een kast met sigaretten bij te vullen. Stella wijst naar de poster.

'*Ice cream?*' vraagt ze.

De vrouw leegt de laatste slof en kijkt dan op. '*Ne, ice,*' zegt ze. Dan fronst ze haar wenkbrauwen en komt overeind. Ze wenkt de kinderen om mee te komen naar een kleine vriezer en legt met handen en voeten uit dat ze door het glas heen moeten aanwijzen welk ijsje ze willen.

Als Liza en Levi naar buiten huppelen, zegt Stella: '*One frappé and one water, nero.*' Ze geeft de aantallen met een vinger aan. De vrouw reageert niet onmiddellijk maar blijft haar observerend aankijken. Pas na een paar seconden opent ze een koeling en haalt er een flesje water met koolzuur uit die ze met een klap op de bar plaatst. Terwijl ze het flesje opent vraagt ze: '*Tomates?*'

Stella knikt. Ze heeft al eerder gezien dat sommige barretjes stukken komkommer en tomaat bij een drankje serveren. Hoewel ze stevig geluncht hebben, lust ze wel weer wat. De vrouw loopt naar achteren om even later terug te komen met een glas frappé en een schoteltje tomaten met feta die ze bij het flesje neerzet, samen met een schoon glas. Weer laat de vrouw haar blik op Stella rusten, en het maakt haar nerveus. Ze zet het glas omgekeerd op het flesje.

'Efcharisto,' zegt ze en ze loopt vlug naar het terras.

'Borrelhap van de zaak,' zegt Stella als ze het schoteltje neerzet. De kinderen hebben de papiertjes van hun ijsjes op tafel achtergelaten en staan met een paar Griekse leeftijdsgenootjes bij het aanplakbord. Een van de kinderen gaat tegen een muur staan en roept: '*Ena, dio, tria!*' De anderen schieten weg, de straatjes in. Ook Liza en Levi verdwijnen ineens uit zicht.

Stella wil achter hen aan gaan, maar Fabian legt een hand op haar onderarm. 'Laat ze lekker gaan. Die twee hebben lol, wat wil je nog meer. Zo groot is dit dorp nu ook weer niet dat ze er kunnen verdwalen.'

Ze gaat weer zitten, maar het vredige gevoel dat haar overviel toen ze in het dorp rond wandelden is verdwenen en heeft plaatsgemaakt voor onrust. Wat is dat toch met die tegenstrijdige gevoelens die ze steeds heeft? Het terras druppelt langzaam vol met Grieken die hier wel vaker lijken te komen, want de eigenaar wordt door iedereen hartelijk begroet. De vrouw kletst honderduit tegen haar klanten. Af en toe gaan er een paar ogen hun kant op. Dan bekruipt haar het gevoel dat de vrouw over haar praat. Ze schudt het van zich af. Waarschijnlijk kijken ze omdat zij en Fabian nieuwe gezichten zijn. Het kafenion ziet er niet uit alsof er veel toeristen komen.

Er stijgt kindergelach op. De groep rent joelend terug naar de buutplaats. 'Een, twee, drie!' klinkt het plotseling. Deze keer is Liza aan de beurt om te tellen. Levi is pas zes en Stella weet niet of ze het prettig vindt dat hij in z'n eentje naar een verstopplek zoekt. Als er 'tien' klinkt, draait Liza zich om en gaat zoeken. Een voor een rennen de Griekse kinderen met veel lawaai terug naar de muur tot iedereen er is... behalve Levi.

11

Stella kijkt gehaast rond. Fabian had gelijk, zo ver kan Levi hier niet afdwalen, maar ze maakt zich ongerust nu alle kinderen zich weer verzameld hebben en hij ontbreekt. Ze komt overeind en loopt het straatje in. 'Levi? Levi?' schreeuwt ze.

Er komt geen enkele reactie.

'Liza, help me mee met zoeken!' roept ze.

'Ja, daar ben ik al de hele tijd mee bezig.' Ze rolt met haar ogen en verzet geen voet.

'Levi!' schreeuwt Stella weer. 'Hier komen!'

Pas nu ziet ze haar jongste. Hij kruipt op zijn buik onder een vuilcontainer vandaan.

'Je hebt mijn verstopplek verraden,' zegt hij boos. Met hangende schouders loopt hij weg.

Stella voelt haar hartslag weer dalen en gaat hem achterna. Als ze haar zoon heeft ingehaald, pakt ze hem bij zijn schouders. 'Sorry,' zegt ze. 'Ik dacht dat je misschien de weg kwijt was.' Ze dacht iets heel anders, maar dat gaat ze hem niet vertellen. Vanaf het moment dat de eigenaar van het kafenion haar te lang aankeek, heeft ze al het gevoel dat ze hier weg moeten.

'Ga je mee?' vraagt ze.

Mokkend loopt hij met haar naar de groep kinderen, die nu een beetje staat te dralen. Het eerdere enthousiasme lijkt te zijn weggevloeid na haar uitbarsting.

'Ga maar weer spelen.'

'Nee, nu hoeft het niet meer.' Levi rent naar hun tafeltje en laat zich in een stoel vallen.

Liza haalt haar schouders op. 'Dag,' zegt ze. Ze zwaait naar de andere kinderen en gaat haar broer achterna.

Als Stella weer op het terras is, ziet ze de verwijtende blikken in de ogen van haar kinderen. Er komt een gele pick-uptruck het smalle straatje in gereden. In de laadbak liggen opgerolde netten. Een paar mannen staan op en zetten hun stoel opzij om plaats te maken. Bij het passeren stoot de wagen zwarte dieselwolken uit. Stella wendt haar gezicht af in een poging het roet niet in te ademen. De pick-up stopt een kleine twintig meter verderop, maar er stapt niemand uit en de motor hikt door. De uitlaatgassen blijven tussen de muren hangen.

Fabian neemt het laatste slokje van zijn water. 'Het stinkt hier. Zullen we maar verder rijden?' stelt hij voor.

'Ik moet nog afrekenen,' zegt Stella. Ze haalt haar portemonnee tevoorschijn en loopt naar de bar.

Deze keer keurt de vrouw haar nauwelijks een blik waardig. In plaats daarvan schuift ze een stukje papier naar haar toe waarop het bedrag staat dat betaald moet worden.

Stella legt tien euro op de bar. 'Oké,' zegt ze en ze loopt weer naar buiten. Het wisselgeld mag de vrouw houden.

Onderweg naar de kerk ziet Stella dat de meeste luiken weer geopend zijn. Groepjes mensen zitten op een stoeltje voor hun huis te praten met buren of vrienden. Af en toe zegt er iemand vriendelijk gedag. Het plein ligt grotendeels in de schaduw nu het wat later in de middag is, maar hun auto staat nog steeds in de volle zon. Fabian zet de portieren allemaal open zodat de wind de hitte uit de auto kan verdrijven voor hij de kinderen laat instappen. Terwijl ze wacht, ziet Stella dat een man vanaf een bovenverdieping hen observeert. Zodra haar blik de zijne kruist, sluit hij vlug de luiken.

Ze stapt in de auto. 'Riemen vast,' zegt ze tegen de kinderen. Ze weet niet of ze nog een keer naar dit dorp wil. De straatjes zijn heel idyllisch, maar er is iets waar ze de vinger niet op kan leggen. Misschien hebben sommige mensen toch de Venizelos-trekken in haar gezicht herkend.

Fabian rijdt het plein af en Stella opent het raampje. Het laatste stuk rijden ze over een brede weg die dwars door de bergen richting zee afdaalt. Zo ver is het niet meer naar de stad, hooguit twintig minuten rijden. In haar zijspiegel ziet ze de gele pick-uptruck dichterbij komen. Ze slaat er geen acht op, maar sluit haar ogen om te genieten van de zwoele wind en de geur van het land.

'Die vent is gek,' hoort ze Fabian na een paar minuten mompelen.

Stella opent haar ogen. In de zijspiegel ziet ze dat de pick-up vlak achter hen zit, zo dichtbij dat ze de kentekenplaat niet eens kan zien.

'Misschien moet je even stoppen om hem te laten passeren,' oppert ze.

Fabian kijkt haar kort aan. 'Waar dan? Er is hier geen vluchtstrook.'

Daar heeft hij gelijk in. De chauffeur van de pick-up claxonneert niet en hij seint ook niet met zijn koplampen om aan te geven dat hij haast heeft. Hij blijft alleen maar heel erg dicht achter hen rijden, zelfs in de bochten. Fabian neemt langzaam gas terug tot ze nog maar amper dertig kilometer per uur rijden en ineens schiet de grote gele auto achter hen vandaan. Tegelijkertijd klinkt er een klap en verbrijzelt het voorraam van hun huurauto in duizend stukjes die als één web in de sponning blijven hangen.

Van schrik trapt Fabian hard op de rem.

'Wat was dat?' vraagt Stella geschrokken. 'Gooide hij nou iets tegen de voorruit?'

'Welnee. Er werd een paar kilometer terug al voor vallende stenen gewaarschuwd.' Fabian rijdt de auto voorzichtig naar de andere kant van de weg, waar in een bocht een brede zandstrook ligt. De kinderen lijken ook geschrokken te zijn. Stella probeert ze gerust te stellen, hoewel ze zich vanbinnen allerminst rustig voelt.

Fabian stapt uit en ook Stella opent haar portier. Ze duwt voorzichtig met haar vinger tegen het glas, dat ondanks de vele scheuren op zijn plek blijft zitten. Ze tuurt de weg af. Overal liggen stenen, natuurlijk, er werd immers voor gewaarschuwd. Toch zit het Stella niet lekker. 'Het is geen vallende steen geweest,' zegt ze met zekerheid en ze kijkt Fabian aan. 'Daarnet in het kafenion reageerde de eigenaar vreemd op me, alsof ze wist wie ik was. En toen we bij de kerk stonden werden we bekeken vanuit een raam.'

'Je ziet spoken,' bromt Fabian, terwijl hij op zijn mobiel kijkt.

'Die dorpelingen waren vijandig. De chauffeur van de pick-up moet een steen vanuit zijn raam op onze auto gegooid hebben, dat kan niet anders.'

'Kom op, Stella. Waarom zou iemand zoiets doen?'

'Weet ik veel. Misschien hebben ze me wel herkend als Evangelis' kleindochter. Ik lijk als twee druppels water op hem.'

Fabian laat zijn telefoon zakken. 'Dus jij denkt dat hun wraakzucht zo ver gaat? Je grootvader is in 1945 naar Nederland gegaan! Tachtig jaar geleden!'

Als je het zo stelt klinkt het inderdaad onzinnig, beseft Stella. En toch voelde ze de blikken van de mensen in Armeni. 'Ik weet niet wat er gebeurd is.' Ze slaat haar armen over elkaar. 'Maar we worden verdacht vaak van de weg af gedwongen.'

'Vaak? Denk je dat die bus expres zo hard de bocht om kwam omdat de chauffeur jou in een tiende van een seconde herkende als een telg van de verstotene uit de Venizelos-familie? Komt jouw opa uit een maffianest of zo?'

'Je overdrijft,' zegt ze kortaf.

'Nee, jíj overdrijft. Of liever gezegd, je gedraagt je vreselijk achterdochtig. Toen we naar Omalos gingen was ik nog nauwelijks gewend aan het rijden op smalle bergweggetjes, en zojuist hadden we te maken met een olijfboer die haast had en met vallend gesteente. Niks meer en niks minder. En nu ga ik het autoverhuurbedrijf bellen, want hiermee kunnen we niet verder rijden.' Hij draait zich van haar af.

Stella blijft besluiteloos staan terwijl Fabian belt. Ze weet dat hij gelijk heeft en toch wil dat nare onderbuikgevoel niet weggaan. Ze hadden nooit in Armeni moeten stoppen. Haar grootvader is niet voor niets van het eiland vertrokken. Vanwege een simpele familieruzie had hij ook een paar dorpen verderop kunnen gaan wonen, of in Chersonissos. Kreta is langgerekt; je hoeft elkaar hier niet tegen te komen als je dat niet wilt. Precies zoals Fabian zei.

'*Okay, fine,*' hoort ze Fabian zeggen. Hij laat zijn mobiel zakken en draait zich weer naar haar toe. 'Er wordt een nieuwe auto gebracht.'

'Hier?'

'Ja. Hier.' Hij bergt zijn telefoon op.

Dat zullen de kinderen leuk vinden. Ze kijkt naar de overkant van de weg. Er loopt een smalle goot van zand langs. Misschien moet ze er straks even naartoe lopen om te kijken of daar soms een steen in ligt. Als ze er eentje vindt die groot genoeg is om deze schade te veroorzaken, heeft

Fabian gelijk. Zo niet, dan blijft ze de rest van de vakantie ver bij Armeni vandaan.

Stella is weer in de auto gaan zitten met haar benen buitenboord. Inmiddels is de zon achter de bergen gezakt. Zij en Fabian hebben allebei hun telefoon aan de kinderen gegeven zodat ze een spelletje kunnen spelen. Al een paar keer is ze de weg op gelopen, maar telkens weer riep Fabian dat er een auto aankwam. Het afgelopen halfuur heeft ze geen poging meer gewaagd. Misschien heeft hij gelijk en is ze te achterdochtig. Sommigen rijden hier als gekken, dat heeft ze in die anderhalf uur dat ze nu zitten te wachten al een paar keer geconstateerd. Er staan veel gebedskastjes langs de weg ter herinnering aan mensen die hier zijn verongelukt. Ze pakt een flesje water uit de middenconsole en neemt een slok.

'Het zal niet lang meer duren,' zegt Fabian, die met een hand tegen het dak geleund voor haar komt staan. Ze biedt hem het flesje aan, maar hij schudt nee. 'Het is beter om er een beetje zuinig mee te zijn,' zegt hij. 'Met die hete zon en zo.'

'En jij noemt mij achterdochtig?' vraagt ze spottend. 'Die sleepwagen zal echt wel voor zonsondergang komen, hoor.'

Hij schiet in de lach. 'Zo ken ik je weer.' Hij laat het dak los en tuurt de weg richting Rethymnon af. 'Misschien moet ik nog een keer bellen.'

Dat zou de derde keer zijn. De Nederlandse ANWB is sneller. Ze is het zat, net zoals hij – en de kinderen. Misschien moesten ze het pizza eten en monopoly spelen maar naar morgen verschuiven en vanavond in de stad gaan eten, anders liggen de kinderen zo laat op bed.

In de verte stuift zand op.

'Er komt iets aan,' zegt Fabian.

'Is dat onze nieuwe auto?' vraagt Levi.

Stella kijkt over haar schouder naar haar zoon en dochter, die ondanks het lange wachten niet gezeurd hebben. 'Wie weet.'

'Daar is-ie, ja,' roept Fabian. 'We krijgen een rode auto, jongens!'

'Joepie!' jubelt Levi. 'Is het een raceauto?'

'Ja!' schreeuwt Liza, die enthousiast is geworden door het idee. 'Eentje waar we mee door de bergen kunnen scheuren!'

Waar haar achtjarige dat vandaan haalt weet ze niet. Zij hoopt dat het een oerdegelijke Opel Corsa is of iets wat erop lijkt, en geen racemonster. Voorlopig hebben ze voldoende meegemaakt. Een grote sleepwagen komt toeterend de hoek om gereden. Fabian zwaait naar hem en even later houdt hij half op de weg stil. Er stapt een man uit.

'*Yassou,*' zegt hij en hij kijkt naar de ruit. '*Pétra, stone.*' Hij wijst naar de bergen. 'Boem, boem.'

'Ne,' beaamt Fabian. 'Pétra! Zie je wel dat ik gelijk heb,' zegt hij tegen haar, terwijl er een grote grijns op zijn gezicht verschijnt.

Stella stapt uit de auto en opent de achterklep om hun spullen eruit te halen. Waarschijnlijk hebben de mannen het bij het juiste eind, besluit ze als alles in het zand staat. Ze duwt de klep weer dicht. Ondertussen draait de man de lier van de sleepwagen rond om hun nieuwe auto eraf te takelen. Als die op zijn banden staat, overhandigt hij de sleutels aan Fabian.

'Heb je hulp nodig om onze auto erop te krijgen?' vraagt Fabian in het Engels.

'*Ochi, no, vigete.*' De man gebaart met zijn handen dat ze moeten wegrijden.

Fabian haalt zijn schouders op. 'Oké.' Hij opent de klep

van de nieuwe auto. Het is een Hyundai, ziet Stella. Het lijkt haar geen auto waarmee ze honderdtachtig over landweggetjes kunnen rijden. Terwijl Fabian de spullen inlaadt, zet zij de kinderen vast op de achterbank.

'Dat kunnen we zelf ook wel,' zegt Liza verbolgen.

Ze aait haar dochter over haar hoofd. 'Dat weet ik wel, maar moeders doen nu eenmaal graag dingen voor hun kinderen.' Helemaal vlak nadat we bijna een ravijn in zijn gereden, denkt ze erachteraan. *Overdreven, Stella*, zegt ze, zichzelf corrigerend, *Fabian had de auto prima onder controle en jullie zijn niet eens in de buurt van het dal geweest, behalve om te parkeren.* Ze sluit het portier.

'Alles zit erin,' zegt Fabian en hij geeft haar de sleutels. 'Rij jij maar.'

12

Het is al donker als ze door de oude binnenstad van Rethymnon lopen op zoek naar een plekje om te eten. De geur van jasmijn hangt in de smalle straatjes. Inmiddels hebben ze alle vier honger.

'Daar is een tafel vrij,' zegt Stella, terwijl ze naar een plekje wijst.

In een smalle steeg staan tafeltjes voor vier personen tegen een muur. Tussen de huizen is een pergola gemaakt waar druiven overheen groeien. Er hangt een schoolbord aan de gevel waarop met krijt het menu is geschreven.

'Zullen we hier gaan zitten?' vraagt Stella nadat ze het schoolbord heeft bestudeerd. Alles is in het Grieks, maar ze heeft zo'n honger dat het haar niet meer uitmaakt wat er geserveerd wordt.

'Prima.' Fabian moet een beetje bukken om onder de druiven door te lopen. Hij schuift een stoel voor haar naar achteren. 'Madam.'

'Galant, hoor,' zegt ze.

Stella kijkt naar wat er op de andere tafeltjes staat. Het eten ziet er goed uit: traditioneel Grieks en het ruikt heerlijk. Ze voelt haar spieren ontspannen. Hier in de stad heeft ze niet het gevoel dat ze bekeken wordt door vreemden. Zou ze het zich slechts inbeelden, zoals Fabian beweert, of niet? Aan de ene kant wil ze nooit meer terug naar dat dorp, maar aan de andere kant wordt ze steeds nieuwsgieriger naar wat er vlak na de oorlog gebeurd is.

'Stella?'

Aan Fabians stem hoort ze dat hij haar al een paar keer iets gevraagd heeft.

'We willen graag bestellen,' zegt hij.

Nu pas ziet ze dat er iemand van de bediening aan hun tafeltje staat.

'Eh, doe maar wat vegetarisch. Een paar verschillende hapjes om te delen.'

Terwijl Fabian zo'n beetje het hele rijtje dat op het bord staat bestelt, dwalen haar gedachten af naar die middag. Ze hoopt dat het Duitse gezin net als zij ergens rustig zit te eten.

'Ik heb in geen tijden zo lekker gegeten,' zegt Fabian als alle schaaltjes en borden nagenoeg leeg zijn.

'Ik heb in geen tijden zovéél gegeten,' antwoordt Stella. Normaal gesproken kan ze zich aardig inhouden, maar dit was allemaal zo verrukkelijk. Zelfs de kinderen hebben van alles geproefd!

'Zullen we om het Fortezza heen naar huis lopen?' stelt Fabian voor. 'Dan kunnen we even uitwaaien langs zee. Ik weet niet hoe het met jullie staat, maar mijn kleren plakken aan mijn lijf.'

'Prima.' De klok geeft bijna tien uur aan en het is nog steeds warm buiten. In deze smalle straatjes is vanavond geen enkele verkoeling.

'Gaan we nog monopoly spelen?' vraagt Levi.

'Het is nu al veel te laat. Morgen,' belooft Stella.

Levi accepteert de afwijzing gelaten. Aan zijn kleiner wordende ogen ziet ze dat haar zoontje moe is.

Fabian staat op. Terwijl hij afrekent slentert Stella met de kinderen het terras af. Zodra de kinderen in bed liggen duikt zij er ook in, neemt ze zich voor. Morgen gaan ze er een rustig dagje van maken. Geen heen en weer gerij over het eiland, maar gewoon de stad verkennen, ergens lunchen en 's avonds het beloofde spelletje doen.

'Gaan jullie mee?' vraagt Fabian, die naast hen opduikt.

Via een wirwar van straatjes lopen ze het centrum van de stad uit. Aan zee staat een aangenaam windje. De golven klotsen tegen de rotsen aan die een paar meter lager liggen. Een paar keer kijkt Stella over het lage muurtje dat langs de stoep ligt; het water is inktzwart. Af en toe passeren ze een trap die naar de rotsen beneden leidt. De zilte lucht heeft een rustgevende uitwerking op haar. Aan de overkant van de weg ligt de rots waar het Fortezza op is gebouwd; een paar grote lampen verlichten de rotswand en de dikke muren.

'Gaan we daar ook heen?' vraagt Levi, terwijl hij omhoogwijst.

'Vast. Maar niet nu,' antwoordt Stella.

'Morgen?' jengelt Levi.

'Morgen,' belooft Fabian zonder eerst met haar te overleggen. Ze is te moe om tegen hem in te gaan.

Als de kinderen op bed liggen, stelt Fabian voor om nog even samen op de patio te gaan zitten. Hij heeft een karaf water gevuld. Het licht dat vanuit de woonkamer komt geeft voldoende zicht. Stella speelt met haar glas. Na hun gekibbel heeft ze het onderwerp 'Armeni' niet meer aangesneden, maar het zoemt nog wel rond in haar hoofd.

'Ik weet dat je me niet gelooft als ik zeg dat de mensen in Armeni...' begint ze aarzelend.

'Ik geloof jou altijd,' onderbreekt Fabian haar. 'Maar ik denk dat je gevoel ernaast zit. Die mensen zien ons als toeristen, meer niet.'

Als ze niet uitkijkt wordt dit gesprek een herhaling van vanmiddag en daar heeft ze geen zin in. 'Neem me in elk geval serieus.'

Hij wrijft over zijn kin en gaat dan wat meer rechtop zitten. 'Oké, vertel.'

In een paar zinnen legt ze uit hoe de eigenaar van het kafenion aanvankelijk op haar reageerde.

'En dat vertaal jij naar: ze heeft me herkend?'

'Waarom zou ze anders zo doen?'

'Je kunt de vraag ook omdraaien. Wat zou jouw grootvader op zijn geweten moeten hebben dat zijn dorpsgenoten een mensenleven later zo reageren op zijn kleindochter?'

Daar heeft Fabian gelijk in. Haar grootvader was een eenvoudige schaapherder.

'Ze kan om heel veel redenen zo gereageerd hebben, Stella. Wie weet had ze net gehoord dat haar moeder niet lang meer te leven heeft, of lijk je op iemand met wie ze op school heeft gezeten.'

Hij heeft gelijk; dat dringt nu ten volle tot haar door. Er kunnen honderdduizend redenen voor de reactie van die vrouw zijn geweest. Net zoals er honderdduizend te verzinnen zijn voor de luiken dichtdoen als je een toerist ziet of voor een voorruit die verbrijzelt. Zelfs de chauffeur van de sleepauto, die toch wel vaker te maken zal krijgen met zulke pechgevallen, wees meteen de rotswand als de grote schuldige aan. Ze maakt van een mug een olifant. De enige manier om achter de waarheid te komen is teruggaan naar Armeni en de vrouw vragen stellen.

'Misschien heb je gelijk,' zegt ze.

Fabian legt zijn hand op de hare. 'Lieverd, waarom ga je niet gewoon naar je familie zoeken nu we hier toch zijn? Zij hebben toch het recht om te weten dat er een familielid is overleden?'

Ze kijkt hem aan. Wat Fabian voorstelt gaat lijnrecht in tegen de laatste wens van haar opa, en dat terwijl hij juist degene was die vond dat laatste wensen gerespecteerd moesten worden.

'Laat maar. Ik weet wat je denkt,' gaat Fabian met een zucht verder. 'Toch vind ik dat ze het moeten weten.'

'Ik spreek geen Grieks.'

'Er is vast wel een tweetalig iemand te vinden die bereid is de boodschap op papier te zetten, en ook de huizen in Armeni hebben een brievenbus.'

Daar heeft hij alwéér gelijk in. 'En ik wil geen navraag doen in het dorp,' zegt ze vastberaden.

'Dat hoeft ook niet. Rethymnon is de hoofdstad van de regio waar Armeni onder valt. Er is vast wel een bibliotheek waar we historische informatie vandaan kunnen halen. Ben jij niet nieuwsgierig naar wat er gebeurd is vroeger?'

'Ik heb mijn opa nog nooit op een leugen kunnen betrappen,' zegt ze.

'Voor een familieruzie verstoot je je minderjarige kinderen niet, Stella. Er moet meer aan de hand zijn geweest.'

'Waar denk jij dan aan?'

'Weet ik veel. Mogelijk heeft hij een meisje zwanger gemaakt en wilde hij niet met haar trouwen? Dat soort zaken kon vroeger hoog oplopen.'

Bij die mogelijkheid heeft ze geen seconde stilgestaan. Het klinkt heel logisch: trouwen of vertrekken. Wie weet zijn er harde woorden gevallen, want haar grootvader kon heel koppig zijn. 'Maar dat zou betekenen dat mijn vader een halfbroer of -zus heeft.'

'Ja, wie weet.'

Stella legt haar hoofd in haar nek en kijkt naar de lucht die bezaaid is met sterren, alsof er een handje glitters is rondgestrooid. Stel dat haar grootvader inderdaad meer kinderen heeft, dan krijgt ze er een complete familie op Kreta bij. Wil ze dat? Zouden ze haar wel accepteren? Het idee overvalt haar een beetje.

'Waar denk je aan?' vraagt Fabian zachtjes.

Dat is een heel goede vraag. Er spelen zoveel gedachten door haar hoofd. 'Ik voel me thuis aan deze kant van het eiland,' begint ze. 'Als ik hier was opgegroeid, had ik meer familie gehad, maar je kunt het verleden niet veranderen. De toekomst wel... Eerst wil ik weten wat er gebeurd is, waarom mijn grootvader moest vertrekken, en dan wil ik een besluit nemen.'

'Dus we gaan detective spelen?'

Ze kijkt hem aan. 'Nee, we gaan vakantie vieren met de kinderen. Samen leuke dingen doen. En ja, misschien hier en daar een beetje snuffelen.'

'Je hebt gelijk,' zegt Fabian. Hij buigt zich naar haar toe. 'Weet je wat, we wandelen morgenochtend eerst langs de bibliotheek en daarna beklimmen we het Fortezza, goed?'

'Oké.' Ze vindt op dit moment alles prima, zo moe is ze. Haar benen voelen nog steeds zwaar van het zwemmen. 'Ik ga naar bed,' zegt ze.

'Doe dat. Dan ruim ik hier alles op en sluit de boel af.'

Terwijl ze overeind komt geeft ze Fabian een kus. Ze zou niet weten wat ze zonder hem zou moeten.

13

Tegen tien uur in de ochtend wordt Stella wakker van de hitte. De dunne katoenen gordijnen voor het raam wapperen lichtjes. Ze hoort de stemmen van haar kinderen en ruikt de geur van koffie. Ze draait zich op haar rug. Gisteravond heeft ze lang wakker gelegen, terwijl Fabian al sliep voor zijn hoofd het kussen raakte. Uiteindelijk is ook zij weggezakt in een diepe slaap. Ze trapt het laken van zich af en pakt schone kleren uit de kast. Vanaf nu gaan ze alleen nog maar leuke dingen doen – geen wilde autoritten en geen pogingen om te zwemmen. In de stad hangen aanplakbiljetten van een wijnfestival dat deze week in het park wordt gevierd; misschien kunnen ze er vanavond heen. Er is vast ook wel wat voor de kinderen te doen. Ze kleedt zich aan en trekt het gordijn open. Het donkerroze van de bougainville die over de witte muur groeit doet bijna pijn aan haar ogen.

‘Ha, je bent wakker!’ Fabian komt de slaapkamer binnen met een beker koffie. ‘Lekker geslapen?’

‘Uiteindelijk wel.’ Ze pakt de beker van hem aan.

‘Mooi. Ik heb even opgezocht waar de bibliotheek is en hoe laat die opengaat. De kinderen zijn minder enthousiast over een bezoek, dus heb ik ze omgekocht met een draak en een eenhoorn.’

‘Met een wat?’ vraagt ze.

‘Een opblaasbare draak en een opblaasbare eenhoorn

waar je op kunt zitten, voor in het water. Die heb ik al bij meerdere winkeltjes gezien. Het ontbijt staat klaar.' En weg is hij.

Ze wil niet dat Liza en Levi met een opblaasbaar geval de zee op gaan, want daarmee drijf je te gemakkelijk af naar open water. Dat bleek gisteren maar weer. De koffie is nog veel te heet. Stella blaast in de beker, zet hem op het nachtkastje en haalt haar slippers onder het bed vandaan. Dan bedenkt ze zich. Fabian heeft Levi beloofd om het Fortezza te beklimmen, dat gaat ze niet redden op een paar teenslippertjes. Ze pakt haar wandelschoenen, die eigenlijk te warm zijn voor dit weer, en neemt ze mee in haar hand.

Fabian heeft een uitgebreide ontbijttafel gedekt op de patio. Hij heeft zelfs al vers brood gehaald. De kinderen komen naar haar toe gerend nog voor ze bij de dubbele deuren is, alsof ze haar in geen weken gezien hebben. Door elkaar heen kletsend vertellen ze over hun dromen en hoe vroeg ze wakker waren.

'Rustig, een voor een,' zegt ze lachend.

Als iedereen zit, snijdt Stella een stuk van het stokbrood af. Aan dit leven zou ze wel kunnen wennen. Geen grauwe Hollandse luchten meer, of dagen waarop het alleen maar regent, maar een strakblauwe hemel en zon. In Tilburg kunnen ze hooguit twintig dagen per jaar buiten ontbijten. Zou ze de stap durven maken? Alles opgeven, de kinderen van school halen en een nieuw leven opbouwen op dit eiland? Dan ziet ze Marijke en haar andere vriendinnen hooguit een paar keer per jaar. En Fabian zal zijn familie ook niet zomaar willen achterlaten. Gek eigenlijk, een maand geleden zou ze er niet over gepeinsd hebben om te emigreren en nu staat het idee haar ineens wel aan.

'En daarna gaan we zwemmen,' hoort ze Liza zeggen.

'Hoezo zwemmen? Jullie wilden het fort toch beklimmen?' vraagt Stella.

'Ja, daarna. Ik wil met mijn eenhoorn zwemmen.'

Stella neemt een hap van haar brood. De zee is aan deze kant van het eiland veel te onstuimig, maar ze houdt wijselijk haar mond.

De bibliotheek ligt aan een plein. Onderweg hierheen passeerden ze een ijssalon. Daar heeft ze Fabian en de kinderen achtergelaten, met de belofte hooguit een halfuurtje weg te blijven. Ze kijkt naar de grote deur. Daarachter liggen mogelijk antwoorden op haar vragen. Nog één keer gaat ze bij zichzelf na of ze dit echt wil en dan loopt ze naar binnen.

De bibliotheek ziet eruit als alle andere: lange schappen met boeken die op alfabetische volgorde staan, tafels waarop pas verschenen romans uitgestald liggen en een desk waar een bibliothecaris achter zit.

'*Do you speak English?*' vraagt Stella.

De vrouw kijkt op van haar werk. 'Jazeker,' zegt ze in het Engels. 'Waar kan ik u mee helpen?'

Dat is een heel goede vraag. Hoe gaat ze uitleggen waar ze naar op zoek is? Waar ís ze eigenlijk naar op zoek? Ze denkt na. 'Hebt u informatie over de bewoners van Armeni?'

De vrouw fronst haar wenkbrauwen.

'Ik doe familieonderzoek,' zegt Stella.

'Ah, nu begrijp ik u. Nee, daar kan ik u niet mee helpen. Hooguit kunt u oude kranten doorkijken, misschien staan er artikelen in over het dorp.'

Aan artikelen heeft ze weinig, tenzij de kwestie rond haar grootvader de kranten heeft gehaald, maar dat kan ze zich niet voorstellen. 'Staan daar ook geboorten en overlijdens in?' vraagt ze. Dat is haar enige kans, hoewel een eventueel buitenechtelijk kind waarschijnlijk niet door hem erkend zal zijn en dan dus ook zijn achternaam niet zal dragen.

'Nee. Die worden meestal aangegeven met posters die op gevels of aanplakborden zijn geplakt.'

Dat had ze kunnen weten. In Armeni hing ook zo'n aankondiging.

'Zal ik u naar de computer brengen om ons krantenarchief te bekijken?'

Stella schudt haar hoofd. 'Ik spreek geen Grieks, dus daar heb ik weinig aan.'

'Maar als u vertelt waar u precies naar op zoek bent, kan ik u misschien wel helpen,' stelt de vrouw voor. 'Of u gaat naar Georgios.'

'Wie is dat?'

'Georgios is een oude man die in de bergen woont. Een paar keer per week komt hij naar de stad. Als er iemand is die veel van het eiland en de historie weet, is hij het wel. Bovendien spreekt hij een beetje Engels en Duits. U komt er vast wel uit met hem. Wacht.' Ze pakt een papiertje uit een la en krabbelt er een naam op. 'Hij gaat vaak naar dit kafenion. Weet u waar de Rimondifontein is? Die met de leeuwenkopjes.'

Ze knikt. Daar zijn ze van de week langsgelopen; hij is niet ver van hun huis.

'Als u vanaf daar een stukje doorloopt richting de eeuwenoude moskee, dan is het het kafenion vóór de stadspoort aan uw linkerhand.' Ze geeft haar het papiertje.

'Dank u!'

Als Stella weer buiten staat, moeten haar ogen even wennen aan het felle zonlicht. Ze stopt het papiertje in haar zak en loopt naar de ijssalon waar ze haar gezin heeft achtergelaten. Maar Fabian en de kinderen zijn daar niet, ziet ze al vanaf een afstand. Hij zal haar wel een appje hebben gestuurd. Ze haalt haar telefoon tevoorschijn. Er is geen bericht binnengekomen. Met gemengde gevoelens tikt ze een boodschap voor hem in: *Ik loop naar de Rimondifontein, zie ik jullie straks daar?* Ze bergt het toestel op en loopt door de smalle straatjes het centrum van de stad in. Het kafenion waarover de vrouw sprak is geopend. Buiten zitten oude mannen met elkaar te praten, er staan vuile koffiekopjes op tafel en kleine glaasjes raki – een sterkedrank die haar opa alleen op oudejaarsavond dronk. Ze ziet geen enkele vrouw zitten en ook toeristen lijken de zaak te mijden. Dit is geen zaak waar ze in haar eentje naar binnen wil gaan. Aan het eind van de straat is de fontein, maar zelfs van deze afstand ziet ze dat haar gezin daar niet staat te wachten. Weer kijkt ze op haar mobiel. Fabian heeft haar appje niet eens gelezen. Ze tikt op het groene icoontje om te bellen en wacht geduldig tot hij opneemt. Er gebeurt niets. Met een knoop in haar maag tikt ze een tweede appje: *Waar ben je? Ik sta bij de fontein.* Ze blijft een halve minuut naar het scherm staren, maar niets.

Niet goed wetende wat ze moet doen kijkt Stella om zich heen. Ze kan op een van de terrassen wachten of etalages bekijken, of Fabian spammen met appjes en sms'jes. Besluiteloos blijft ze staan. Waarom Fabian besloten heeft ergens anders heen te gaan is haar een raadsel. Ze begrijpt ook niet waarom hij haar berichtjes ongelezen laat. Ze kijkt naar de drie waterspuwende leeuwenkopjes. Er kan iets gebeurd zijn. Misschien was haar gevoel gisteren toch juist. Er trekt een onaangename rilling langs haar rug. *Rethymnon is een drukke stad; drie mensen raken hier niet zomaar vermist*, houdt ze zichzelf voor. Weer kijkt ze het straatje in. En terwijl ze overweegt om gewoon naar huis te lopen en daar verder af te wachten, trilt haar telefoon. Vlug pakt ze het toestel. Het is Fabian, gelukkig. Ze tikt op het groene hoorntje. 'Waar zijn jullie?'

'Niet schrikken. Levi is gestruikeld over een steen en heeft een lelijke kniewond. Een Griekse vrouw was zo vriendelijk om met ons mee te lopen naar de apotheek. Nu heeft hij verband om zijn knie en staat er een schandalig groot ijsje voor hem op tafel. Kom jij ook deze kant op?'

'Ik kom eraan,' zegt ze gehaast. Zonder afscheid te nemen verbreekt ze de verbinding en rent terug naar de ijssalon.

Terwijl Levi in geuren en kleuren vertelt wat er gebeurd is en zijn verwonding schromelijk overdrijft, voelt Stella alleen maar opluchting.

'Dan gaan we dus niet naar dat fort,' zegt Liza als haar broertje klaar is met zijn verhaal.

'Huh?' Levi kijkt haar verbaasd aan.

'Je kunt toch niet lopen?'

Stella schiet in de lach. 'Ja, dat krijg je ervan, als je overdrijft.'

'Gaan we echt niet?' Levi kijkt hen een voor een geschrokken aan. 'Er kwam echt maar een heel klein beetje bloed uit!'

'O, in dat geval gaan we natuurlijk wel,' besluit Fabian. 'Gaan jullie mee?'

De zon staat hoog aan de hemel als ze over een trap die uit de rotsen lijkt te zijn gehakt naar beneden lopen. Het Fortezza was interessant, maar voor een dag als vandaag veel te warm. Ze passeren een rijtje loungeclubs voor ze weer helemaal beneden zijn. Aan de overkant van de weg zijn overdekte terrassen, die stampvol zitten. Iedereen lijkt verkoeling te zoeken in de schaduw.

'Zullen we een stukje de bergen in rijden?' stelt Fabian na de lunch voor. 'Daar is het koeler dan hier.'

'We gaan niet naar Armeni,' antwoordt ze scherp.

'Wie heeft het nou over Armeni? We kunnen toch gewoon een andere kant op rijden?'

Daar heeft hij gelijk in. Eigenlijk zou ze het liefst rustig in hun Airbnb een boek willen lezen. Tijdens vakanties is Fabian altijd veel actiever dan zij. Sinds ze kinderen hebben, komt ze zelden uitgerust thuis van een paar weken weg.

'Er ligt een reisgids in ons huis. Ik heb vanmorgen een stukje gelezen over het strand van Preveli. Alex had het er ook over, weet je nog? Als je de rivier landinwaarts volgt, kom je bij watervallen,' gaat Fabian verder, alsof hem dat nu pas te binnen schiet. Ze weet wel beter. Hij heeft de kinderen weten te interesseren, want watervallen hebben ook iets magisch.

'Ik zou de na middag liever lezend doorbrengen,' begint ze voorzichtig. 'Die watervallen zijn er van de week ook nog wel.'

'Waarom blijf jij anders niet lekker thuis? Dan ga ik alleen met Liza en Levi op pad.'

Stella twijfelt. Zijn voorstel klinkt aantrekkelijk. Het geeft haar de kans om even tot zichzelf te komen, maar ze wil vandaag liever bij elkaar blijven.

'Ik wil dat mama ook meegaat,' zegt Levi.

Gelukkig, dat idee is van de baan. 'Zullen we anders morgen...' Ze stopt met praten. Aan de overkant scharrelt een man rond die haar bekend voorkomt. Heeft ze hem in Armeni gezien? Of gisteren, op het strand?

'Wat wilde je nou zeggen?' vraagt Fabian.

'Ik, eh...' Ze blijft naar de man staren. Hij is op het muurtje langs de zee gaan zitten. Er lopen meer mannen rond in de karakteristieke Kretenzer kleding, dat is niet waardoor ze gealarmeerd raakt. Het is zijn houding, de manier waarop hij beweegt.

'Stella?'

Ze antwoordt niet, maar houdt haar ogen op hem gericht. Vanuit haar ooghoeken ziet ze dat Fabian haar blik volgt.

'Waarom kijk je naar die kerel? Zo vriendelijk was hij niet.'

Ze kan Fabian niet volgen. 'Hoe bedoel je?'

'Die man daar.' Hij geeft een knikje. 'Dat is toch de echtgenoot van Anna Papadopoulos, die Engelse uit Omalos? Hij gooide ons zijn huis uit.'

Stella's adem stokt. Wat stom dat ze hem niet herkende! Waarom is hij hier? Als hij naar de stad had willen gaan ligt Chania voor hem veel dichterbij. Of haalt ze zich nu weer van alles in haar hoofd?

'Zullen we stemmen?' stelt Fabian voor. 'Watervallen of thuisblijven. Wie is er voor de watervallen?'

Er gaan drie handen omhoog. Nog één keer kijkt Stella naar de overkant, waar Anna's man ogenschijnlijk achteloos op een muurtje zit te roken. Dan steekt ook zij haar hand op.

14

'Het is in totaal bijna anderhalf uur rijden en dan nog een stuk lopen naar de watervallen,' zegt Fabian. Hij bergt zijn telefoon weer op. 'Als we er een uurtje blijven, is dat vier uur heen en terug. Dat vind ik te ver.'

Levi trekt een teleurgesteld gezicht en ook Liza is niet blij.

'Zullen we dan die draak en eenhoorn gaan kopen en naar een Grieks Monopoly Junior-spel op zoek gaan?'

'Ja, pizza!' roept Levi, die de belofte niet vergeten is.

'Goed idee. Kom, dan gaan we de stad weer in.' Fabian slaat zijn armen om de kinderen heen.

Vanuit haar ooghoeken ziet Stella dat ze niet de enigen zijn die verder lopen: ook Anna's man komt overeind. Aan de andere kant van de weg loopt hij met hen mee. Fabian lijkt niets in de gaten te hebben. Als ze het restaurant passeren waar ze op de eerste dag van hun verblijf de moussaka rook, duwt ze haar gezin naar binnen.

'Dit is korter,' zegt ze. 'Kijk, daar ligt Odos Macedonia. Vanaf daar steken we zo door naar de fontein.'

Fabian kijkt haar niet-begrijpend aan over zijn schouder.

'Ga nu maar,' fluistert ze.

Ze gokt erop dat Anna's man niet zo brutaal is dat hij dwars door dit restaurant achter hen aan loopt. Tot nu toe deed hij zijn best om niet herkend te worden en zoiets zou opvallen. Voor ze de gang in lopen waar de toiletten en de keuken aan grenzen, kijkt Stella kort achterom. Dat heeft ze goed gegokt. Hij is in geen velden of wegen meer te bekennen. Weer buiten neemt ze zich voor om van de week echt een keer in Fanari, zoals het restaurant heet, te gaan eten.

Ze duiken een steegje in en even later staan ze bij de Rimondifontein. Terwijl de kinderen de leeuwenkopjes bestuderen en hun handen onder het koude water houden, zoekt Stella op haar telefoon waar er een speelgoedwinkel is.

'Waar was dat voor nodig?' informeert Fabian.

Ze wil nict weer het verwijt krijgen achterdochtig te zijn, dus zegt ze: 'Gewoon. Ik dacht, we nemen de kortste weg. Er is een speelgoedwinkel aan de Arkadiou,' leest ze voor. 'Dat is de straat die achter de boulevard loopt. Als we hier naar links gaan, komen we er vanzelf.'

'De kortste weg,' herhaalt Fabian. Hij gelooft haar niet.

'En ik wilde de keuken zien om te kijken of het er wel schoon is, je kent me.'

'Deze vakantie heb ik juist af en toe het gevoel je helemaal niet te kennen,' mompelt hij. 'Goed, linksaf dus.'

In de Arkadiou lopen ze langs een kleine supermarkt waarvan de eigenaar een reclamebord naar buiten sleept. De middagsluiting is voorbij, constateert Stella. Het is een kleine zaak met smalle gangpaden. Nergens zijn winkelwagentjes te vinden; er staat alleen een stapel mandjes bij de deur.

'Zal ik hier wat frisdrank en chips kopen voor vanavond?'

'Doe maar. Wij wachten hier wel.' De kinderen staan al bij de souvenirwinkel aan de overkant in een paar bakken die buiten staan te graaien.

Stella pakt een mandje en loopt langs de schappen. Veel keus is er niet, dus kiest ze een zak naturel chips. Vlak bij de kassa staan manden met groenten en fruit. Ze haalt er een paar van de sappigste tomaten uit die ze ooit heeft gezien en loopt terug naar achteren om feta uit de koeling te halen. Daarna pakt ze een fles cola en een sixpack water. Er ligt nog een citroen in de keuken die ze in schijfjes kan snijden om erin te doen.

Ze zet haar boodschappenmandje op de toonbank en haalt de spullen eruit. De man verkoopt ook verse olijven die er heerlijk uitzien. 'En die graag,' zegt ze, wijzend op de bak met zwarte olijven in olie, knoflooktenen en kruiden.

De man laat haar twee formaten plastic bakjes zien en ze wijst er eentje aan. Terwijl hij het volschept, dwaalt haar blik af naar buiten. Levi staat met een plat groen pak in zijn hand; kennelijk heeft haar zoon al gevonden wat hij zocht.

'*Kala?*' vraagt de man, terwijl hij een vol bakje omhooghoudt.

'Ne,' antwoordt ze. Het blijft wennen dat een woord dat bijna klinkt als 'nee' in Griekenland juist 'ja' betekent.

De man drukt een dekseltje op het bakje en slaat het bedrag aan op de kassa. Er staat geen pinautomaat. Gelukkig heeft ze altijd contant geld bij zich. Stella haalt een briefje van twintig euro tevoorschijn en legt dat op de toonbank. Terwijl de man naar wisselgeld zoekt, ziet ze dat Fabian met de kinderen het souvenirwinkeltje binnen is gelopen. Ze krijgt een handvol muntgeld terug dat ze in haar broekzak laat glijden en neemt het plastic tasje met de boodschappen van de man over. 'Efcharisto,' zegt ze in keurig Grieks.

De man lacht en wuift haar bedankje weg. '*No, you thanks.*' Hij geeft haar de bon, die ze in haar broekzak propt.

'Heb je alles?' vraagt Fabian zodra ze naar buiten komt.

Aan het tasje in zijn hand te zien heeft hij de beloofde cadeautjes inmiddels aangeschaft.

'Volgens mij wel. We moeten alleen nog even langs de speelgoedwinkel en dan zijn we klaar om naar huis te gaan.'

Het is weer levendig op straat. Op de heenweg was er nauwelijks iemand, maar nu lijkt er ineens een hele stroom mensen van het strand te komen. Ze banen zich een weg naar de speelgoedwinkel. Tegen de tijd dat ze een spel hebben gekocht, is het zo druk op straat dat Stella het niet ziet zitten om via dezelfde weg terug te lopen.

'Als we hier links gaan en dan verderop weer, komen we volgens mij bij de fontein uit,' zegt ze.

Ze schieten het straatje in en laten de menigte achter zich.

'Waarom ben je vanmorgen eigenlijk naar de fontein gelopen?' vraagt Fabian, alsof hem nu pas te binnen schiet dat het vreemd is dat ze daar opeens naartoe wilde.

'Omdat er bij een kafenion daar vlakbij een man zou zitten die alles weet over de geschiedenis van deze regio.'

'En dat vertel je me nu pas?' Fabian blijft stilstaan. 'Vertel op, wat zei hij?'

'Niets. Ik heb niemand gesproken. Er zaten alleen maar mannen bij dat café, dus het leek me verstandiger om het aan jou over te laten.'

Fabian schudt lachend zijn hoofd. 'We lopen er straks weer langs. Als ik vast vooruitga, weet ik hopelijk meer tegen de tijd dat jij er met de kinderen bent. Naar wie moet ik vragen?'

'Georgios. Hij schijnt in de bergen te wonen.'

'Georgios uit de bergen. Goed. Ik zie jullie daar!'

Stella kijkt zijn lange gestalte na. Ondertussen heeft Liza de etalage van een klein juwelierszaakje ontdekt. Ze roept haar. 'Kijk!' Liza prikt met haar vinger tegen de etalageruit en laat een afdruk achter.

'Niet aanraken,' waarschuwt Stella haar. 'Dan moet die meneer alles weer schoonmaken!'

In de winkel zit een grote man met een woeste bos krullen en een baard. Hij slaat met een hamer op een stuk zilver.

Kennelijk maakt hij alle sieraden zelf en dat is goed te zien aan wat er in zijn etalage ligt.

'Mag ik die oorbellen?' vraagt Liza.

Twee cadeautjes op één dag vindt Stella wat te veel van het goede. 'Vind je het een goed idee om op de laatste dag van onze vakantie hier iets te kopen? Als herinnering? Dan kijken we nu alleen om te zien wat je mooi vindt.'

Gelukkig wordt haar voorstel zonder morren geaccepteerd.

Als Stella bij het kafenion is, ziet ze Fabian aan een tafeltje zitten met een oude man die een stok vasthoudt. Zijn gegroefde gezicht heeft iets droevigs.

'Dit is Georgios,' zegt Fabian. 'Volgens de eigenaar van deze bar woont hij inderdaad in de bergen en komt hij altijd lopend naar de stad. Niemand hier weet hoe oud hij is. Sommigen denken dat hij minstens honderd moet zijn, maar dat lijkt me overdreven.'

'Yassou,' zegt Stella vriendelijk tegen hem. Hij beantwoordt haar groet met een kort knikje. Ze pakt een stoel en gaat erbij zitten. Levi en Liza blijven verlegen staan. De zaak is ook helemaal niet ingericht op kinderen, ziet Stella.

'Mag ik u een paar vragen stellen over Armeni?' vraagt ze in het Engels.

De man houdt een heel verhaal in het Grieks om te eindigen met een '*Yes*'.

Stella denkt na. Ze had zich beter moeten voorbereiden op dit gesprek. Opnieuw vraagt ze zich af wát ze eigenlijk wil weten.

'*First raki,*' zegt hij. Hij lacht een paar afgebroken tanden bloot.

Fabian wenkt naar de bar. De eigenaar komt met een fles zonder etiket naar het tafeltje en schenkt een klein glaasje vol dat er al stond. Georgios pakt het glas, tikt er een keer mee op het tafelblad en zegt dan: '*Jamas!*' Hij giet de inhoud in één teug achterover. '*Tell, tell,*' beveelt hij.

Een beetje stotterend begint Stella te praten. Ze legt uit dat haar familie uit Armeni komt en dat ze meer over hen wil weten. Het klinkt allemaal een beetje stom in haar oren. Die man gaat vast uitleggen hoe ze naar het dorp toe moet rijden en haar adviseren om daar rond te vragen.

'*Armeni. Good partisans,*' zegt hij.

Dat woord heeft ze eerder gehoord, partizanen, van de Engelse Anna.

'*Do you know the Venizelos family?*' vraagt ze.

'*Ne, ne! Good people. Raki!*'

'Dit schiet niet op,' zegt Fabian. Zonder met haar te overleggen begint hij over haar opa en de ruzie die hem naar Nederland bracht.

Het gezicht van de man die zojuist nog vrolijk was betrekt nu. 'Evangelis Venizelos,' zegt hij. 'Evangelis Stellios Venizelos? *Born in 1928.*'

Hij heeft haar grootvader gekend. Dat kan niet anders. Hoe kan hij anders weten dat zijn tweede naam Stellios is?

'*Did you know him?*' vraagt ze opgewonden. 'Dat is mijn grootvader! Ik ben naar hem vernoemd, mijn naam is Stella,' zegt ze in het Engels. 'Hij woonde in Tilburg en nu...'

'*No, no, no,*' zegt de man.

'Jawel,' gaat Stella verder. 'Hij is naar Nederland gegaan. Ik ben naar hem vernoemd! Wacht.' Ze haalt haar portemonnee tevoorschijn en laat de man een oude pasfoto van haar opa zien die vlak na de dood van haar ouders is gemaakt. 'Dit is Evangelis.'

De man schiet zo snel overeind dat zijn stoel achter hem op de grond klettert. Zijn gezicht is spierwit.

'*Panaghia mou.*' Hij slaat een kruisteken. '*Evangelis dead, nekrós! In the war.*' De oude man maakt een afwerend gebaar met zijn handen. Dan staat hij op, maakt hetzelfde gebaar nog een keer en loopt het kafenion uit.

Stella kijkt verbouwereerd naar Fabian. 'Wat was dat nou?' vraagt ze. 'Zei hij nou echt...' Ze kan het onmogelijk goed gehoord hebben.

'... dat jouw grootvader is overleden in de oorlog. Hij zal de Tweede Wereldoorlog wel bedoelen.'

'Dat kan niet. Onmogelijk. Dan moet hij de verkeerde voor zich hebben. Er wonen vast wel meer mensen met dezelfde naam als mijn opa in Armeni.' Stella loopt het kafenion uit en kijkt om zich heen. De man is in geen velden of wegen meer te bekennen. Ze gaat terug naar binnen.

De kinderen staan geschrokken tegen Fabian aangeleund. 'Gaan we weg, mama?' vraagt Liza met een verward stemmetje.

'Dat lijkt me een goed idee,' zegt Stella zo kalm mogelijk. Ze tilt de tas met boodschappen van de grond.

De eigenaar van het kafenion komt naar hen toe. Hij zet de tafel recht en zet de stoel weer overeind. '*Crazy old man*,' zegt hij hoofdschuddend. '*He drinks too much.*'

Terug in het huis gaat Stella op bed liggen, terwijl Fabian en de kinderen alles klaarzetten. Zodra de pizza's er zijn zullen ze haar roepen, beloofde Liza toen Stella vijf minuten geleden de slaapkamerdeur achter zich sloot. Nu ligt ze naar het plafond te staren en schieten haar gedachten alle kanten op. Ze zucht. Of ze laat het los en gaat vakantie vieren met haar man en kinderen, of ze zoekt dit tot op de bodem uit, ondanks de waarschuwing van haar opa. Ze draait zich op haar zij en kijkt naar het wapperende witte gordijn. De komende dagen wil ze het een beetje rustig aan doen en niet in het verleden wroeten. Daarna ziet ze wel weer verder. Ze kan altijd een keer met Marijke hierheen vliegen om de amateurspeurneus uit te hangen. Dan blijven Fabian en de kinderen in Tilburg. Ze sluit haar ogen en voelt haar lichaam tot rust komen.

15

Stella zit op een strandbedje bij Rethymnon, haar benen aan weerszijden over de randen. Er ligt een boek opengeslagen voor haar. Af en toe kijkt ze naar de kinderen, die in de branding spelen. Er staat vandaag nagenoeg geen wind en er is ook geen sterke onderstroom. Een paar keer is ze in zee gedoken om zichzelf af te koelen. Fabian is op een terrasje aan de boulevard neergestreken. Hij kan hen zien vanaf zijn plek. Hoewel de eerste week van hun vakantie onrustig begon, waren de afgelopen dagen heerlijk. Ze hebben afwisselend op het strand gelegen en een paar dorpjes bezocht die niet in de buurt van Armeni liggen. De rust is daarmee teruggekeerd en dat merkt ze aan de kinderen. Ze richt zich weer op haar boek, tot er een schaduw over de pagina's valt. Stella kijkt op.

'Ik heb honger,' zegt Liza.

Stella klapt haar boek dicht. 'In dat geval gaan we een plekje zoeken om te lunchen. Waar heb je zin in?'

'Patat,' zegt ze.

Het standaardantwoord. Stella maakt er geen opmerking over. Af en toe is het prima om een patatje te eten, maar niet dagelijks.

Levi komt er ook bij staan. 'Pizza!' roept hij.

Daarvoor geldt hetzelfde wat Stella betreft. Ze denkt na. 'Wat dachten jullie ervan om bij die aardige meneer en zijn moeder te gaan eten? Bij Alex. De vorige keer vonden jullie het daar ook lekker.'

Dat voorstel valt goed. Stella slingert een been over het bedje en zoekt de spullen bij elkaar. Ze geeft de kinderen hun korte broeken en T-shirts en trekt zelf een dun jurkje aan. Daarna pakt ze haar teenslippers onder het bedje vandaan. Achter elkaar lopen ze over een smal pad van houten planken naar de bar waar Fabian zit te lezen.

Stella zet de zware strandtas op zijn tafeltje. 'We hebben besloten om bij Alex te gaan eten,' kondigt ze aan. 'En aangezien het al drie tegen een is, moet je wel mee.' Ze krijgt onmiddellijk bijval van de kinderen.

Fabian legt zijn boek op tafel en rekt zich uit. 'Nou ja, dan moet het maar, hè. Ik zit hier lekker, maar ik word ook een beetje slaperig van de zon.'

Terwijl hij zijn drankjes afrekent, veegt Stella het zand van haar voeten en schiet in haar slippers. De laatste dagen hebben ze niet alleen niks gedaan, maar ze hebben ook een Grieks ritme aangehouden: na de lunch een paar uurtjes rustig thuis doorbrengen. Dat bevalt haar prima en ook de kinderen hebben er geen moeite mee. De ene keer doen ze met z'n vieren een spelletje, de andere keer vermaakt iedereen zichzelf. Vanmiddag wil zij in elk geval haar boek uitlezen.

Er zitten een paar Grieken op Alex' terras, maar het is er niet vol. Ze steken het drukke verkeersplein over.

Alex herkent hen onmiddellijk. 'Yassou!' roept hij over straat.

Fabian steekt zijn hand op.

'Komen jullie lunchen?' vraagt Alex, als ze bij het terras zijn. 'Mijn moeder heeft vanmorgen heerlijke moussaka gemaakt en ik heb zojuist verse sardientjes met zeezout gebakken.'

Stella kijkt naar de kinderen. 'Dat is heel lekker,' zegt ze zonder aan hen uit te leggen wat sardientjes zijn. Het menu tovert geen glimlach op het gezicht van Liza en Levi.

'En ik heb ijs,' zegt Alex, die begrijpt dat de kinderen overgehaald moeten worden om moussaka met sardientjes te eten.

'Oké.' Levi pakt een stoel en gaat zitten.

Stella schiet in de lach. 'Nou, dat lijkt me duidelijk.' Ze zet haar strandtas tegen de gevel en terwijl Alex een schoon kleedje op tafel legt, gaat zij naar het toilet. Het restaurant is een smalle pijpenla. Er staan vier tafeltjes tegen een lange muur en helemaal achterin is een kleine bar met twee krukken. Daar weer achter is de keuken en een smalle gang die naar de toiletten leidt, volgens het bordje dat aan het plafond bungelt. In het voorbijgaan werpt ze een blik op het roestvrijstalen aanrecht dat er kraakhelder uitziet. Ze herkent Alex' moeder aan haar rug. De lange man die voorovergebogen aan een klein houten tafeltje zit heeft ze de vorige keer niet gezien. Er ligt een ordner voor hem en hij krabbelt iets op een papiertje dat ernaast ligt. Alsof hij voelt dat hij bekeken wordt, richt de man zijn hoofd op. Stella schrikt van het plotselinge oogcontact en loopt verder. Ze moet ook niet zo staan koekeloeren, dat slaat nergens op.

Alex heeft net een extra parasol opgezet als Stella weer buiten komt. De schaduw is welkom; haar huid gloeit van de zon. Hoewel ze niet snel verbrandt, is het een teken dat ze moet oppassen. Kennelijk hebben de kinderen een spelletje van binnen gehaald, want er ligt een backgammonbord op tafel.

'Speelde jouw grootvader dit ook niet?' vraagt Fabian.

Stella gaat zitten. 'Ja.' Ze pakt de stenen en legt ze op de juiste plek neer. Een rijtje van twee, eentje van drie en twee van vijf. Ze kan het wel dromen.

'En nu?' vraagt Liza.

'Kies eerst maar een kleur.'

'Wit.'

'Goed. Dan speel ik met zwart.' Stella draait het bord om en legt in korte bewoordingen de spelregels uit. Die zijn simpel, maar het draait om tactiek, weet ze uit ervaring. Haar grootvader speelde het graag; hij had alleen geen tegenspelers behalve haar. Ze heeft hem zo vaak aangespoord om lid te worden van de Griekse Vereniging Tilburg, maar dat heeft hij altijd geweigerd.

'O, dat is makkelijk,' zegt Liza, als Stella klaar is met haar uitleg. Ze pakt de dobbelstenen en gooit.

Stella komt overeind. 'Speel maar met je broer.' Ze wil Liza's plezier niet bederven door van haar te winnen. Levi kruipt snel op Stella's stoel en even later zijn de kinderen verdiept in het spel. Stella glimlacht. Elkaar eraf slaan lijkt hun hoogste doel te zijn.

Alex komt naar buiten met een flesje retsina en een karaf water. Hij schenkt twee glazen vol. 'Die krijgen jullie van mij,' zegt hij. 'Jamas!'

Stella kijkt Fabian aan. 'Het is pas halftwee,' zegt ze.

'Het is Griekenland,' antwoordt Fabian. Hij tikt zijn glas tegen het hare en neemt een slok.

'Eentje dan.' Ze pakt haar glas. De wijn met zijn typische harssmaak drinkt ze zelden. Eigenlijk smaakt retsina alleen in Griekenland lekker.

Alex komt in de deuropening staan. 'Jullie hebben mijn broer de vorige keer niet ontmoet, toch?' vraagt hij. 'Wacht. Mikis!' roept hij door de zaak. Even later komt er een grote zware man van middelbare leeftijd bij Alex staan.

'Dit is mijn broer, Mick. We noemen hem ook wel Mikis,' zegt hij.

De man bromt iets onverstaanbaars zonder hun een blik

waardig te keuren en loopt weer richting de keuken.

'Hij heeft het druk,' zegt Alex verontschuldigend en hij gaat zijn broer achterna.

'Stugge kerel,' merkt Fabian op.

Stella reageert niet. Mick is de man die ze daarnet in de keuken zag zitten. Waarschijnlijk reageerde hij zo lomp omdat zij hem aanstaarde.

Alex komt weer naar buiten met borden en bestek, en hij dekt hun tafel. 'Mijn broer is nooit erg gastvrij geweest,' zegt hij. 'Aard van het beestje. Daarom doet hij de administratie en zorgen mijn moeder en ik voor de gasten. Zo, het eten komt eraan.' Zonder Liza en Levi te vragen of ze het ermee eens zijn, pakt hij het backgammonbord op en legt het op een leeg tafeltje. 'Straks mogen jullie verder spelen.'

De kinderen accepteren het nog ook.

De moussaka is opgebouwd zoals haar grootvader het altijd deed: eerst schijfjes gebakken aardappel, dan plakjes aubergine en courgette, daarna gehakt met tomatensaus, opnieuw een laag met aubergine en courgette en als laatste weer aardappel. Het bovenste laagje van roux met eieren en kaas is precies goed, constateert Stella. Het is haar nog nooit gelukt om het zo perfect te krijgen. Eigenlijk maakt ze dit gerecht veel te weinig, maar het is ook zo ontzettend veel werk. Alex heeft een schaal met Griekse salade op tafel gezet en een bord vol gebakken sardientjes. Toen hij het brood serveerde, zei hij: 'Persoonlijk gevangen en vanmorgen gebakken.'

Stella neemt een slokje van haar wijn. Het smaakt allemaal zalig. Ze zou de rest van haar leven elke dag in dit restaurant kunnen eten. *Daarvoor zul je dan wel eerst moeten verhuizen*, schiet het door haar heen. De gedachte maakt haar op een prettige manier onrustig. *Misschien, ooit*, houdt ze zichzelf voor, *maar niet nu*. Eerst moeten de kinderen hun school afmaken en daarnaast wil ze ook nog achterhalen wat er bijna tachtig jaar geleden gebeurd is.

Alex zet nog een schaaltje op tafel. Er zit een roze mousse in die Stella herkent als *taramosalata*, een mousse van viskuit. Ze smeert een klein beetje op het verse brood en neemt een hapje. Dit heeft ze al zo lang niet meer gegeten!

Kennelijk ziet Alex aan haar gezicht dat ze geniet. 'Ook zelfgemaakt. Zelfs de vis waar de kuit uit komt heb ik zelf gevangen,' zegt hij met enige trots. 'Hier op zee.'

'Heb jij dan een boot?' vraagt Fabian.

Alex gaat aan het tafeltje zitten waar het backgammonspel op staat. 'Jazeker, een vissersbootje. Mijn vader heeft hem ons nagelaten. Als het werk er 's avonds op zit, ga ik altijd even de zee op. Soms vang ik niets, dan maakt mijn moeder iets klaar met groente uit de tuin, en soms heb ik geluk. Dan kunnen we onze gasten vis serveren.'

'Wat leuk! Ik ben hobbyvisser, maar altijd vanaf de kant,' zegt Fabian.

Alex staat weer op en pakt even Fabians schouder vast. 'Altijd leuk een liefhebber te ontmoeten. Goed. Ik laat jullie met rust,' zegt hij. '*Kali orexi*.'

'Wat zei hij nou?' vraagt Levi.

'Kali orexi,' herhaalt Stella. 'Dat betekent "eet smakelijk".'

Een halfuur later zijn alle schalen tot de laatste kruimel leeg. Ze heeft veel te veel gegeten, constateert Stella. Misschien is het toch geen goed idee om dit als hun vaste restaurant te bestempelen. Ze zou kilo's aankomen.

'Ik geloof niet dat ik ooit zo lekker gegeten heb,' zegt Fabian. Hij hangt onderuit op zijn stoel.

Alex stapelt de vuile borden en schalen op. 'Ice cream?' vraagt hij.

De kinderen reageren opgetogen, maar Stella slaat het aanbod af, net als Fabian. 'Ik zit helemaal vol.'

'Griekse koffie dan?' stelt Alex voor. 'Met lekker veel suiker?'

Stella kijkt Fabian aan. Ze schieten allebei tegelijk in de lach. 'Sorry. Ja, doe maar,' zegt ze. Het voelt bijna als thuiskomen.

'Voor mij niet, dank je,' antwoordt Fabian.

'Zullen we straks via de boulevard naar huis lopen?' stelt Stella voor als Alex is verdwenen.

'Dat lijkt me een goed idee.' Fabian pakt het backgammonbord weer en legt het tussen Liza en Levi in, maar de kinderen hebben hun interesse in het spel verloren.

Stella bergt het bord op in de doos. Misschien moet ze tegen het eind van de middag maar naar de kleine supermarkt aan de Arkadiou lopen en wat hapjes voor vanavond halen. 'Leg het spel maar terug,' zegt ze tegen Liza.

Haar dochter pakt het van haar aan en rent het restaurant in. Ze botst tegen Mick op, die net naar buiten wilde lopen, ziet Stella. Hij bijt haar iets in het Grieks toe en beent boos weg. Liza komt huilend hun kant op.

'Onbehouwen hork,' zegt Stella, terwijl ze haar dochter kalmeert. Hoe is het mogelijk dat Alex en deze vreselijke man familie van elkaar zijn? Ze lijken in geen enkel opzicht op elkaar!

'Kom, ga maar zitten,' zegt ze als Liza's tranen opgedroogd zijn. 'De ijsjes komen eraan.'

Alex komt met twee glazen schaaltjes naar buiten. 'Voor jou en voor jou,' zegt hij en hij zet ze voor de kinderen neer. Hij heeft een parasolletje in de bolletjes geprikt. Stella opent haar mond om iets over Micks gedrag te zeggen, maar besluit dan te zwijgen. Alex is zo aardig voor hen; ze kan hem moeilijk verwijten dat zijn broer asociaal is.

Als Alex terugkomt met de koffie, gaat hij opnieuw aan het tafeltje naast hen zitten. 'Hebben jullie weleens op zee gevist?'

'Nee, nog nooit,' zegt Fabian. 'Waarom vraag je dat?'

'Ik vaar vanavond om halfelf uit. Mijn boot ligt in de Venetiaanse haven. Jullie mogen mee, als je er zin in hebt.'

Stella ziet Fabians gezicht oplichten, maar toch vindt ze het geen goed plan.

'Dank je wel, maar dat wordt veel te laat voor de kinderen,' zegt ze voor Fabian toehapt.

'O, maar ik neem nooit kinderen aan boord mee,' antwoordt Alex met een knipoog. 'Heeft jullie hotel geen oppasservice?'

'We hebben iets gehuurd via Airbnb. Ik vind het jammer, maar mijn vrouw heeft gelijk,' antwoordt Fabian.

'Ah, Airbnb. Staat het huis op een leuke plek?'

'Ergens in het oude deel van de stad,' zegt Fabian. 'Het is een geweldig leuk huis met een patio die deels overdekt is door de bovenverdieping.'

'Ja, ik ken dat soort huizen,' zegt Alex. 'Ik denk dat mijn moeder wel wil oppassen en anders heb ik nog een nichtje van achttien die een extra zakcentje goed kan gebruiken. Of mijn vrouw, die kan ik het ook vragen.'

'Dat is allemaal heel lief, maar we hebben andere plannen voor vanavond,' zegt Stella. Ze wil de kinderen niet bij een vreemde achterlaten, of het nu familie van Alex is of niet.

'Andere keer dan?' vraagt Alex. 'Ik zou het heel leuk vinden. Er gaan wel vaker gasten met me mee. Het is beter dan een excursie voor toeristen.'

'Andere keer,' belooft Stella hem.

Als Alex buiten gehoorsafstand is, zegt Fabian: 'Het had mij wel leuk geleken.'

'Mij ook. Maar ik ga de kinderen niet achterlaten bij een

vrouw die hun taal niet spreekt. Trouwens, sinds wanneer durf jij de zee op?' Amper een week geleden werd haar echtgenoot boos omdat zij een drenkeling uit het water had gehaald en nu wil hij 's nachts gaan zeevissen.

'Ik spring het water niet in,' zegt hij. 'We zijn toch ook met de boot naar Terschelling gegaan?'

'Zo'n grote veerboot is wel iets heel anders dan een vissersbootje.'

'Maar het heeft allebei een dek waar je op kunt zitten.'

'En het kan allebei vergaan,' zegt Stella.

Fabian begint te lachen. 'Touché,' zegt hij. 'Maar als ik daarbij stil moet staan, kan ik mezelf net zo goed thuis opsluiten. Een vliegtuig vliegt ook over water, er ligt zelfs een reddingsvest onder de stoelen. Daar stap ik toch ook gewoon in zonder me er zorgen over te maken dat we uit de lucht kunnen vallen?'

Liza en Levi kijken verschrikt op.

'Papa maakt een grapje, jongens,' zegt ze geruststellend. 'Vliegtuigen vallen nooit zomaar uit de lucht.' Deze discussie kunnen ze beter niet in het bijzijn van de kinderen voeren. 'Waarom ga jij niet een keer alleen met Alex op pad?'

'Nee,' zegt Fabian. 'Dat doe ik niet. Ik ben met jullie op vakantie.'

16

Toen ze vanmorgen wakker werden hing er een dik wolkendek boven het eiland. Er is geen regen voorspeld, maar het is ook geen strandweer. Het is benauwd warm, alsof er onweer in de lucht hangt. Toch zijn de weersvoorspellingen goed; het zou vanmiddag moeten opklaren. Tijdens het ontbijt stelde Fabian voor om naar het klooster van Preveli te rijden om het museum en de watervallen te gaan bekijken en nu hobbelen ze over een onverharde weg in een poging Armeni te vermijden. Dat was haar voorwaarde. De afspraak was immers dat ze niet meer naar het dorp zouden gaan.

'Ik ben blij dat ik een extra bandenverzekering heb afgesloten,' moppert Fabian.

Toen Stella met haar voorwaarde kwam, zag ze aan zijn gezicht dat hij het allemaal maar onzin vond. Ze heeft er verder geen woorden aan vuilgemaakt en is de ontbijtspullen gaan afwassen.

'Er is hier ook geen gsm-mast. Telefonisch bereik nul komma nul. Als we een band kapotrijden, zullen we kilometers moeten lopen voor hulp,' gaat Fabian verder.

'Dan ga ik wel op pad en mogen jullie bij de auto wachten,' zegt ze. Typisch Fabian: als hij zijn zin niet krijgt, draaft hij door.

'En gisteravond...'

'Alsjeblieft, Fabian,' valt ze hem in de rede. 'Ik zou dit ook voor jou hebben gedaan. Laten we het gezellig houden.'

Hij zucht, maar zegt niets. Stella tuurt door de voorruit. Verderop lijkt het ezelspad waar ze op rijden te kruisen met een geasfalteerde weg. Het probleem is straks dus opgelost. 'We zijn bijna weer bij de doorgaande weg.'

'Gelukkig wel.'

Fabian klinkt nog steeds niet vrolijk, eerder nijdig. Misschien moet ze ook niet zo overdrijven. Er gebeurt niets als ze door het dorp heen rijden. Stoppen en iets eten of drinken is een ander verhaal, maar gewoon de doorgaande weg volgen kan helemaal geen kwaad.

'Sorry,' zegt ze. 'Je hebt gelijk. Laten we op de terugweg maar de normale route nemen.'

'Hèhè, je ziet eindelijk het licht,' antwoordt hij een beetje sarcastisch.

Ze draaien de weg op en Fabian geeft gas. Hij legt een hand op haar knie. 'Vertel, wat is er zo leuk aan een klooster dat je erheen wilt?'

'Geen idee. Het schijnt een must-see te zijn voor iedere toerist. Verder kun je vanaf daar naar het palmenstrand lopen en dat leek me wel aardig.'

'Met dit weer?' vraagt Fabian.

'Juist daarom. Dan hoeven we niet over de hoofden van toeristen naar de waterval te wandelen.' Zojuist noemde ze het magische woord en ineens zijn de kinderen alert.

'Waterval?' vraagt Liza.

'Het is wel een stukje lopen,' waarschuwt Stella.

Haar woorden worden overstemd door het enthousiaste gejuich van de kinderen.

Stella kijkt omhoog naar het wit gestuukte klooster terwijl Fabian hun spullen uit de achterbak haalt en de huurauto afsluit. Het is niet eens zo'n heel groot gebouw, valt haar op.

Een ouder deel van het klooster zagen ze onderweg al liggen, dat wordt niet meer gebruikt en is bijna een ruïne, maar dit ziet er goed onderhouden uit. Ze lopen erheen. Het klooster ligt rond een grote binnenplaats waar palmbomen staan. Een deel is mooi wit geschilderd, maar een ander deel bestaat uit grauwe stenen.

'Zullen we dan maar beginnen met het museum?' vraagt Fabian. 'Want hier valt niet veel te zien.'

Stella kijkt om zich heen. Dat lijkt haar een goed idee. Behalve een bezoek brengen aan het kerkje is hier inderdaad weinig te doen. Ze lopen een korte trap op. Fabian moet bukken voor de deuropening. Het museum is gevestigd in een kleine ruimte. Er staan grote amfora's en relikwieën van de Grieks-orthodoxe kerk. Ze bekijken de met bladgoud ingelegde bidprentjes en bronzen wierookvaten. Het zegt de kinderen allemaal niets, ziet Stella. Die zijn in gedachten al bij de waterval. Bij de deur ligt een groot boek op een katheder. Ze kijkt erin. Het is een soort gastenboek waarin bezoekers hun naam hebben achtergelaten, soms met een stukje tekst. Ze leest er een paar. Er komen opvallend veel toeristen uit Nieuw-Zeeland en Australië naar het klooster; dat had ze niet verwacht.

'Ik ga vast met de kinderen naar buiten voor ze iets slopen,' fluistert Fabian. 'Kom je ook zo?'

Ze knikt. Op een of andere manier fascineert dit boek haar. Ze slaat het dicht en opent het dan bij de allereerste pagina. Iemand heeft in het Engels een dankwoord geschreven voor alle hulp. Er staat een rijtje namen onder gekrabbeld waarvan de eerste haar bekend voorkomt. Ze pakt haar mobiel en opent de foto die ze in Omalos maakte van de gedenkplaat. James Callum Mackay, leest ze. Degene die het dankwoord schreef heet ook Mackay. Het kan toeval zijn; ze heeft geen idee of het een algemene achternaam is of niet. Stella kijkt om zich heen. Er zijn een paar toeristen, maar ze ziet niemand die bij het klooster hoort. Ze legt het boek weer op de juiste pagina open en kijkt voor een tweede keer rond. Er komt een monnik uit een smalle deur achter in het museum. Hij kan haar misschien meer vertellen over de geschiedenis van het klooster. Daarvoor kan ze de vertaalapp gebruiken, maar het zou makkelijker zijn als diegene Engels sprak.

Ze stapt op hem af. '*Do you speak English?*'

'*Periménete,*' antwoordt de man, terwijl hij een beweging met zijn handen maakt om aan te geven dat ze even moet wachten. Hij verdwijnt weer door dezelfde deur.

Stella kijkt naar de binnenplaats waar Fabian en de kinderen op haar staan te wachten. Misschien moet ze voorstellen dat ze alvast naar de waterval lopen, of gewoon met hen meegaan. Ze aarzelt. Zou de oplossing van het raadsel waarom haar grootvader juist bij de gedenkplaat uitgestrooid wilde worden hier kunnen liggen? Vlug loopt ze naar buiten. Terwijl ze de deur waardoor de monnik verdween in de gaten houdt, zegt ze: 'Weet je wat, gaan jullie maar vast naar de watervallen, dan zien we elkaar weer op het strand.'

Fabian kijkt haar bevreemd aan. 'Wil je niet liever bij elkaar blijven?'

Ze kijkt weer naar de smalle deur. Als ze nu wegloopt is er niets aan de hand. Dan is er hooguit iemand voor niets naar het museum geroepen.

'Ik wil, ik eh…' hakkelt ze. Ze zou het loslaten, dat heeft ze zichzelf beloofd. En niet alleen dat, ze heeft Fabian nota bene over een ezelspad om Armeni heen laten rijden. Als ze hem nu vertelt over de naam in het gastenboek, volgt er ongetwijfeld een discussie zodra Liza en Levi vanavond op bed liggen. 'Ik wil meer weten over het Griekse geloof,' zegt ze uiteindelijk. 'Per slot van rekening kom ik hier vandaan en is de kans groot dat mijn opa orthodox is opgevoed.'

Fabian trekt zijn wenkbrauwen omhoog. 'En dat bedacht je opeens in dit museum?' Ze ziet een twinkeling in zijn ogen.

'Ja. Bovendien heb ik al zoveel watervallen gezien in mijn leven en is papatijd ook heel leuk voor de kinderen.'

'Oké, wat jij wilt. Dan zien we je straks op het strand.' Hij kijkt op zijn mobiel. 'Er is gelukkig wel bereik hier.' Hij geeft haar een kus. 'Tot zo.'

Ze kijkt haar gezin na. Fabian heeft haar heus wel door; die gelooft geen woord van wat ze zojuist als reden opdiste. Ze zal vanavond met een betere smoes op de proppen moeten komen. Of ze vertelt hem gewoon de waarheid.

De man die haar te woord staat spreekt goed Engels. Hij moet al ver in de tachtig zijn. Ze legt hem uit dat ze de naam Mackay bij een dankwoord zag staan en zich afvraagt waarom er zoveel mensen vanuit Australië en Nieuw-Zeeland naar Preveli reizen.

'Dat is een lang verhaal,' zegt de monnik. Hij pakt een stoel die in een hoek staat en gaat zitten. Met twee handen leunend op zijn stok begint hij te vertellen. 'In mei 1941 wilden de Duitsers Kreta bezetten. Het ging er heftig aan toe, maar de Kretenzers hielden stand. De Grieken wisten dat er Australische en Nieuw-Zeelandse troepen aan kwamen om te helpen. Hun schepen zouden 's nachts arriveren aan de zuidkust. Een jongeman uit Rethymnon heeft nachtenlang met gevaar voor eigen leven op het strand van Preveli doorgebracht in afwachting van de troepen. Hij heeft die soldaten 's nachts via het gevaarlijke pad dat langs de rotswand leidt naar het veilige klooster gebracht. Uiteindelijk is het de Duitse bezetter nooit gelukt om Kreta helemaal onder controle te krijgen. Kretenzers zijn partizanen. We hebben tot de laatste man gevochten. Onze boeren hebben de vijand met hooivorken verjaagd!' Hij kijkt haar aan. 'Maar waarom wilt u dit allemaal weten?'

Overvallen door zijn vraag weet Stella even niet wat ze moet zeggen. 'Ik eh...' Ze kan gewoon de waarheid vertellen. 'Ik was op de hoogvlakte van Omalos en zag daar een gedenkplaat waar namen op staan. Een van die achternamen, Mackay, staat ook in uw gastenboek en nu...'

De smalle deur gaat open. De monnik die ze al eerder had gezien, fluistert iets in het oor van zijn broeder.

De man knikt en komt overeind. 'Sorry,' zegt hij. 'Ik word geroepen. Misschien kunt u nog eens terugkomen naar ons klooster? We hebben een heel archief uit die tijd, mocht u meer willen weten over de oorlogsjaren.'

'Misschien,' zegt ze. 'In elk geval bedankt voor uw tijd.' Waarschijnlijk is het verhaal van de monnik ook wel ergens op internet te vinden. Ineens vraagt ze zich af of Alex' Australische vader een van de soldaten was die naar Preveli is gebracht. De volgende keer dat ze bij hem en zijn moeder gaan lunchen moet ze het eens aan hem vragen.

Stella loopt het klooster uit naar de parkeerplaats in de richting van hun huurauto. Kort inspecteert ze de banden. Ze blijft een onrustig gevoel houden, alsof ze op haar hoede moet zijn. Een eindje verderop ziet ze een bordje in de berm staan dat naar het strand verwijst. Ze loopt erheen. Voor haar ligt een brede zandweg die naar beneden leidt en niet het smalle pad over de rotsen dat de monnik beschreef. Gelukkig maar.

Langs de rivier vlak bij het strand van Preveli staan duizenden palmbomen. Stella kijkt om zich heen. Fabian en de kinderen zijn nog niet terug van de waterval. Ze ploegt door de fijne kiezeltjes naar de rivier. Als ze de stroom blijft volgen, komt ze vanzelf bij hen uit. Besluiteloos blijft ze staan. Er is nauwelijks iemand op het strand en de zee is prachtig. Op een zonnige dag moet het hier veel drukker zijn. Liever wacht ze hier op haar gezin.

Ze laat zich in het zand vallen en opent weer de foto die ze in Omalos maakte. Via een vertaalapp vertaalt ze de tekst die boven de rij met namen staat: TER HERINNERING AAN DE SLACHTOFFERS VAN 31 MEI 1941. Kennelijk is er een slag geweest op de hoogvlakte. Ze begint te rekenen. Haar grootvader was dertien jaar in 1941, veel te jong om mee te vechten. Die slag kan dus nooit de reden zijn geweest dat hij daar zijn as uitgestrooid wilde hebben. Waarschijnlijk zit ze op een dood spoor. Ze sluit het scherm weer. Op de dag dat ze in Heraklion landden, kende ze haar Griekse familie niet en in het ergste geval blijft dat zo. Het ziet ernaar uit dat Fabian gelijk gaat krijgen: haar opa heeft het antwoord mee zijn graf in genomen. Er is maar één manier om alsnog te achterhalen wat er gebeurd is in 1945, en dat is teruggaan naar het kafenion in Armeni en vertellen hoe ze heet, waar ze vandaan komt en waarom ze naar het eiland gevlogen is. Wat kan er gebeuren? Er is natuurlijk veel veranderd; in die jaren was de oorlog amper voorbij en liepen velen nog gewapend rond. Het gevaar dat haar opa liep, zal zij nu niet lopen. Zelfs partizanen gaan met hun tijd mee. Onwillekeurig moet ze lachen om haar eigen gedachte.

In de verte hoort ze de stemmetjes van haar kinderen en de schaterende lach van Fabian haar kant op komen. Ze is niet alleen. Stella sluit haar ogen en laat zich achterovervallen. De kleine kiezeltjes kruipen in haar kleding, maar het interesseert haar niks.

17

De kinderen rennen uitgelaten naar Stella toe zodra ze haar in het vizier krijgen en beginnen door elkaar heen te praten over hoe mooi de waterval was. Als ze Levi mag geloven, moet hij honderden meters hoog zijn geweest.

Fabian gooit zijn rugzak van zich af en laat zich naast haar in het zand laat vallen. 'Je hebt inderdaad iets gemist.' Hij toont haar de foto's die hij met zijn mobiel heeft gemaakt. 'En er schoot me nog iets te binnen.' Hij veegt over het scherm. 'Een andere vertaalapp van Google. Bij die watervallen herinnerde ik me dat we daar op mijn werk ook weleens gebruik van maken als we buitenlandse klanten op bezoek hebben die geen Engels spreken. Zeg maar wat.' Hij houdt haar zijn toestel voor.

'Hallo, ik ben Stella,' zegt ze. Onmiddellijk verschijnen er Griekse letters op het scherm. 'Grappig. Maar hoe weten we nu of die app het goed vertaald heeft? Voor hetzelfde geld staat daar: "Je man heeft een relatie met de buurvrouw."'

'Ja, daar kunnen we alleen maar in het gebruik achter komen.' Hij bergt zijn telefoon weer op. 'Ben je meer te weten gekomen in het klooster? Wanneer is de doop?'

'Heel grappig. Ik ben wel iets wijzer geworden.' Ze wil zich een beetje op de vlakte houden nu. 'We kunnen altijd nog een keer hier terugkomen, toch?'

'Jippie!' gillen de kinderen. 'Gaan we dan bij de waterval zwemmen?'

‘Misschien.’ Ze wil geen loze beloften doen.

Fabian komt overeind en trekt zijn shirt uit om de steentjes eraf te schudden. ‘Goed. Zullen we weer naar de andere kant van het eiland rijden?’

‘En even stoppen in Armeni,’ vult ze hem aan.

Fabian trekt zijn shirt weer aan. ‘Meen je dat nou? Dan hadden we op de heenweg dus gewoon over de normale weg kunnen rijden.’

Ze negeert zijn verwijt. ‘Ik heb nagedacht terwijl ik op jullie wachtte. Loslaten kan ik het niet en over amper twee weken zijn we terug in Tilburg. Het is een beetje nu of nooit.’

‘Of een keer met z’n tweeën teruggaan naar Kreta.’ Fabian steekt zijn hand uit om haar overeind te trekken.

Ze legt de hare erin. ‘We zijn met een reden hierheen gevlogen, maar ik besef dat ik nu toch meer wil proberen te achterhalen over mijn afkomst.’

Fabian slaat zijn arm om haar schouders en zo lopen ze het strand af richting het brede pad dat ze bij de parkeerplaats brengt. De kinderen rennen voor hen uit.

‘Heb je er spijt van dat we hierheen zijn gekomen?’ vraagt hij halverwege.

‘Nee, dat niet. Van uitstel komt afstel. Ik had het mezelf nooit vergeven als de urn jarenlang op onze vensterbank was blijven staan.’

Fabian schiet in de lach. ‘Dat was, jou kennende, nooit gebeurd. Weet je echt heel zeker dat je navraag wilt gaan doen in het dorp?’

‘Heel zeker.’

Samen lopen ze het brede zandpad terug omhoog.

Voor de tweede keer parkeert Fabian de auto bij de kerk van Armeni. De middagrust is nog niet begonnen. Veel luiken staan nog open en er spelen kinderen op het plein. Ze worden in de gaten gehouden door hun oma's, die bij elkaar klitten voor de huizen.

'Waar wil je beginnen?' vraagt Fabian.

Leunend tegen de auto kijkt Stella rond. Navraag doen bij het kafenion ligt het meest voor de hand, maar ze zou ook kunnen beginnen bij de priesters van de grote orthodoxe kerk waar ze voor staan. Die kennen doorgaans iedereen in een dorp. De deur van de kerk staat een heel klein stukje open.

'In de kerk,' zegt ze.

'Nee!' roepen Liza en Levi. 'Moet dat?' Liza kijkt haar verwijtend aan.

'Weet je wat, laat mama maar naar de kerk gaan, dan zoeken wij jullie vriendjes en vriendinnetjes van de vorige keer op,' stelt Fabian voor. 'Die hebben vast ook zomervakantie en wie weet spelen ze wel buiten.'

Dat voorstel valt goed bij de kinderen. 'Dan zie ik jullie op het terras,' zegt Stella.

Terwijl Fabian met de kinderen het plein af loopt, haalt zij haar mobiel uit de auto en stopt hem in haar zak. Mocht de priester geen woord Engels spreken, dan kan ze altijd nog proberen om via de vertaalapp met hem te praten.

Stella duwt de zware houten deur een beetje verder open en glipt door de kier naar binnen. Tussen de dikke muren is het koel en veel minder drukkend dan buiten. Ze loopt door het schip van de kerk. Er staan houten banken en stoelen en bij het altaar branden dunne kaarsen in een platte bak met zand. Voorin gaat ze zitten. Haar opa moet vroeger in deze kerk zijn geweest. Misschien ging hij elke zondag naar de dienst met zijn ouders. Er is zelfs een kans dat hij hier gedoopt is. Zou er een doopregister zijn dat ze kan inkijken? Plotseling voelt ze zich een beetje schuldig. Tegelijkertijd is ze blij dat ze de stap heeft genomen om meer over zijn leven te weten te komen.

Naast het altaar gaat een deur piepend open. Een Griekse priester, een *pappas*, gekleed in een lang zwart gewaad, komt de kerk binnen. Hij ziet haar niet direct zitten, maar loopt een poosje heen en weer met kandelaars en legt een handvol dunne kaarsen in een richel voor de bak met zand voor hij blijft stilstaan en naar haar kijkt. Na een kort knikje gaat hij verder met zijn werk.

'*Kyrie*,' zegt ze zachtjes. Ze heeft geen idee of 'meneer' de juiste aanspreekvorm is voor een Griekse priester, maar hij reageert wel. 'Mag ik u wat vragen?' vervolgt ze in het Engels.

Hij glimlacht zonder te antwoorden.

Ze pakt haar mobiel en opent de vertaalapp. 'Ik ben op zoek naar informatie over Evangelis Stellios Venizelos,' spreekt ze in. Er verschijnt een reeks woorden op het scherm die ze de pappas laat lezen. De man fronst zijn wenkbrauwen. '*Nekrós. Dead*,' zegt hij.

Stella is even in verwarring, want dat zei de oude man in Rethymnon ook al. Zou het nieuws van haar opa's dood dan toch zijn doorgedrongen op Kreta? Er heeft geen rouwadvertentie in de krant gestaan, maar misschien heeft iemand van de Griekse gemeenschap in Tilburg gehoord van zijn overlijden en het doorgegeven. Dat zou kunnen. 'Hoe weet u dat?' spreekt ze in.

De pappas kijkt haar bevreemd aan. Dan knijpt hij zijn ogen tot spleetjes en bestudeert haar gezicht. Hij buigt zich naar voren en zegt '*Pos se lène?*' tegen haar mobiel.

Hij vraagt hoe ze heet. 'Ik ben Stella...' Ze aarzelt. Moet ze haar achternaam geven? 'Verhoeven, Stella Verhoeven.'

De man begint langzaam te knikken zonder het oogcontact met haar te verbreken. Ineens loopt hij gehaast bij haar vandaan en verdwijnt door de deur waardoor hij binnen is gekomen om niet meer terug te komen. Stella kijkt ondertussen naar de ramen achter het altaar. Het is beter om te gaan, besluit ze na een paar minuten. Ze voelt zich niet welkom hier.

Terwijl ze naar het kafenion wandelt, bekijkt Stella de huizen. Aan geen van de gevels hangt een naambordje. Ze vraagt zich af waar haar opa gewoond heeft en of hij broers of zussen had. Opnieuw bekruipt haar een gevoel van gemis. Alsof haar iets is afgenomen: een kans om op te groeien met familie. Misschien was het beter geweest als haar opa in het Noorderbos bij Tilburg uitgestrooid had willen worden.

Fabian zit op het terras te lezen. Kennelijk heeft hij vanmorgen een boek in de rugzak gestopt. De kinderen zitten met een meisje van Liza's leeftijd op straat te tekenen met stoepkrijt. Zonder dat ze het in de gaten hebben, maakt ze een foto van de drie.

Fabian kijkt pas op als ze naast hem staat. Hij slaat zijn boek dicht. 'En?'

'Niks. Ik heb de priester gesproken, maar bij het horen van mijn opa's naam rende hij de kerk uit. Hij wist wel van zijn overlijden. Ik snap er niets meer van,' verzucht ze. 'Iedereen reageert alsof ze een spook zien zodra ik over mijn grootvader begin.' Ze trekt de stoel naar achteren en gaat zitten. 'Begrijp jij dat nou?'

'Nee, maar misschien zijn ze hier bijgeloviger dan in het nuchtere Nederland.'

Ze denkt na over zijn woorden. Fabian heeft mogelijk een punt. Haar grootvader had ook allerlei gewoonten die je als bijgelovig zou kunnen bestempelen.

'Ga je de vrouw van dit café nog vragen of ze familie van je kent?'

Stella kijkt naar binnen. De eigenaar is tafels aan het schoonmaken. Ze twijfelt. Straks krijgt ze weer dezelfde reactie en van wegrennende mensen wordt ze niks wijzer. Ze voelt zich er alleen maar vervelend onder. Alsof haar opa niet alleen maar de lieve man was die haar een thuis gaf na de dood van haar ouders.

'Want als dat zo is, wil je dan iets te drinken voor me bestellen? Anders doe ik het zelf.' Fabian rekt zich uit.

'Ik ga wel.' Ze komt overeind en loopt het kafenion in. De vrouw herkent haar meteen. De bittere trek verschijnt weer om haar mond. Ondanks de vijandige houding probeert Stella te glimlachen. Ze pakt haar mobiel en opent de vertaalapp. 'Ik ben op zoek naar de familie Venizelos, kent u die?'

De vrouw leest de woorden. Ze lijkt een paar seconden na te denken en zegt dan iets terug. *Nog nooit van gehoord*, staat er op het scherm.

Ze liegt, beseft Stella. Er hangt nota bene een overlijdensbericht met die naam op het aanplakbord vlak naast haar kafenion. Ze kan het hierbij laten, of ze kan doorduwen. Ze kiest voor het laatste. 'Ik ben op zoek naar familie van Evangelis Stellios Venizelos; ik ben zijn kleindochter,' zegt ze. 'Wilt u rondvragen in het dorp of iemand hem gekend heeft? Hij is in 1945 naar Nederland verhuisd.' Ze kan beter niet over de ruzie beginnen.

De vrouw leest haar vraag. Deze keer zegt ze niets, maar kijkt haar strak aan, alsof ze zonder woorden te gebruiken iets wil vertellen.

Stella vist de verkreukelde kassabon van de kleine supermarkt in Rethymnon uit haar broekzak en pakt een pen die op de bar ligt. Ze schrijft haar naam, telefoonnummer en hun adres in Rethymnon op en schuift het papiertje naar de vrouw. 'Als u iets weet, dan kunt u me hier bereiken,' zegt Stella via de vertaalapp.

De vrouw maakt geen enkele aanstalten om het papiertje te pakken. In plaats daarvan haalt ze twee grote glazen van een stapel. '*Frappé ke nero?*' vraagt ze – Stella's bestelling van een paar dagen eerder.

Stella knikt gelaten. Ook hier gaat ze niets opschieten. Het is om moedeloos van te worden. Ze wacht tot alles op de bar staat en loopt dan met de drankjes naar buiten.

Fabian kijkt haar vragend aan.

'Weer niks. Ze is niet eens bereid om navraag te doen. Hier, een ijskoffie.' Ze zet het glas voor hem neer.

'In elk geval maakt ze geweldige koffie,' zegt hij. 'Ik zat eens te denken, kunnen we niet een kijkje nemen op de begraafplaats van Armeni? We kunnen jouw opa's naam via de vertaalapp vertalen zodat we weten hoe de letters er in het Grieks uitzien en dan de graven langsgaan.'

Stella opent het flesje water. Ze weet niet of haar kinderen een tocht langs grafstenen zullen waarderen, maar het is een idee.

Vanuit het niets worden de dubbele houten deuren van het kafenion met een klap dichtgetrokken. Binnen wordt een grendel verschoven. Stella kijkt hoe laat het is. Nog geen halfeen.

'Doet ze dat nou omdat wij hier zitten?' vraagt ze aan Fabian.

'Geen idee.'

Aan de overkant opent iemand de luiken van een raam op de bovenverdieping. Een vrouw steekt haar hoofd naar buiten en roept iets. Het meisje met wie Liza en Levi spelen reageert onmiddellijk en springt overeind. Ze zwaait kort naar haar nieuwe vriendjes voor ze het huis in rent. Boven gaan de luiken weer dicht.

Stella schroeft de dop terug op haar flesje water. 'Laten we gaan,' zegt ze.

18

Terug bij de auto zoekt Stella op haar telefoon naar de begraafplaats van het dorp. Ze krijgt verschillende zoekresultaten met allerlei interessante bezienswaardigheden. Jammer dat het meeste niet leuk is voor de kinderen. Dan vindt ze het juiste resultaat: de plek waar de huidige bewoners hun overleden geliefden begraven, ligt een eind bij het dorp vandaan. Ze geeft Google Maps opdracht om een route te zoeken.

'Gaan jullie mee?'

'Waarnaartoe?' vraagt Liza, die eruitziet alsof ze zich verveelt.

'Ik wil graag een begraafplaats bekijken voor we terug naar ons huis in Rethymnon gaan. De rest van de middag doen we waar jullie zin in hebben, goed?'

Met zichtbare tegenzin gaan de kinderen op de achterbank zitten.

'Volgend jaar maar weer naar zo'n verschrikkelijke all-inclusive?' Stella kijkt Fabian over het dak van de auto heen aan. 'Eentje met zo'n vreselijk zwembad met glijbanen en een oppasservice. Je moet er toch niet aan denken.' Ze trekt een vies gezicht.

'Eén nul voor Stella,' zegt hij. 'We kunnen ook gezellig gaan kamperen in de Achterhoek. Op zo'n groot terrein waar je in keurige straatjes staat opgesteld. Een camping met een animatieteam.'

Stella geeft een klap op het dak van de auto. 'Keuze genoeg, dus.' Ze gaat zitten.

Als Fabian zijn riem heeft vastgemaakt, zegt hij zachtjes: 'Of na de gezinsvakantie samen nog een weekje hierheen en de kids bij opa en oma stallen.'

Ze kijkt naar de kerk. De deur die vanmorgen nog openstond is nu gesloten en er hangt een bordje aan de klink waar KLIESTÓ op staat – gesloten.

Er staat een grote witte muur rond het kerkhof met een gietijzeren hek dat toegang geeft tot de graven. Fabian parkeert de auto onder een hoge boom op het terrein voor de begraafplaats. 'Hier moet het zijn,' zegt hij.

'Moeten we mee naar binnen?' vraagt Liza. 'Ik vind het hier eng.'

Stella kijkt over haar schouder naar de kinderen op de achterbank. Ze staan geparkeerd in de schaduw, maar toch voelt het niet goed om de kinderen hier alleen achter te laten. Vanaf de begraafplaats hebben ze geen enkel zicht op de auto. De portieren op slot doen vindt ze geen optie. Ze kijkt vragend naar Fabian.

'Ga maar,' zegt hij. 'Of vind je het vervelend om daar in je eentje te moeten lopen?'

'Welnee.' Griekse roots of niet, ze is niet zo bijgelovig.

De graven liggen bovengronds en aan de rand van het kerkhof staat een muur met urnen. Overal waar ze kijkt liggen bloemen. Ze zoekt op hoe haar opa's naam in het Grieks geschreven wordt. *Ευαγγελής Στέλιος βενιζέλος*, leest ze. Met de vreemde letters op het scherm van haar telefoon loopt ze rustig langs de graven. Er hangen ovale portretfotootjes van de overledenen op de stenen. Ze bekijkt de gezichten die haar niets zeggen.

Inmiddels is het wolkendek opengebroken en loopt de

temperatuur op. Op een rij bomen die boven de muur uit komen na is er geen enkele schaduw op het kerkhof. De zon brandt in haar nek. Als ze de eerste rijen heeft bekeken, laat Stella zich langs de schaduwrijke muur naar beneden glijden. Zittend kijkt ze naar de graven. Wat wil ze eigenlijk bereiken? Stel dat hier mensen liggen die haar achternaam dragen, dan weet ze nog niets. Behalve dat de vrouw uit Armeni loog, maar dat wist ze al.

Een paar meter verderop steekt er een kraantje uit de muur. Er staat een gedeukte ijzeren emmer onder. Stella loopt erheen en bukt. Gulzig drinkt ze een paar slokken. Daarna koelt ze haar polsen onder de straal en gooit een paar handen water over haar gezicht en hals. Het branderige gevoel neemt af. Ze trekt de clip uit haar lange haar en steekt haar hoofd onder de kraan. Haar natte haar los laten hangen is de enige manier om te voorkomen dat haar nek verbrandt. Ze zet de clip vast aan haar shirt en loopt langs de volgende rij graven. Nergens ziet ze letters die lijken op wat de vertaalapp toonde.

Tegen de tijd dat ze bij de laatste rij aankomt, heeft ze het al bijna opgegeven als ze ineens een naam ziet staan. Ze opent haar telefoon en vergelijkt voor de zekerheid de achternaam. Bingo. Het graf is van een vrouw die in 1953 op tweeënveertigjarige leeftijd is gestorven. De zwart-witfoto van haar gezicht is vervaagd door de zon. Ze kijkt naar het graf ernaast, dat toebehoort aan een man die eind jaren zeventig stierf. Ook een Venizelos. Onder beide namen staat een rijtje kinderen vermeld, maar er is geen Evangelis bij. Ze loopt verder. Helemaal aan het eind komt ze weer iemand met haar achternaam tegen. Dat niet alleen, hij draagt ook haar opa's voornaam. Ze kijkt op het scherm van haar telefoon en vergelijkt. Het klopt, het staat er echt: Stellios. Stella's hart lijkt een seconde stil te staan. Degene die hier ligt is op 15 augustus 1928 geboren, net zoals haar opa. Als sterfdag staat 31 mei 1941 vermeld. De jongen in dit graf is dus slechts dertien jaar oud geworden. Ze zakt door haar knieën en bestudeert het fotootje. Geschrokken springt ze overeind en doet een stap naar achteren. Zojuist keek ze in de ogen van haar grootvader, dat weet ze honderd procent zeker. Duizend procent! De stand van de ogen, de neus... Maar dat kan helemaal niet! Ze doet een stap achteruit. Onmogelijk. Weer doet ze een stap achteruit, tot ze tegen een tombe aanbotst. Met trillende vingers maakt ze een foto van de steen. Daarna rent ze naar het gietijzeren hek en hijgend komt ze bij de parkeerplaats aan.

Fabian en de kinderen spelen tikkertje in de schaduw van een paar platanen en hebben niet in de gaten dat ze terug is. Zonder iets te zeggen duikt ze in de auto om op adem te komen. Haar hart raast in haar borstkas. Het moet iemand anders zijn die in dat graf ligt, iemand die alleen maar op haar opa lijkt. Een neef misschien die toevallig dezelfde naam draagt en ook op dezelfde dag...

'Stella? Gaat het?' Fabian staat bij de auto en kijkt haar bezorgd aan.

'Nee,' zegt ze. 'We moeten terug naar Armeni.' Alleen de mensen daar hebben antwoorden.

Fabian hurkt bij haar neer. 'Waarom? Heb je familie gevonden?'

Met nog steeds trillende handen opent Stella de foto die ze zojuist heeft gemaakt. 'Hier, kijk. Zelfde naam, zelfde geboortedatum, andere sterfdatum,' somt ze op.

Fabian pakt de telefoon van haar over. 'Vreemd,' mompelt hij.

'Vreemd? Is dat alles wat je erover te zeggen hebt? Dit kan

niet, Fabian. Ik wil best in toeval geloven, maar dit is ongeloofwaardig. We moeten het tot op de bodem uitzoeken!'

Hij geeft haar mobiel terug. 'Er is vast een logische verklaring. Misschien zien we die nog niet, maar hij is er wel. Het heeft geen zin om die vrouw nog een keer lastig te vallen.'

'We kunnen toch huis voor huis aanbellen? Iemand moet het antwoord weten op de vraag waarom hier een meer dan zeventig jaar oud graf is met mijn grootvaders naam en foto erop, terwijl we zijn as hebben uitgestrooid op de hoogvlakte van Omalos!'

Fabian werpt een blik opzij naar de kinderen en kijkt haar dan weer aan. 'Vind je dat echt een goed plan?'

Ze begrijpt wat hij zeggen wil. 'Heb jij een beter idee dan?' vraagt ze.

Peinzend kijkt hij haar aan. 'Nee, niet echt.'

'Het is nog voor tweeën. Wie weet heeft die vrouw het kafenion weer geopend na ons vertrek.'

'Wie weet,' zegt Fabian.

'Ik wil er nog een keer naartoe. Ze moet antwoorden hebben. Dit is toch te gek voor woorden? Ik weet dat mensen hier misschien bijgeloviger zijn dan de meeste Nederlanders, maar ze schrok niet van mijn vraag. Ze leek eerder kwaad.'

'In dat geval is het helemaal niet verstandig om terug te gaan.' Hij kijkt met een veelbetekenende blik naar Liza en Levi.

'Ze zal ons echt niets aandoen. We hoeven trouwens niet lopend terug, die pick-uptruck reed ook door dat straatje. Ik wip er alleen naar binnen.'

'Goed,' zegt hij. 'Jij je zin. Maar daarna rijden we naar Rethymnon en gaan we iets met de kinderen doen.'

'Beloofd,' zegt ze.

Ze weet hoe ze lopend bij het kafenion moeten komen, maar die weg kunnen ze niet met de auto nemen. Stella zoekt een plattegrond van het dorp op Google Maps en vergroot hem. 'Als we de doorgaande weg een stukje terugrijden, kunnen we via de andere kant het dorp in,' zegt ze.

Fabian zucht demonstratief en gooit het stuur om.

Even later rijden ze rustig door de straatjes van Armeni tot het terras in zicht komt. Er zit een gezin ijsjes te eten, ziet Stella. Fabian zet de auto stil en ze stapt uit. Het zijn toeristen, aan hun blonde haren te zien. Hun aanwezigheid is de geruststelling die ze nodig heeft om naar binnen te lopen. Ze opent de foto die ze op het kerkhof heeft gemaakt. In het café is niemand te zien. Geduldig blijft ze wachten tot de vrouw uit de keuken komt.

'*Go, go!*' zegt ze nijdig zodra ze Stella ziet.

Stella duwt de foto van de grafsteen onder haar neus zonder iets te zeggen. De vrouw wordt asgrauw. Buiten klinkt luid getoeter. Vanuit haar ooghoeken ziet Stella dat Fabian hun rode huurauto verder rijdt. Hij wordt gevolgd door een gele pick-uptruck die er kennelijk langs wil. Dat moet dezelfde zijn die hen passeerde toen die steen op hun voorruit viel, beseft Stella, en ze wordt koud vanbinnen. De vrouw geeft haar plotseling een duw tegen haar arm waardoor haar mobiel valt. 'Go!' schreeuwt ze nog een keer.

Stella duikt naar de grond om haar telefoon te pakken. Buiten trapt de chauffeur van de pick-up op zijn gaspedaal. Ze ruikt de wolken zwarte dieselgassen die het straatje vullen. Als Stella weer omhoogkomt, begint de vrouw in het Grieks te schreeuwen. Met heftige armgebaren probeert ze duidelijk te maken dat Stella weg moet. Bijna struikelend over haar eigen voeten rent ze het terras op en het straatje in, waar Fabian hopelijk met de auto staat. Wat er ook gebeurt, ze gaat nooit, maar dan ook nooit meer terug naar

Armeni, neemt ze zich voor. Plotseling klinkt er weer een claxon. Verward kijkt Stella om zich heen. Fabian staat in een zijstraatje geparkeerd. In een rustiger tempo draaft ze naar haar gezin toe. Buiten adem gaat ze in de auto zitten. 'Wegwezen hier,' zegt ze schor.

Zonder vragen te stellen start Fabian de auto en rijdt weg. Pas als ze de doorgaande route hebben bereikt, vraagt hij: 'Wat is er gebeurd?'

Inmiddels is ze weer op adem gekomen. 'Ik denk niet dat we hier nog een keer moeten terugkomen.'

'Want?'

'Ik liet die vrouw de foto van het graf zien en ze werd direct agressief. Ze gaf me zo'n harde duw dat mijn telefoon op de grond viel.'

'Wat een idiote reactie.'

'Volgens mij had het iets met die gele pick-up te maken. Voordat die verscheen was ze alleen maar onaardig, maar toen ze hem zag leek ze wel gek te worden. Alsof ze bang voor de chauffeur was,' gaat Stella verder. 'Misschien moeten we eerst gaan uitzoeken wie hij is!'

'Misschien moeten we stoppen met deze zoektocht. Hoe ver ben je bereid te gaan, Stella? Laten we vakantie gaan vieren, alsjeblieft. We hebben nog een uitnodiging van Alex liggen om te gaan vissen. Wie weet mogen Liza en Levi wel aan boord als we hem vertellen dat ze hun zwemdiploma hebben. Ik denk dat de kinderen liever stilzitten met een hengel dan tikkertje spelen bij een kerkhof.'

Gelukkig spreekt Fabian met gedempte stem. Ze gaat maar niet op zijn woorden in. Als ze een bocht om rijden, strekt de stad zich voor hen uit tot aan het blauwe water. Er springen tranen in Stella's ogen. Ze weet dat Fabian gelijk heeft. 'Sorry,' zegt ze.

Fabian legt zijn hand op haar dijbeen. 'Het is al goed. Ik

ben ook nieuwsgierig. Tegelijkertijd begin ik het zonde te vinden dat we onze vakantie met de kids hieraan besteden. Zullen we twee tickets boeken voor de herfstvakantie? Mijn ouders passen echt graag op.'

Zijn aanbod klinkt aanlokkelijk. 'Ik zal erover nadenken,' zegt ze.

Stella kijkt naar de stad, die met elke bocht dichterbij komt. Fabian had beter een Airbnb in Chania kunnen boeken, of in Chersonissos. Of in elk geval een heel stuk verder bij Armeni vandaan. Nu ze eenmaal begonnen is aan haar zoektocht naar antwoorden, weet ze niet of het haar gaat lukken om geduld te hebben tot de herfst.

19

Stella zet de tas met boodschappen op het aanrecht. Fabian heeft beloofd om vanavond aardappeltjes uit de oven te maken en zij zal voor de Griekse salade met feta zorgen. Ze bergt de frisdrank en het water op in de koelkast. Buiten begint het al te schemeren. Liza en Levi hangen allebei in een tuinstoel op de patio. Ze is blij dat haar kinderen zo goed met elkaar kunnen opschieten. Als alle boodschappen een plekje hebben, gaat ze naar de slaapkamer. Fabian heeft zich al verkleed.

'Ik heb nog eens nagedacht over vanmiddag. Je zei toch dat die vrouw in het kafenion bang leek?' vraagt hij.

Stella gaat op het voeteneind van het bed zitten. 'Ik weet het niet. Ze gedroeg zich de eerste keer al zo vreemd. Heb jij gezien wie er achter het stuur van die gele pick-uptruck zat? Of waar hij die geparkeerd had?'

'Ik heb er eerlijk gezegd niet op gelet. Waarom vraag je dat?'

Stella pakt een linnen rok uit de kast. 'Omdat ik me ineens afvroeg of de man in de gele truck Anna's echtgenoot kan zijn. Hij gedroeg zich zo vreemd, de laatste keer dat we bij haar waren.'

'Je denkt dat ze haar huwelijksproblemen op jou afreageerde?'

'Zoiets.' Het is vergezocht, beseft Stella terwijl ze haar rok aantrekt.

'Ik weet het niet, het lijkt me niet logisch,' zegt Fabian. 'Ik ga de aardappeltjes vast schoonmaken.'

Als Stella weer alleen is, gaat ze op bed liggen. In dit huis voelt ze zich veilig, maar zodra ze één stap buiten de deur doet, is ze op haar hoede. Ze heeft nooit zo'n last van voorgevoelens gehad, in tegenstelling tot sommige van haar vriendinnen. Eigenlijk zou het beter zijn om de komende tijd aan de andere kant van het eiland door te brengen. Ze hebben nog een kleine twee weken, dus ze wil er nog wat van maken. Dat zou ook leuker voor de kinderen zijn. Nu zitten ze opgescheept met een moeder die om de haverklap met haar gedachten ergens anders is. Ze durft het eigenlijk niet aan Fabian voor te stellen. Een ander onderkomen betekent extra kosten en in het hoogseizoen kan dat bedrag aardig oplopen.

Ze pakt haar telefoon en zoekt het nummer van Marijke. Even later gaat het toestel over.

'Hé, er is toch niets aan de hand mag ik hopen?' vraagt Marijke als ze opneemt. 'Ik bedoel, jij belt nooit tijdens vakanties.'

'Nee. Of eigenlijk weet ik het niet,' zegt Stella zachtjes om te voorkomen dat Fabian haar hoort praten.

'Dat klinkt niet goed. Wacht, ik zet even het gas onder de spaghetti laag.' Er klinkt wat gerommel aan de andere kant van de lijn. 'Zo, vertel,' zegt Marijke.

Vlug doet Stella verslag van de afgelopen dagen. 'Het is net alsof ik een doos van Pandora geopend heb,' zegt ze tot slot. 'Dat kan toch niet alleen maar vanwege een verstofte familieruzie zijn? De meeste mensen uit die tijd leven niet eens meer!'

'Ben je al naar de politie geweest?'

'Waarmee dan? Mijn onderbuikgevoelens? Het feit dat Anna's man een sigaretje rookt op een muurtje, of dat die vrouw me een ongelukkige duw gaf? Ik denk niet dat ze me iets wilde aandoen.'

'Hmm, als je het zo stelt klinkt het een stuk onschuldiger.'

'Maar dat is het ook! Fabian vermoedt inmiddels dat ik last heb van achtervolgingswaanzin. Die heeft me al een paar keer achterdochtig genoemd.'

'Ik weet het niet, Stella. Dit voelt niet goed. Kun je de rest van de vakantie niet lekker op het strand doorbrengen? Gewoon zalig nietsdoen. Geen speurtochten, geen bezoekjes aan bibliotheken of archieven, maar net als iedereen de toerist uithangen.'

'Dat probeer ik ook,' verzucht ze.

Het blijft even stil aan de andere kant van de lijn. Dan zegt Marijke zachtjes: 'Het zit je dwars, hè? Als het niet om familie was gegaan, had je dit hele verhaal allang losgelaten en was je terug naar Nederland gevlogen. Ik ken jou.'

Ze legt de vinger precies op de zere plek. Ineens krijgt Stella een idee. Dit huis heeft vier slaapkamers. Eentje daarvan staat leeg. 'Kun jij niet hierheen vliegen? Ik betaal je ticket wel.'

'En dan? Fabian op de kinderen laten passen en wij samen op pad om het verleden van je opa te ontrafelen?'

'Of jij lekker met de kids naar het strand zodat Fabian en ik onze handen vrij hebben.' Ze heeft het nog niet eens met hem overlegd!

'Het klinkt allebei heel aanlokkelijk,' antwoordt Marijke. 'Maar ik heb nog amper vakantiedagen en Tom verheugt zich op twee weken Vietnam dit najaar. Zet het van je af. Je kunt volgend jaar of zo toch alleen met Fabian naar Kreta gaan? Of met mij? Dan maken we er een reünie van. Ik heb via social media nog contact met een paar mensen die we in Chersonissos hebben leren kennen. Hoe klinkt dat?'

'Aantrekkelijk.' Maar dat duurt nog veel te lang, denkt Stella erachteraan.

'Afgesproken. Maar nu moet ik de spaghetti afgieten voor het een papperige boel wordt.'

Als ze afscheid hebben genomen, legt Stella haar telefoon op het nachtkastje. Ze weet dat iedereen gelijk heeft, maar toch...

De deur van de slaapkamer gaat open. 'Ik ben bijna klaar met koken, de keuken is van jou,' zegt Fabian vanuit de deuropening. 'Alles goed?'

'Ja, prima.' Ze komt overeind en stapt in haar teenslippers.

Inmiddels heeft de schemer plaatsgemaakt voor de nacht. Kennelijk heeft Fabian waxinelichtjes ergens opgediept, want er branden er een paar op de patio. De kinderen zijn bezig om de tafel te dekken en kunnen het er niet over eens worden of een mes links of rechts van het bord behoort te liggen. Stella pakt ijsbergsla, paprika, komkommer, rode ui en tomaat uit de koelkast en legt een snijplank op het aanrecht. Terwijl ze alles fijnsnijdt, loopt Liza af en toe de keuken in om iets te halen. Fabian heeft een tuinstoel naar de voordeur gesleept, waar een lamp in de onderdoorgang hangt, en is verdiept in zijn boek. Ondertussen warmt de oven op.

Stella snijdt de paprika in dunne reepjes die ze in een vergiet doet. Nu ze met Marijke heeft gebeld, voelt ze zich een beetje schuldig. Achteraf gezien is het maar goed dat Marijke haar aanbod heeft afgewezen. Ze zou niet weten hoe ze Fabian had moeten uitleggen dat haar vriendin zou komen logeren tijdens hun gezinsvakantie. Het was een stom idee. Ze pakt de komkommer en snijdt de schil eraf.

Op de patio klapt Fabian zijn boek dicht. 'Uit! Kunnen de aardappeltjes er al in?' roept hij.

Stella kijkt op het display van de oven. 'Ja, hij staat op honderdtachtig graden.'

Fabian komt de keuken binnen. Hij legt zijn boek op tafel. 'Wil jij hem nog lezen? Want in dat geval verklap ik niets.'

'Heel graag.' Ze pakt een ui en maakt hem schoon. 'Ik denk trouwens dat het een goed idee is om in de herfstvakantie samen hierheen te vliegen.'

'Geweldig besluit. Dan gaan we vanaf nu dus niet meer van hot naar her rijden, maar ons gewoon in Rethymnon vermaken. Dat is voor de kinderen ook beter. Levi wordt steeds onrustiger.'

Het is haar nog niet opgevallen, maar hij zal wel gelijk hebben.

Als ze gegeten hebben, haalt Levi hun nieuwe monopolyspel van zijn slaapkamer en legt het uit op tafel. 'Ik mag beginnen, want ik ben de jongste,' beslist hij.

'Maar ik ben een meisje,' zegt Liza. 'Dat telt ook.'

Hij kijkt zijn zusje aan. 'En ik een jongen. Nou en?'

'Misschien mag de oudste wel beginnen,' doet Fabian een duit in het zakje.

'Ja, of degene die de vorige keer verloren heeft,' oppert Stella.

Levi legt zijn voorhoofd op het tafelblad ten teken dat hij het opgeeft.

'Laten we er gewoon maar om dobbelen.' Fabian pakt de dobbelstenen. 'Acht. Wie volgt?'

Een voor een gooien ze.

'Twaalf!' juicht Levi als hij de twee zessen op tafel ziet liggen. 'Zie je wel dat ik mag beginnen?' Al schreeuwend dat hij kampioen is maakt hij een rondedansje over de patio, tot er op de voordeur gebonsd wordt. Levi is ineens stil.

'Ik denk dat de buren liever niet hebben dat je zo schreeuwt,' zegt Fabian. 'Kom, dan beginnen we.'

Levi gooit de dobbelstenen en verzet zijn pion. Weer wordt er op de deur gebonsd. Stella en Fabian kijken elkaar aan.

'Het kan de huiseigenaar zijn,' zegt ze. De woorden hebben haar mond nauwelijks verlaten of er klinkt een harde roffel, alsof iemand met de vuisten op het hout slaat. Van schrik schiet Stella met haar stoel naar achteren.

Liza kijkt haar angstig aan. 'Wat was dat?' vraagt ze met een piepstemmetje.

Stella slikt. Ze zou het niet weten.

'Ik ga kijken.' Fabian komt overeind.

'Nee,' fluistert Stella. 'Niet doen.'

Hij kijkt haar kort aan. 'Liza, Levi, ga maar even naar jullie slaapkamer. We spelen zo wel verder.'

De kinderen rennen naar hun kamer. Als ze buiten gehoorsafstand zijn zegt Fabian: 'Op deze manier maak je de kinderen bang, liefje.'

'Ik bén ook bang,' zegt ze. 'Dit is toch niet normaal? Wie beukt er nu met...'

Weer wordt er op het hout geslagen, gevolgd door het geluid van wegrennende voetstappen. Fabian beent naar de deur en trekt hem met een ruk open. Hij loopt een paar passen de straat in. 'Niemand,' roept hij over zijn schouder. 'Wie het ook was, hij is al verdwenen.'

Een gevoel van opluchting trekt vanuit haar tenen omhoog. Waarschijnlijk een kwajongensstreek. Het huis heeft geen bel, misschien is dit de manier waarop Griekse kinderen belletje trekken. *Of niet*, fluistert een stemmetje in haar hoofd, *want het klonk wel heel agressief, dat geroffel.*

Fabian blijft op straat staan en tuurt met gefronste wenkbrauwen naar de gevel. 'Stella, kom eens even hier?'

Ze heeft er geen enkele behoefte aan om in het donker de straat op te gaan als er mogelijk gekken rondlopen die op deuren beuken.

'Stella?' herhaalt Fabian. 'Je moet echt even komen kijken.'

Met gemengde gevoelens loopt ze naar Fabian toe. Ze kijkt het straatje in. Er is helemaal niemand te zien. Pas als ze dat heeft vastgesteld, richt ze zich op de gevel. Iemand heeft met een spuitbus een tekst op de deur en de muur geschreven. Verbaasd kijkt ze naar de grote zwarte letters die ze niet kan ontcijferen. 'Waar slaat dit op?'

'Geen idee. Ik ga de eigenaar bellen,' zegt Fabian. Hij loopt terug naar binnen.

Stella volgt zijn voorbeeld en draait de voordeur achter zich op slot. Ze weet niet wat er staat, maar het zal wel geen welkomstboodschap zijn. Uiterlijk kalm gaat ze naar de slaapkamer van de kinderen. 'Er is niets aan de hand,' zegt ze geruststellend. 'Gewoon een paar jongens die de deur met een spuitbus hebben beklad. Papa belt nu de meneer op die ons de sleutel van dit huis heeft gegeven. Daarna gaan we verder met het spel.'

Vijf minuten later bekijkt de eigenaar de schade. '*Not good,*' zegt hij hoofdschuddend. 'Er zijn locals die niet van toeristen houden en dan doen ze dit. Het spijt me.'

Daar heeft ze iets over gelezen, herinnert Stella zich. In sommige steden zijn deze zomer zelfs demonstraties tegen massatoerisme geweest.

'Ik geloof er niks van,' zegt ze tegen Fabian. 'Waar was dat gebeuk op de deur dan goed voor?'

'Om ons angst aan te jagen, en dat is aan jouw gezicht te zien ook goed gelukt.'

'Ik doe morgenochtend aangifte bij de politie,' zegt de eigenaar in het Engels. Hij pakt zijn telefoon en fotografeert de bekladde muur. 'Maken jullie je maar geen zorgen.'

Dat is precies wat ze wél doet. Ze slapen hier met twee jonge kinderen. Met een spuitbus iets op een voordeur schrijven is nog redelijk onschuldig, maar stel dat het daar niet bij blijft? Stel dat dit niets te maken heeft met iemands weerzin tegen toeristen, maar met haar zoektocht? Ze heeft haar naam, adres en telefoonnummer aan die vrouw in het kafenion gegeven! Hoe heeft ze zo stom kunnen zijn?

'Jullie zijn echt veilig in dit huis,' zegt de eigenaar, die kennelijk van haar gezicht afleest dat ze zich wel degelijk zorgen maakt. 'Niemand kan naar binnen. Kijk.' Hij wijst op twee grote schuiven, eentje bovenaan de deur en eentje onderaan. 'Als je die dichtdoet is het net een fort.'

Dat gelooft ze onmiddellijk, maar ze kunnen zich hier niet opsluiten. Ze zullen af en toe boodschappen moeten doen, bijvoorbeeld. En daarbij, ze wíl ook niet opgesloten zitten.

'Wat staat er eigenlijk?' vraagt ze aan de eigenaar.

'Niks bijzonders, gewoon het gebruikelijke. Ga maar lekker weer op de patio zitten. Ik haal een fles wijn voor jullie, goed?'

Hij paait hen met drank en dat zint haar helemaal niet.

'Go, go!' Hij wappert met zijn handen in de richting van de patio.

'Wat staat er?' vraagt ze nog een keer.

'Niets bijzonders,' antwoordt de eigenaar opnieuw. 'Degene die dit geschreven heeft wil dat je terug naar Nederland gaat, meer niet.'

Bij het woordje 'Nederland' begint Stella te wankelen op haar benen. Ze moet moeite doen om zich niet vast te grijpen aan het luik dat nog altijd openstaat. Niemand in Rethymnon weet dat ze uit Nederland komen, behalve Alex en zijn moeder, de huiseigenaar zelf en de vrouw uit het kafenion...

'Ik schilder het wel over,' zegt de huiseigenaar. '*Kali nichta*, fijne avond!' Nadat hij hun een fijne avond heeft gewenst, loopt hij fluitend terug naar zijn eigen huis.

Fabian sluit de deur en doet de schuiven erop. 'Goed,' zegt hij. 'Laten we maar verdergaan met het spel. Liza, Levi, komen jullie? Jij bent aan de beurt, Stella.'

Als de kinderen op hun plek zitten, pakt ze de dobbelstenen. Ze probeert haar trillende handen onder controle te houden terwijl ze de dobbelstenen gooit.

20

Stella knipt het licht op de slaapkamer van Liza en Levi uit. Vannacht willen de twee bij elkaar in het grote bed liggen van de slaapkamer aan de voorkant. Ze heeft er maar mee ingestemd; het is immers vakantie. In de woonkamer veegt ze het speelgoed bijeen dat op de vloer ligt. Door de openstaande deur ziet ze Fabian op de patio zitten; hij staart voor zich uit. Ze zijn alle vier van slag door alles wat er gebeurd is. Direct nadat de huiseigenaar was vertrokken, heeft Fabian op haar verzoek alle grote hotels in de omgeving gebeld met de vraag of er een kamer voor vier personen vrij was, maar alles zat vol. Uiteindelijk heeft hij het opgegeven. Inmiddels heeft ook zij zich erbij neergelegd dat ze in elk geval nog één nacht in dit huis moeten doorbrengen.

Stella loopt de patio op. 'Wil je nog even blijven zitten?'

Hij kijkt op. 'Een halfuurtje. Als ik nu naar bed ga, doe ik toch geen oog dicht.'

Dat is precies hoe zij zich voelt. Ze pakt een stoel. 'Geloof jij de eigenaar?'

'Dat verhaal over boze mensen die toeristen wegjagen, bedoel je? Ik heb geen idee. Tot nu toe heb ik nergens teksten op muren zien staan en is iedereen gewoon aardig tegen ons, behalve in Armeni.'

'Maar stel dat het wel tegen ons gericht was...' begint ze aarzelend.

Fabian legt zijn voeten op een stoel. 'Maar wie zou ons adres weten? Mijn ouders of de medewerkers van TOI kunnen hier niks mee te maken hebben. Verder weet niemand dit adres. Hoewel... de man die me de sleutels van de huurauto gaf weet ook waar we verblijven.'

'En de douanebeambte bij wie ik de urn inklaarde,' voegt ze aan het rijtje toe.

'Mensen die potentieel hun baan kunnen kwijtraken als ze privacygevoelige gegevens op straat gooien. Dat doen ze echt niet zomaar. Waarschijnlijk heeft de eigenaar gewoon gelijk. Wie weet hoe vaak hij zijn deur en muur de laatste tijd heeft overgeschilderd.'

Ze moet Fabian vertellen dat er nog iemand is aan wie ze hun adres heeft gegeven, denkt Stella. Als ze nu zwijgt, voelt het als liegen. 'Fabian, er is iets wat ik nog niet...'

'Mama!' klinkt het uit de kinderslaapkamer.

Hij staat op. 'Blijf maar zitten, ik ga wel.'

Terwijl Fabian naar de kinderen gaat, dwalen Stella's gedachten af. Hoe heeft ze zo stom kunnen zijn om haar adres op dat bonnetje te schrijven? Haar telefoonnummer was voldoende geweest.

Ergens in huis klinkt het toontje dat aangeeft dat er een nieuw bericht op haar telefoon is binnengekomen. Haar toestel ligt nog in hun slaapkamer. Ze loopt ernaartoe. In de gang blijft ze even staan luisteren. Kennelijk hebben ook de kinderen moeite om de nare gebeurtenis van zich af te zetten. Ze hoort Fabian voorlezen. Zijn rustige stem zorgt er meestal voor dat ze snel in slaap vallen.

Stella pakt haar toestel. Marijke heeft een appje gestuurd. *Iedereen is enthousiast over het idee een reünie te houden! Nu al zin in!* Vlugt tikt Stella een hoeraberichtje met een paar kusjes gevende smileys terug. Ze wil Marijkes voorpret niet bederven door haar te vertellen wat er vanavond gebeurd is; dat komt wel als ze weer in Nederland zijn.

Teruggekomen op de patio ziet Stella dat Fabian nog steeds bij de kinderen is. Het is een mooie heldere nacht. In dit deel van de stad komen nauwelijks toeristen. Af en toe echoën voetstappen voorbij, maar dat is alles. Even later komt Fabian weer naar buiten.

'Ze slapen,' zegt hij met gedempte stem. 'Wat wilde je nou zeggen?'

Ze had zo gehoopt dat hij zou zijn vergeten waar ze het over hadden. Stella gaat verzitten. 'Er is eh...' Ze haalt diep adem. 'Er is nog iemand aan wie ik ons adres gegeven heb. Ik vind het zo ontzettend stom van mezelf. Het spijt me vreselijk. Ik heb er echt niet bij stilgestaan omdat ik informatie wilde en dacht: misschien schiet haar later iets te binnen of krijgt ze medelijden met me. Ik bedoel, het is toch niet mijn schuld wat er gebeurd is?'

Fabian kijkt haar met stomheid geslagen aan. 'Ik kan je niet volgen. Aan wie heb je ons adres gegeven?'

Zo kalm mogelijk vertelt Stella over het kassabonnetje waarop ze hun gegevens heeft geschreven.

'Je bedoelt die boze vrouw die je een duw gaf? Je vertrouwde haar de eerste keer dat we er waren al niet en toch gaf je haar onze gegevens?'

'Dat zeg ik: het was stom van me. Het kan niet anders of zij zit erachter. We moeten naar de politie morgenochtend!'

'Meen je dat nou? Het is toch totaal ongeloofwaardig dat die vrouw met een spuitbus helemaal hierheen is gereden om ons weg te jagen? Dan had ze je net zo goed kunnen appen.'

'Ze heeft anders wel de deur beklad!'

'Hoe kun je nou zo stellig doen? Je weet helemaal niet zeker of ze er iets mee te maken heeft.'

Stella slaat haar armen over elkaar. 'Ik voel me niet langer veilig in dit huis. Laten we naar een ander onderkomen zoeken.'

'Dat is wat anders. Laten we alsjeblieft niet op de feiten vooruitlopen. We hebben geen enkel bewijs tegen haar of tegen wie dan ook.' Fabian komt overeind. 'Ik ga een glas water pakken. Wil jij ook?'

Stella schudt haar hoofd. Die extra kosten kunnen haar inmiddels niks meer schelen, ze is dit onrustige gevoel meer dan zat.

Fabian komt terug. Hij blijft tegen een muur geleund staan. 'Als jij je er prettig bij voelt, wandelen we morgenochtend na het ontbijt naar het politiebureau.'

De volgende ochtend loopt Stella richting de fontein naar een bakkerij om ontbijt te halen. Ze sluit achteraan in de rij die tot buiten staat. Geduldig wachtend kijkt ze om zich heen. Het is nog vroeg. De straat is nog van de inwoners die naar hun werk gaan. Afgelopen nacht heeft ze nauwelijks een oog dichtgedaan. Bij elk geluidje schrok ze wakker.

'Madam Verhoeven!' roept iemand over straat.

Geschrokken kijkt ze op. Het is de eigenaar van hun huis. Hij komt naar haar toe gelopen en vertelt met veel woorden dat het wel een week of twee kan duren voor de deur en de muur over zijn geschilderd. Dan moeten ze de rest van hun verblijf dus nog tegen die tekst aankijken.

'Kan het echt niet eerder?' vraagt ze.

'Nee, het spijt me. Maar als u binnen bent, ziet u er niets van.'

Voor ze een opmerking kan maken, loopt hij met grote passen bij haar vandaan. Inmiddels is de rij flink geslonken en is ze aan de beurt. Een beetje uit het veld geslagen kijkt ze naar de schappen waar vloerbroden op liggen en de mand met baguettes. '*Dio, parakalo,*' zegt ze en ze wijst naar de baguettes. De bakker pakt er twee en rolt ze in papier.

Onderweg terug naar huis vraagt Stella zich bij elke stap af wat wijsheid is. *Blijven of niet, blijven of niet*, echoot het door haar hoofd. Als ze bij het huis staat, blijft ze steken op 'blijven'.

Terwijl Fabian heen en weer loopt met borden, bestek en broodbeleg vertelt Stella over haar korte gesprek met de huiseigenaar. 'Ik vind het niet leuk,' zegt ze ten slotte.

'Ik ook niet, maar we kunnen moeilijk zelf een pot verf en kwasten gaan kopen.'

Dat zou inderdaad te ver gaan, ook al heeft ze er wel zin in. 'Is die graffiti een reden om ons geld deels terug te eisen en een ander onderkomen te zoeken voor de resterende dagen?'

'Stella...' zegt Fabian. 'Ik heb gisteravond al rondgebeld en dat was nog maar voor één nacht. Het is hoogseizoen, alles zit vol. Stop alsjeblieft met redenen zoeken om hier weg te gaan.'

Ze kijkt naar haar kinderen, die tegen elkaar aan op de bank zitten en naar een tekenfilm kijken. Geheel tegen hun gewoonte in heeft Fabian de tv voor hen aangezet. Het allerbelangrijkste is dat die twee zich prettig voelen, en in dit onrustige huis gaat dat niet gebeuren.

'Waarom kan het eigenlijk niet eerder geschilderd worden?' vraagt Fabian.

'Iets met wind en zand tegen de natte verf. Die man spreekt zo beroerd Engels, ik kon er geen touw aan vastknopen.'

'En wij spreken beroerd Grieks,' zegt Fabian. 'Ik ga de gekookte eieren halen, dan kunnen we gaan ontbijten.'

Stella haalt het papier van de stokbroden en snijdt een paar stukken af die ze op de borden legt. De kinderen blijven bij de tafel staan dralen. 'Mogen we voor de tv eten?' vraagt Liza.

'Voor deze ene keer dan,' antwoordt Stella. 'Smeer maar een broodje voor jezelf.' Normaal is ze er geen voorstander van dat de kinderen tv-kijken tijdens het eten, maar nu geeft het haar de kans om met Fabian te overleggen. Hier blijven lijkt geen optie te zijn en vertrekken ook niet.

Fabian tikt zijn ei tegen het tafelblad en pelt de schil eraf.

'Kunnen we naar een andere accommodatie zoeken op Airbnb?' vraagt Stella. 'Er zal toch wel iets beschikbaar zijn?'

Fabian stopt met pellen. 'Je wilt hier echt weg? Vind je het hier dan echt zo vervelend?'

Ze kijkt hem aan, maar zegt niets. Ze vindt het hier heerlijk, totdat ze naar buiten loopt en de tekst ziet staan. Dan komt meteen dat onrustige gevoel weer terug.

'Als het echt onveilig was geweest, dan had de eigenaar dat toch wel laten doorschemeren? Ik denk echt dat we ons niet te veel zorgen moeten maken,' zegt Fabian.

'Misschien. Maar ik word hier gestrest van en dat merken de kinderen ook. Het moet gewoon weer gaan voelen als vakantie en ik weet niet of dat nog gaat gebeuren in dit huis.'

Fabian snijdt het ei in stukken en belegt er een stuk stokbrood mee. 'Dat begrijp ik. Zullen we eerst afwachten wat de politie zegt? Het lijkt me onzinnig om een hele volksverhuizing aan te gaan als er niets aan de hand is.'

Hij overdrijft, want zoveel spullen hebben ze niet meegenomen. Ze neemt een hap. De bakker gaat ze wel missen; zelden heeft ze zulk lekker knapperig brood gegeten. Ergens bekruipt haar het gevoel dat ze het ook jammer zou vinden om hier weg te gaan. De avonden die ze op de patio doorbrachten waren heerlijk en alles in de stad is zo dichtbij. Ze kijkt naar de grote schuiven die op de deur zitten. De eigenaar heeft gelijk: je komt niet zomaar binnen. Ook via de achtertuin wordt het een hele toer, want die ligt ingebouwd tussen andere huizen en tuinen en er loopt geen steeg naartoe, zoals bij de meeste Nederlandse woningen. Misschien moet ze zich minder zorgen maken en doen wat ze zich al een poosje voorneemt: vakantie vieren. 'Waar heb jij vandaag zin in?' vraagt ze.

Fabian kijkt haar verbaasd aan. 'Eh, geen idee. Niet over nagedacht. Betekent dit dat we niet halsoverkop vertrekken?'

'Misschien heb je gelijk en moeten we het nog een kans geven. Per slot van rekening zijn we met z'n vieren op pad, dus we moeten het er wel allemaal mee eens zijn.'

'We kunnen een tochtje maken met het toeristentreintje, of naar een zwembad waar de kinderen met hun opblaasdieren in kunnen. Of gewoon weer naar het strand gaan, dan zoek ik wel een plekje op de boulevard. In de middag kunnen we lunchen bij Alex en zijn moeder en daarna naar huis. Er ligt nog voldoende in de koelkast om vanavond op de patio door te brengen.'

'Mag het toeristentreintje afvallen?' fluistert Stella om te voorkomen dat de kinderen haar horen. 'Ik vind dat zoiets verschrikkelijks, dan ga ik wel de zee in met ze.'

'En lunchen?'

'Goed plan. Jongens, gaan jullie straks mee naar het strand?' roept ze. Het woord 'politiebureau' laat ze nog maar even niet vallen.

'Jaaaa!' klinkt het boven het geluid van de televisie uit.

Gelukkig gedragen haar kinderen zich weer een beetje normaal. Nu moet zij alles nog van zich afzetten.

21

Nadat Stella en Fabian hun verhaal hebben gedaan, rolt de agent zijn stoel weg van de computer en kijkt hen een paar tellen bedenkelijk aan. '*Nothing happened,*' zegt hij dan.

Voor die reactie had Fabian haar al gewaarschuwd. 'Kunt u ergens vastleggen dat we een melding hebben gemaakt?' vraagt ze.

De agent wrijft door zijn haar. Dan wijst hij op zijn voorhoofd en zegt: '*I'll remember.*' Hij pakt een visitekaartje uit een doosje en schuift dat over zijn bureau naar ze toe. Vervolgens loopt hij naar de deur om hen eruit te laten.

Het gesprek is ten einde, beseft Stella. Ze is niet blij met deze uitkomst. Liever had ze gezien dat hij iets in het systeem had genoteerd, maar aanhouden lijkt zinloos. De agent ziet er vastberaden uit. Als ze nu haar zin probeert door te drijven, loopt ze het risico dat hij geïrriteerd raakt en dat wil ze niet. Ze houdt hem liever te vriend. 'Oké,' zegt ze daarom gelaten.

De kinderen zitten nog steeds keurig te wachten bij de receptie, waar ze hen heeft achtergelaten onder de hoede van een jonge agent. 'Efcharisto,' zegt Stella, terwijl ze hen bij de hand vastpakt. En dan tegen Liza en Levi: 'Gaan jullie mee?'

Vanaf het plein voor het bureau kunnen ze de zee zien liggen. Ondanks het voorbijrijdende verkeer hoort Stella de golven stukslaan op het kiezelstrand dat aan deze kant van de stad ligt. Inmiddels is het al halfeen. Ze hebben ruim een uur moeten wachten voor er een politieagent beschikbaar was om hen te woord te staan, en dat allemaal uiteindelijk voor niks.

'Zullen we eerst naar Alex gaan voor de lunch en daarna het strand op?' vraagt Fabian, terwijl hij zijn armen door de lussen van de rugzak wurmt. 'Dan lopen we langs het park die kant op.'

'Prima.' Het maakt haar niet uit.

'Stella, het is goed mogelijk dat die agent ons verhaal zo makkelijk terzijde schoof omdat zulke dingen vaker gebeuren. Wie weet heeft de huiseigenaar gelijk.'

'Dat betwijfel ik. Eerlijk gezegd voelde ik me niet serieus genomen door hem. Zullen we gaan?' Ze heeft geen zin om voor het bureau een discussie met Fabian te voeren.

Als ze langs de muur lopen die het park scheidt van de drukke doorgaande weg, ziet Stella posters hangen van het wijnfestival. Bij de ingang werpt ze een blik de lange laan in. Links en rechts staan kraampjes onder hoge bomen met vaten wijn erop waar kraantjes aan zitten. Misschien is het leuk om er met z'n tweeën naartoe te gaan, maar het lijkt haar saai voor de kinderen. Ze steken de straat over en lopen kriskras door de binnenstad richting het plein waar het restaurant van Alex aan ligt. Hij en zijn broer Mick zitten op het terras, ziet Stella al van ver. Als ze dichterbij komen en Alex hen in de gaten krijgt, steekt hij een hand op. Mick daarentegen verdwijnt in het huis naast het restaurant. Stella hoort dat hij de sleutel vanbinnen omdraait terwijl ze langs de deur loopt. Heel even vraagt ze zich af of Mick voor haar en Fabian wegvlucht, maar ze kennen de man nauwelijks.

'Wat leuk om jullie weer te zien!' zegt Alex. 'Kom, ga zitten. Vertel, bevalt Rethymnon nog steeds?'

'O, absoluut,' antwoordt Fabian voor Stella iets kan zeggen. Kennelijk heeft hij geen zin om te vertellen wat er gisteravond is gebeurd. Het is ook geen leuk verhaal om te delen.

'Dat is mooi. Wanneer gaan jullie een keertje mee vissen?' vraagt Alex lachend.

'Eind oktober,' zegt Stella. 'Fabian en ik hebben besloten om in de herfst een weekje met z'n tweeën hierheen te vliegen. Dan blijven de kinderen bij hun grootouders.'

'Hm, eind oktober. Dat is wel erg laat in het jaar,' zegt hij. 'Meestal stop ik rond die tijd met vissen, omdat er weinig te doen is in het restaurant. De toeristen zijn vertrokken en de Kretenzers hebben het te druk met de olijfoogst.'

Stella knikt begripvol, maar ineens bekruipt haar een gevoel dat hij niet de waarheid spreekt. Alex en zijn moeder richten zich helemaal niet op toeristen. Tot nu toe heeft ze vrijwel alleen maar locals in het restaurant gezien. 'Sluiten jullie de boel dan?' vraagt ze.

'Nee, dat niet. Maar we hebben zelf ook flink wat olijfbomen. Oktober en november zijn gewoon te drukke maanden om de zee op te gaan en daarna is het kerst. 's Winters laat ik de boot in de haven liggen, meestal ga ik pas in maart de zee weer op. Maar vertel, waar hebben jullie trek in? Er is tzatziki, patat, tomatensalade, en ik geloof dat mijn moeder nog bezig is om bonensoep te maken.'

'Patat!' roept Liza.

'Alles klinkt heerlijk,' zegt Fabian. 'En vooruit, een beetje patat omdat het vakantie is.'

Blij dat ze hun zin krijgen, pakken de kinderen het backgammonspel en gaan een tafeltje verderop zitten spelen. Nadat Alex hun bestelling aan zijn moeder heeft doorgegeven, schuift hij bij Stella en Fabian aan. Terwijl hij vertelt over een hittegolf die eraan komt en mogelijk weken gaat duren, schiet Stella iets te binnen. 'Er staat helemaal geen vis op het menu. Heb je gisteravond niets gevangen?'

Alex lijkt even van zijn stuk te zijn gebracht, maar dan zegt hij: 'Nee, mijn moeder voelde zich niet zo lekker en daarom ben ik bij haar gebleven. Vanmorgen ging het wel weer.'

Ze durft niet te vragen of Mick die taak niet op zich had kunnen nemen, want dan is het net of ze Alex aan een kruisverhoor onderwerpt. Ze weet ook niet waarom ze ineens zo achterdochtig is, maar iets aan Alex' houding zorgt ervoor dat ze hem niet helemaal gelooft. Hoewel ze er wel in kan komen dat Mick misschien niet de aangewezen persoon is om voor hun moeder te zorgen; hij lijkt in geen enkel opzicht op zijn hartelijke broer.

'We zijn bij het klooster van Preveli geweest,' zegt Stella om een ander onderwerp aan te snijden. 'Ik heb met een monnik gesproken over de historie van het klooster. Hij vertelde dat er in de Tweede Wereldoorlog Australische en Nieuw-Zeelandse soldaten zijn opgevangen. Was jouw grootvader daar ook bij?'

Alex kijkt met een bezorgd gezicht naar de keuken. 'Mijn moeder vindt het vervelend als erover gepraat wordt, maar zolang ze in de keuken staat, kan ze ons niet horen. Haar vader, mijn opa dus, was inderdaad een van de soldaten.' Weer kijkt Alex het restaurant in. 'Ze is nog wel even bezig,' zegt hij. En dan begint hij te vertellen: 'In de Tweede Wereldoorlog woonde er een boerengezin met twee dochters niet ver bij het klooster vandaan. Een van de meisjes heette Gariklia. Ze was zeventien toen de soldaten op het eiland kwamen om te helpen vechten tegen de Duitsers. In die tijd vocht iedere Kretenzer man mee, zo ook de vader van Gariklia, mijn overgrootvader. Hij overleed op het slagveld. Gariklia bleef met haar moeder en zusje op de boerderij wonen. Een paar keer per week ging ze met paard-en-wagen naar het klooster om aardappels, olijfolie of eieren te brengen. Wat het gezin overhad ging naar de soldaten. Zo leerde ze mijn grootvader kennen, want hij was een van de soldaten, en de twee werden verliefd. Af en toe ontsnapte mijn opa aan het gezag van zijn commandant door over de rotsen naar het palmenstrand te klimmen. Gariklia liep dan vanaf de boerderij via de kloof naar hem toe. Ze werden verliefd en mijn oma raakte zwanger. Mijn opa wilde met haar trouwen, maar dat was ingewikkeld tijdens de oorlog omdat hij niet Grieks was.'

Alex stopt met praten en wendt zijn blik af. Zijn mond vertrekt tot een dunne streep. 'Op een dag is hij om het leven gekomen. Drie maanden later is Gariklia, mijn grootmoeder dus, met een man van het eiland getrouwd. Ongehuwd zwanger zijn was toen nog een schande, dus ze moest wel. Haar echtgenoot werd eigenaar van de boerderij en in ruil daarvoor zou hij haar dochter accepteren als de zijne. Het was geen gelukkig huwelijk, maar toch kregen ze samen nog een kind. Op een dag is Gariklia van de bergwand bij het klooster gesprongen. Ze vonden haar lichaam tussen de uitstekende rotsen in zee. Amper een week na haar dood bracht haar man het "bastaardkind", mijn moeder dus, ergens anders onder. Hij wilde haar niet houden. Dat is de mooie versie van het verhaal. Maar mijn moeder vermoedt nog altijd dat haar stiefvader voor moord terecht had moeten staan.'

Er valt een stilte. Onwillekeurig heeft Stella een hand naar haar mond gebracht. Ze weet zo gauw niet wat ze moet zeggen, en ook Fabian ziet er aangeslagen uit. 'Wat een verschrikkelijk verhaal,' zegt ze uiteindelijk. 'Hoe oud was je oma toen ze stierf?'

'Drieëntwintig. Mijn moeder is opgevoed door het buurgezin. Later vond ze Gariklia's dagboek in een doos met spullen die haar stiefvader had meegegeven. Daaruit bleek dat zelfmoord niet voor de hand lag. Ze vreesde al weken voor haar leven en liet een opdracht aan mijn moeder na.' Alex kijkt Stella strak aan. 'Haar leven, en dat van ons, zou heel anders zijn verlopen als James niet was overleden.' Het duurt een paar seconden voor zijn gezicht weer ontspant. 'Maar goed, alles is toch nog op zijn pootjes terechtgekomen. Mijn moeder trouwde met mijn vader en ze openden dit restaurant. De rest van het verhaal is bekend. Goed, ik ga maar eens kijken of de tafel al gedekt kan worden.' Hij loopt weg.

Stella kijkt naar Fabian. 'Wat afschuwelijk.'

'Een oorlog kent alleen maar verliezers,' zegt hij zachtjes.

De kinderen hebben gelukkig niets van het verhaal meegekregen, denkt Stella. Die waren te veel verdiept in hun spel.

Stella legt haar bestek op het bord en leunt achterover. Het was heerlijk. Zoals gebruikelijk wanneer ze bij Alex lunchen, heeft ze weer veel te veel gegeten. Gelukkig kan ze de middag doorbrengen op een strandbedje. Alex' treurige verhaal speelt nog steeds door haar hoofd. De man zelf loopt alweer opgewekt rond om gasten te bedienen. Hij heeft voor iedereen een praatje over. Af en toe gaat zijn blik hun kant op en verschijnt er een waterig glimlachje rond zijn mond, alsof hij daarmee wil aangeven dat het goed met hem gaat.

'Was het lekker?' vraagt Fabian aan de kinderen.

Ze knikken enthousiast. Ze hebben weer van alles geproefd, alsof ze hier makkelijker eten dan thuis. Hoewel ze er hier ook steeds patat bij krijgen. Misschien is dat de truc, denkt Stella. Iets voorschotelen wat ze zeker weten lekker vinden en nieuwe dingen om te proeven erbij. 'Mogen we verder spelen?'

'Als Alex het goedvindt dat jullie een tafel bezet houden wel.' Hij wenkt Alex en stelt hem de vraag.

'Ze mogen ook binnen zitten,' antwoordt hij.

Het maakt de kinderen niet uit. Voorzichtig pakken ze het spel op en lopen ermee naar een tafeltje binnen. Geholpen door Alex leggen ze het bord weer neer.

'Hij lijkt echt in geen enkel opzicht op zijn broer,' zegt Stella. 'Ik vind Mick bijna eng.'

'Eng? De man is gewoon een einzelgänger die graag op zichzelf is, niks mis mee. Ik heb ook zo'n oom. Die hebben we eens vijftien jaar lang niet gezien en ineens stond hij op de stoep. Bleek hij van zijn laatste geld een enkele reis Chili te hebben geboekt en vervolgens is hij daar blijven hangen omdat hij geen geld had om terug te vliegen. Mijn opa had hem nota bene als vermist opgegeven.'

'Echt? Wie? Toch niet oom Mark?'

'Welnee, die was toen allang getrouwd. Benjamin, de jongste. Iedereen was blij om hem weer te zien, behalve mijn oma. Ze heeft hem eerst de huid vol gescholden en daarna pas geknuffeld.'

Dat ziet ze Fabians oma inderdaad wel doen. 'Gek verhaal,' zegt ze.

'Zulke dingen gebeuren. Ik denk dat Mick ook zo iemand is. Hij houdt waarschijnlijk met niemand rekening omdat het gewoon niet in hem opkomt om dat te doen.'

Alex komt bij hun tafeltje staan. 'Koffie?'

'Lekker,' antwoordt Stella. Zonder cafeïne valt ze straks zo in slaap op het strand, maar ze wil haar kinderen in de gaten houden. Helemaal na gisteravond.

Alex ruimt de tafel af. 'Komt eraan.'

Stella tuurt naar het strand, dat leegloopt vanwege de

lunch. Als ze niet te lang hier bij Alex blijven hangen, kunnen ze misschien een plekje bij het water bemachtigen.

'Gewonnen!' hoort ze Levi binnen brullen.

Vijf minuten later zet Alex twee koppen koffie op tafel. Hij wil net weglopen als Stella iets te binnen schiet.

'Wat schreef Gariklia eigenlijk in haar dagboek? Of deel je dat liever niet met ons?'

Alex denkt kort na. 'Jawel hoor, dat wil ik best vertellen. Ze schreef dat...'

'Alexis!' roept Mick vanuit de deuropening van zijn huis. '*Éla edó! Tóra!*'

Alex lacht verontschuldigend. 'Mick heeft me nodig. Misschien zie ik jullie later nog?'

'Misschien,' zegt Fabian.

Mick staat ondertussen heftig te gebaren dat zijn broer onmiddellijk moet komen. De blik in zijn ogen voorspelt weinig goeds.

Alex legt een hand op Fabians schouder. 'Mijn uitnodiging om te gaan vissen staat nog steeds, dat weet je, hè.' Na die woorden loopt hij naar zijn broer. De deur valt met een luide klap achter hem dicht.

'Ik laat de kinderen nu zéker niet bij een vreemde achter, en ze gaan niet mee het water op,' zegt Stella voor het geval Fabian mocht overwegen om alsnog op Alex' uitnodiging in te gaan.

'Daar ben ik zelf ook geen voorstander van, gezien de omstandigheden. Zullen we richting de boulevard lopen?' Fabian schuift zijn stoel naar achteren en loopt naar binnen om af te rekenen en de kinderen te halen.

Stella pakt de rugtas met hun handdoeken en slingert hem op haar rug. Gelukkig heeft ze haar badpak al aan. Een middagje rust is precies wat ze nodig heeft. Zwemmen, zandkastelen bouwen, een paar hoofdstukken lezen en vanavond eten in de stad of bij het leuke haventje waar ze de eerste avond zaten, of gewoon doen wat Fabian voorstelde: restjes eten.

22

Liza en Levi spelen bij de branding. Fabian heeft onderweg naar het strand twee emmertjes en schepjes gekocht en nu proberen de kinderen een zandkasteel te bouwen. Het lukt nog niet erg, omdat ze te nat zand gebruiken, maar ze klagen geen van beiden dus Stella laat ze maar even begaan. Twee teleurgestelde snoetjes kijken naar de toren die als een plumpudding in elkaar zakt.

'Ik denk dat het zand niet nat moet zijn,' zegt Liza.

Stella glimlacht. Spelenderwijs leren is toch de leukste manier om kennis op te doen. Ze zucht. De laatste tijd heeft ze zelf helemaal niets geleerd van de verkeerde beslissingen die ze telkens weer neemt. Ze moet een plotseling opwellende paniek onderdrukken. Ze richt zich weer op haar boek, een thriller waarin de hoofdpersoon ondervindt dat niemand in haar omgeving te vertrouwen is. Het is een goed boek, maar haar hoofd staat op dit moment niet naar het verhaal. Het stel dat op de bedjes naast haar ligt, springt plotseling overeind en rent joelend hand in hand de zee in. Verlangend kijkt ze ernaar. Hoe gek zij ook op zwemmen is, ze zal Fabian nooit zover krijgen dat hij samen met haar een duik neemt. Gek eigenlijk, hoe lang zo'n trauma doordreunt in iemands leven. Ze vraagt zich af wat er gebeurd zou zijn als zijn vader die noodlottige middag overleefd had. Zou haar man dan wel de zee in zijn gegaan? Stella slaat het boek dicht. Daar zal ze nooit achter komen. Ze tuurt over het water. Een paar honderd meter uit de kust vaart een zeilbootje traag voorbij. Fabian zei wel zo stoer dat hij met een vissersbootje het water op durft, maar zij moet het nog zien. Alex' boot zal hooguit een reddingsboei aan boord hebben die uitgegooid kan worden. Ze komt overeind en legt haar zonnebril op het bedje.

'Zullen we gaan zwemmen?' vraagt ze aan de kinderen.

Die kijken elkaar aan. 'Is dat niet gevaarlijk?'

'Nee hoor, het kan gewoon.'

'Papa zegt steeds dat je kunt verdrinken in zee.'

'Vandaag niet,' antwoordt ze. 'De zee is mooi kalm en als we niet te ver uit de kust gaan, is er niks aan de hand.'

'Maar dat meisje was ook bijna verdronken!'

'Dat Duitse meisje had geen zwemdiploma en jullie wel.' Stella steekt haar armen uit. 'Zullen we met z'n drieën het water in lopen?'

Levi schudt zijn hoofd. 'Ik wil liever een zandkasteel bouwen.'

Kennelijk is zijn zus het met hem eens, want ze pakt een emmertje en vult dat met droger zand. Ze stort het uit op de plek waar de toren moet komen te staan. De afdruk van het emmertje is keurig zichtbaar. 'Zie je wel,' zegt ze. 'Er moet niet zoveel water bij.'

Het strand loopt al leeg als Fabian over de planken haar kant op komt. Stella kijkt op haar mobiel. Het is inmiddels zeven uur. Ze heeft vanmiddag eindeloos scenario's bedacht over wat er gebeurd kan zijn vlak na de oorlog. Redenen waarom haar opa dit eiland de rug toekeerde. Niet een van de scenario's lijkt logisch. Tenzij hij heeft geweigerd om met een meisje te trouwen dat zwanger van hem was. Maar zelfs dan kan ze de houding van sommige mensen, zoveel jaar later, niet goed verklaren.

Fabian laat zich in het zand vallen. 'Zullen we zo naar huis gaan?' stelt hij voor. 'De terrassen lopen vol met strandgangers. Het wordt me te druk en eerlijk gezegd begin ik het ook een beetje zat te worden om in m'n eentje te zitten.'

Het zandkasteel krijgt eindelijk vorm, ziet Stella. 'Gaan jullie mee?' vraagt ze aan de kinderen.

Levi kiept een laatste emmer om. 'Klaar!' Hij krabbelt overeind en komt bij hen staan. 'Wat gaan we doen?'

'Naar huis. Even rusten, douchen en dan op de patio eten, de stad in of naar het haventje, of waar we maar zin in hebben,' zegt Fabian.

Stella haalt de kleren van de kinderen uit de rugzak en geeft ze aan. Zelf schiet ze weer in haar shirt en broek. Terwijl Liza en Levi hun schoenen aantrekken, pakt ze de emmertjes en schepjes uit het zand en spoelt ze af in het zeewater. 'Die mogen jullie zelf naar huis dragen,' zegt ze. 'Zullen we over het strand richting de pier lopen?'

Even later wandelen Stella en Fabian hand in hand door het mulle zand, terwijl de kinderen voor hen uit rennen. Op de kop van de pier staat een kleine vuurtoren. Het is haar nog niet opgevallen dat hij 's avonds licht geeft en ze vraagt zich af of hij nog gebruikt wordt. Hij moet er in elk geval al eeuwen staan, aan de vorm en de stenen te zien. Er vaart ook niet langer een veerboot tussen Athene en Rethymnon. Alleen de vissersbootjes varen nog uit, maar die zijn van bewoners. Zij kennen de toegang tot de haven en hoeven niet gewaarschuwd te worden.

Ze klauteren de pier op. Vanaf hier ziet de Venetiaanse haven er heel anders uit. Een van de boten moet van Alex zijn. Als ze door het haventje lopen bekijkt ze de namen van de boten, maar ze kan er niet één linken aan Alex.

Thuis spoelt Stella hun zwemkleding uit. Ze zijn de zee niet in geweest, maar er zit heel veel zand in. Als er eindelijk schoon water achterblijft in de wasbak, hangt ze de kledingstukken in de achtertuin. Fabian speelt ondertussen een kaartspelletje met de kinderen.

Ze kijkt naar de roze blaadjes van de bougainville. Een paar jaar geleden heeft ze een keer geprobeerd om er eentje tegen hun schutting aan te laten groeien, maar het Hollandse weer maakte korte metten met de plant. Twee weken later was het stekje dood. Ineens vraagt ze zich af of haar opa wel gelukkig was in Nederland. Hij heeft nooit geklaagd en ze heeft hem de vraag nooit gesteld. Zou hij Kreta gemist hebben? Of zijn familie? Stond zijn koppigheid echt al die jaren een hereniging in de weg of...?

'Stella?' roept Fabian.

Ze sluit de achterdeur en gaat naar de patio.

'We hebben besloten om vanavond hier te blijven. Eens?'

'Eens,' zegt ze. Ze heeft zin om 'uit' te staan en verder te lezen in haar boek. Misschien lukt het op de patio beter dan op het strand. Ze pakt het boek uit de rugzak. In de keuken schenkt ze een glas water voor zichzelf in. Het begint al een klein beetje te schemeren. Ze installeert zich op de patio. Fabian lijkt zich vrijwillig op te werpen als keukenprins.

Stella slaat het boek op de juiste pagina open en begint te lezen. Een paar minuten later is ze zich niet langer bewust van de wereld om haar heen, maar wordt ze het verhaal in gezogen. De hoofdpersoon heeft net een nieuwe buurvrouw met wie het eerst leek te klikken, maar inmiddels krijgt ook zij als lezer de kriebels van die vrouw. Ze lijkt telkens op het juiste moment ergens op te duiken.

'Papa, mag het raam open?'

Stella kijkt op.

‘Welk raam?’ vraagt Fabian.

‘Van onze slaapkamer. Het is zo warm.’

‘Ja hoor, waarom ook niet.’

Stella ziet dat Fabian zijn handen afdroogt en met Liza meeloopt. Dat raam komt uit op de straat. De luiken staan nog steeds wagenwijd open. Als Fabian weer in de keuken opduikt, legt ze haar boek weg en gaat naar hem toe. ‘Is dat wel veilig?’ vraagt ze.

‘In het ergste geval staan er straks zwarte graffitiletters op onze kinderen,’ grapt hij.

‘Niet leuk. Ik maak me oprecht zorgen.’

Hij pakt een snijplank uit de kast. ‘Zolang we wakker zijn, zal er echt niets gebeuren. Vannacht sluit ik de ramen en de luiken. Dan zet ik het raam in het gangetje open dat op de patio uitkomt, goed?’

‘Oké,’ zegt ze. *Goed* is het niet. Toch heeft ze er een hekel aan om zich bij alles af te vragen of het niet gevaarlijk of onveilig is. Zo wil ze de kinderen ook niet opvoeden. ‘Kunnen we de luiken niet beter met het haakje aan de binnenkant op de halve stand zetten, zodat er nog wel wat wind naar binnen kan?’

‘Als jij je daar bij prettig voelt.’

Ze gaat terug naar haar stoel en pakt het boek voor de tweede keer op. Terwijl ze zichzelf opnieuw verliest in het verhaal voelt ze dat ze ontspant. Een pagina lang heeft ze geen aandacht voor haar omgeving. Pas na een minuut dringt het tot haar door dat er iemand voor het huis staat. Ze spitst haar oren. Het zou de huiseigenaar kunnen zijn die alsnog heeft besloten om de boel te verven. Eigenlijk zou ze een kijkje moeten nemen, maar ze kan zich er niet toe zetten.

‘Is alles goed met de kinderen?’ vraagt ze voor de zekerheid aan Fabian.

Hij tilt een hete pan van het gas. 'Uitstekend. Focus jij je nou maar op dat boek.' Hij kiept de inhoud van de pan om in een vergiet.

Stella slaat een bladzijde om. Af en toe wil ze tegen de hoofdpersoon schreeuwen dat ze haar buurvrouw de deur uit moet gooien, maar dat is zinloos. Weer hoort ze iemand scharrelen aan de andere kant van de voordeur. Ze komt overeind en legt haar hand op de klink. Een paar seconden later trekt ze de deur met een ruk open. Niemand. De straat is leeg. Ze sluit hem weer en gaat zitten. Inmiddels is ze zo alert dat lezen geen enkele zin meer heeft. Stella denkt na. Het moet een kat geweest zijn. Niemand kan zo snel wegrennen zonder geluid te maken. In de keuken fluit Fabian zijn favoriete liedje van Danny Vera: 'Roller Coaster'. Dat doet hij altijd als hij zich prettig voelt. De kinderen zijn zoet aan het spelen. Zij is dus de enige van het gezin die weer eens spoken ziet. 'Kappen daarmee, Stella,' zegt ze zachtjes tegen zichzelf. Ze pakt het boek weer op, maar deze keer lijken de woorden niet tot haar door te dringen.

'Papa, Levi heeft een glas limonade omgegooid en nu is alles nat. Mag de tv aan?' hoort ze Liza vragen. Even later klinkt het zachte geluid van een tekenfilm. Stella volgt Fabian met haar ogen terwijl hij een vaatdoekje vochtig maakt onder de kraan en ermee naar de kinderslaapkamer gaat. Ze richt zich voor de zoveelste keer op haar boek, als een scooter met veel lawaai de straat in komt gereden. Terwijl ze met haar ogen de alinea zoekt waar ze was gebleven, klinkt er een harde klap gevolgd door glasgerinkel. Stella vliegt uit haar stoel, het boek valt op de grond.

'Mama!' schreeuwen de kinderen.

Ze rent de woonkamer in. Liza en Levi kijken haar

doodsbang aan vanaf de bank. 'Blijf zitten,' gebiedt ze. Met een paar passen loopt ze naar de slaapkamer. De grote spiegel die aan de wand hing, ligt in duizend stukjes op de grond.

Fabian staat op zijn blote voeten verbouwereerd te kijken naar de scherven. 'Gelukkig hebben we een goede reisverzekering afgesloten,' zegt hij.

Stella bukt en haalt een grote scherf weg die op zijn voet ligt. Vanuit haar ooghoeken ziet ze een grote steen liggen. Haar blik gaat naar het raam dat wagenwijd openstaat, net zoals de luiken. 'Wat...' Ze kijkt niet-begrijpend naar de steen. Er zit een elastiek omheen waar een briefje tussen is gestoken. Haar hand gaat erheen.

'Niet aanraken,' gebiedt Fabian luid.

Ze kijkt hem aan.

'We moeten de politie bellen,' zegt hij grimmig.

Weer kijkt ze naar het raam. 'Waarom heb je de luiken dan ook niet op de halve stand gezet?' vraagt ze. Het klinkt bijna beschuldigend, alsof Fabian dit had kunnen voorkomen, maar zo bedoelt ze het niet.

'Dat héb ik gedaan, Stella. Maar het is vrij eenvoudig om de haak er van buitenaf af te wippen. Een schroevendraaier of desnoods een tak tussen de luiken steken en omhoogduwen, meer is er niet voor nodig.'

Is dat wat ze gehoord heeft? 'Ik ga je slippers halen.' Ze loopt terug naar de woonkamer.

'Ik wil hier weg,' zegt Liza met een bibberend stemmetje.

Ik ook, denkt ze, maar ze moeten nu niet in paniek gaan handelen. Fabian heeft gelijk, dit is werk voor de politie. Het is dat de kinderen tv wilden gaan kijken, anders had die steen gemakkelijk een van hen kunnen raken.

'Ik bel de huiseigenaar weer,' zegt Fabian, terwijl hij balancerend op één been zijn slippers aantrekt. 'Hij kan beter uitleggen aan de politie wat er gebeurd is dan ik.' Voorzichtig loopt hij over de scherven richting de patio.

Stella kijkt naar de ravage. Fabian kan haar nog veel meer vertellen: dit was een doelgerichte actie en niet het werk van een paar toeristenhaters.

23

Stella brengt twee glazen water naar de kinderen. Inmiddels is de ergste schrik weggeëbd en zitten ze met een pakje speelkaarten op de patio. Fabian heeft de huiseigenaar gebeld. Hij was aan de andere kant van de stad en zou zo snel mogelijk hun kant op komen. Ze zet de glazen buiten op tafel.

'Er staat iets op het briefje,' hoort ze Fabian roepen.

'Hoe weet je dat?' roept ze terug.

Hij komt de patio op gelopen. 'Ik kon het er zo tussenuit trekken.'

Stella slikt een opmerking in. Zij mocht niks aanraken en hij peutert gewoon dat briefje los? Dat is niet handig van hem. Hij had alles moeten laten liggen zoals het lag.

'Ik heb de tekst gefotografeerd en daarna vertaald met de vertaalapp,' zegt Fabian. 'Je gaat er niet vrolijk van worden. Loop je even mee naar binnen?' Hij werpt een veelbetekenende blik op de kinderen om haar duidelijk te maken dat die niet hoeven te horen wat hij te zeggen heeft.

Het zweet breekt Stella plotseling uit en dat komt niet door de warmte. 'Wat staat erop?' vraagt ze, als ze tegenover Fabian in de woonkamer staat.

'Ga, voor het te laat is,' zegt hij zachtjes.

Ze laat zich op de bank zakken. 'Zie je wel dat ik gelijk heb? Dit moet iets met mijn opa te maken hebben.'

'Daar lijkt het op, maar het hoeft natuurlijk niet zo te zijn.'

Fabian komt naast Stella zitten en slaat een arm om haar heen. 'We gaan niet weer op onderzoek uit, hè? Dat doen we deze herfst.'

Er is geen haar op haar hoofd die daar momenteel aan denkt. Wel wil ze vanavond nog dit huis uit. Zodra ze de eigenaar hebben gesproken en hun verhaal hebben gedaan aan de politie wil ze hun koffers pakken en vertrekken. Desnoods pakken ze de boot naar Athene. Vanaf daar gaan er veel meer vluchten; misschien kunnen ze nog een paar stoelen naar Amsterdam bemachtigen, of naar Brussel, of waar dan ook, als er maar een trein naar Nederland gaat.

Het is al na negenen en donker als de huiseigenaar eindelijk aanklopt. Hij heeft de politie meegenomen, ziet Stella terwijl ze de laatste koffer sluit. Ze zet hem in de woonkamer naast hun andere bagage en loopt naar de patio. 'Gaan jullie maar naar de woonkamer,' zegt ze tegen de kinderen, die gelukkig onmiddellijk en zonder morren gehoorzamen.

Stella geeft de agenten een hand en stelt zich voor. Geholpen door de huiseigenaar die alles vertaalt, vertellen ze wat er gebeurd is. Met z'n vieren bekijken ze eerst de tekst die nog steeds op de gevel staat.

'Mogen we binnen kijken?' vraagt een van de agenten.

De huiseigenaar knikt. Fabian gaat hun voor naar de slaapkamer. De vloer is bezaaid met spiegelglas. Daartussen ligt de steen. Het elastiekje waarmee de brief was vastgemaakt zit er nog omheen. De agenten hurken bij de scherven. Een van de twee kijkt naar het raam dat nog steeds openstaat.

'En u hebt gehoord dat iemand het haakje van de luiken van buitenaf eraf heeft gewipt?' vraagt hij voor de zekerheid aan Stella.

'Ik heb íéts gehoord,' corrigeert ze hem. 'Pas later realiseerde ik me dat iemand de luiken moet hebben geopend.'

De agenten gaan weer staan. 'Mogen wij het briefje zien?' vraagt degene die steeds het woord neemt.

'Dat heeft mijn man,' zegt Stella.

Fabian loopt de slaapkamer uit om even later weer terug te komen met het stukje papier.

'En u weet zeker dat dit aan de steen zat?' vraagt de agent die het in ontvangst neemt.

Stella kijkt naar Fabian. Hier was ze al bang voor. Hij had er met zijn handen van af moeten blijven.

Fabian knikt. 'Ja.'

De agenten en de huiseigenaar praten een paar minuten met elkaar voor de laatste zich weer tot hen wendt. 'Er zijn geen gewonden gevallen. Het gaat de politie te ver om een onderzoeksteam op de zaak te zetten. Wel adviseren ze jullie om vannacht niet hier te slapen.'

Eigenlijk wil ze vragen of de politie wél in actie was gekomen als ze niet zelf het briefje tussen het elastiekje vandaan hadden getrokken, maar Stella houdt haar mond. Het doet er niet toe. Ze wilde al die tijd al weg en nu heeft ze geen keus meer.

Nadat ze afscheid hebben genomen sluit Stella de luiken en het raam van de slaapkamer. De scherven mocht ze van de huiseigenaar laten liggen, die zou hij laten opruimen.

Fabian ijsbeert door de woonkamer terwijl hij hotel na hotel belt met de vraag of ze een kamer voor vier personen hebben. Stella wordt nerveus van dat heen en weer lopen en niet alleen zij, de kinderen zien er ook een beetje pips uit.

Als Fabian op internet zoekt naar het zoveelste hotel, vraagt Stella: 'Waarom bel je het noodnummer van TUI niet? Ook al hebben we alleen de vlucht via hen geboekt, zij willen vast wel helpen. Zo'n organisatie heeft veel meer overzicht over wat er wel en niet beschikbaar is dan wij.'

Hij staat stil. 'Dat ik daar niet aan gedacht heb.' Hij zoekt het nummer op en even later gaat de telefoon over. Rustig legt Fabian uit wat er gebeurd is. 'En nu heeft de politie ons geadviseerd om niet hier te blijven, maar alle hotels en vluchten zitten vol.'

Stella kijkt hem aan in de hoop van Fabians gezicht af te kunnen lezen wat de medewerker aan de andere kant van de lijn zegt. Het duurt even voor hij een duim opsteekt ten teken dat het goedkomt. Ze vormt het woord 'fijn' met haar lippen.

'We gaan ergens anders slapen,' fluistert ze tegen de kinderen. Ze ziet de opluchting in hun ogen.

Als Fabian klaar is met bellen, bergt hij zijn telefoon op en zegt: 'In hotel Creta Palace is een familiekamer voor vier personen beschikbaar voor de komende twee weken dankzij een annulering. We kunnen er vanavond nog in. Het hotel heeft een nachtportier, dus we hoeven ons niet te haasten. Het is wel een all-inclusive.'

Stella schiet in de lach. 'Beter zo.'

'Hebben ze daar een zwembad?' informeert Liza.

'Vast wel,' antwoordt Fabian. 'Pak jullie koffer, dan rij ik de auto voor.'

Stella loopt een rondje door het huis om alle lampen uit te doen, terwijl Fabian hun koffers in de achterbak legt. Als laatste doet ze het licht op de patio uit. Van de huiseigenaar mochten ze de sleutel achterlaten en de voordeur gewoon achter zich dichttrekken. Ze legt de bos op de tuintafel waaraan ze zulke gezellige avonden hebben gehad en gaat dan naar haar gezin dat klaarzit in de auto.

'Welke kant moeten we op?' vraagt Fabian als Stella haar gordel heeft vastgemaakt.

Ze tikt het adres van het hotel in op Google Maps en wacht tot de route weergegeven wordt. 'Ik denk de straat uit en dan om het Fortezza heen richting de doorgaande weg die langs het park gaat,' zegt ze.

Terwijl ze voorbij de terrasjes en het fort rijden, kijkt Stella naar buiten. Ze zal de stad waar het 's avonds zo heerlijk naar jasmijn rook gaan missen. Het hotel ligt een paar kilometer naar het oosten aan de kust, te ver om hierheen te lopen. Maar er zijn vast ook leuke plekjes te vinden in de dorpjes die aaneengeregen langs zee liggen.

'Hoeveel kilometer is het rijden?' vraagt Fabian, die al een paar keer in de achteruitkijkspiegel heeft gekeken.

'Drie, bijna vier. Het ligt aan de linkerkant van de weg en...' Stella hoort hem zachtjes vloeken. Ze wil er net iets van zeggen als het haar opvalt dat Fabian vooral geïnteresseerd is in wat er achter hen gebeurt en niet voor hen. Ze kijkt over haar schouder. De grote gele pick-up uit Armeni rijdt weer vlak achter hen. 'Is dat diezelfde vent?' vraagt ze voor de zekerheid.

'Geen idee. Ik heb die chauffeur nog nooit gezien.' Fabian trapt het gaspedaal in. De snelheidsmeter schiet naar tachtig, terwijl ze op dit stuk maar vijftig mogen. Het helpt niets; de pick-up volgt hen nog steeds op de voet.

'Dit heeft geen zin. Ga alsjeblieft langzamer rijden,' vraagt Stella zo rustig mogelijk om de kinderen niet te alarmeren.

Fabian laat het gas los tot ze nog amper tien kilometer per uur rijden, maar de chauffeur van de pick-up blijft bumperkleven terwijl hij allang had kunnen inhalen.

'Bel het noodnummer, 112, net zoals in Nederland. Die spreken Engels,' zegt Fabian afgemeten.

Ze doet wat hij vraagt. De vrouw die opneemt staat haar inderdaad in goed Engels te woord. Zo zachtjes mogelijk vertelt Stella dat ze zojuist op advies van de politie uit hun vakantiehuis zijn gevlucht en nu, onderweg naar een hotel, achterna worden gezeten.

'Er is een politieauto bij u in de buurt,' antwoordt de vrouw, die hun locatie online kan zien. 'Een gele pick-uptruck zei u? Die vinden we wel. Rijdt u maar rustig door naar Creta Palace, tot u de dienstwagen hoort en ziet, maar blijf in de auto zitten,' waarschuwt ze. 'Welke gegevens kan ik noteren?'

Stella spelt haar naam en adres en geeft hun kenteken door. Nog voor ze heeft opgehangen, ziet ze in de zijspiegel blauwe zwaailichten naderbij komen. 'Rustig door blijven rijden,' zegt ze tegen Fabian.

Hij geeft een beetje gas bij. Er klinkt kort een sirene. De koplampen van de pick-up worden kleiner; de auto moet zijn stilgezet. Ook Fabian ziet wat er gebeurt. Hij rijdt de auto een parkeerplaats voor een minimarket op. Met hun ogen gericht op de blauwe lampen die zo'n honderd meter verderop door de zwarte nacht klieven, blijven ze wachten.

De kinderen worden onrustig van het wachten, merkt Stella na vijf minuten. 'Nog even geduld,' zegt ze tegen hen.

'We kunnen toch naar dat hotel?' vraagt Liza. 'Of is de auto alweer stuk?'

Stella beseft dat de kinderen geen flauw idee hebben van wat er gaande is.

'Ik wil zwemmen,' doet Levi een duit in het zakje.

'Dat kan sowieso vanavond niet meer,' zegt Stella. 'Morgenochtend na het ontbijt gaan we met z'n allen naar het zwembad. De politie heeft gevraagd of we hier willen blijven wachten.'

Er klinken twee diepe zuchten vanaf de achterbank. De koplampen van de pick-uptruck worden weer groter en een paar seconden later rijdt hij voorbij. Als zijn rode achterlichten uit zicht zijn, parkeert er een politieauto naast hen. Stella en Fabian stappen uit.

'Stella Verhoeven?' vraagt de agent. Zijn collega blijft in de auto zitten.

'Ja, klopt,' zegt ze.

'*You're safe,*' zegt hij zichtbaar nerveus. 'We kennen de chauffeur van de gele pick-uptruck. We hebben hem op zijn gedrag aangesproken.'

'Waarom reed hij zo dicht achter ons?' Ze heeft de centralist van 112 niet verteld dat de pick-up al een keer eerder zo dicht op hen heeft gereden uit angst dat haar verhaal warrig werd. Moet ze deze agent wel inlichten? Dat hun voorruit kapotging door een vallende steen gelooft ze nu helemaal niet meer. 'Er is wel iets aan de hand,' begint ze. 'Hij...'

'Mevrouw,' onderbreekt de agent haar. 'Hij had zijn cruisecontrol aanstaan en uw man reed langzamer dan de toegestane snelheid.'

'Mag dat dan niet?' vraagt ze fel.

'Natuurlijk wel,' antwoordt de agent op een sussend toontje dat haar irriteert. 'De chauffeur had natuurlijk zijn cruisecontrol uit moeten zetten. Maar er is gelukkig niets gebeurd.'

Dat laatste klinkt als een 'waar maakt u zich druk om' en dat zint Stella niet. 'Het is anders niet de eerste keer,' zegt ze.

'Dat er iemand te dicht op u rijdt? Dan hebt u geluk gehad. Ik zie dagelijks de gevolgen van geen afstand houden. Rijdt u nu maar gewoon door. Fijne avond nog.' De agent opent het portier van de politieauto aan de passagierskant.

'In de bergen kwam er een steen tegen onze voorruit. Toevallig op hetzelfde moment dat uw vriend ons passeerde.' De opmerking levert haar een elleboogstootje van Fabian op.

De agent blijft staan. 'En nu denkt u dat er een aanslag op u is gepleegd? Mevrouw Verhoeven, er vallen zoveel stenen in de bergen. Daarom staan er bordjes langs de kant van de weg die u daarvoor waarschuwen. Als u het niet erg vindt, ga ik weer aan het werk.' Hij stapt in en sluit het portier.

Stella kijkt de auto na. 'Ik voel me niet serieus genomen,' zegt ze tegen Fabian. 'Hoe wist die gek met zijn pick-up dat wij naar Creta Palace zouden gaan, of schrijven we dat ook weg onder het kopje toeval?'

'Geen idee. Ik zag hem bij het Fortezza al achter ons rijden.'

'Wat? En dat vertel je nu pas? Na alles wat er gebeurd is?'

'Hoor je nou zelf wat je zegt? Ik weet toch niet hoeveel van die auto's hier rondrijden? Pas toen hij ons tot buiten de stad bleef volgen, begon ik me zorgen te maken.'

'We moeten zien te achterhalen wie het is,' zegt ze beslist.

'We moeten helemaal niets. Behalve aankomen in Creta Palace en nog iets van de vakantie proberen te maken.' Hij stapt in de auto.

Stella kijkt in de richting waarin de gele pick-up verdween. Fabian heeft gelijk, en toch heeft ze het gevoel dat ze dit niet zal kunnen loslaten.

24

Creta Palace is een prachtig hotel, constateert Stella als ze in de receptie om zich heen kijkt.

'*Welcome, Verhoeven family,*' zegt de receptionist nog voordat ze bij haar desk staan. 'We zullen ervoor zorgen dat u een geweldige tijd bij ons hebt.' Ze legt een sleutelkaart op de receptie. 'Kamer 07. U mag zich lekker installeren en hoeft morgenochtend pas in te checken.'

Stella pakt de kaart. Ze is blij dat de formaliteiten niet onmiddellijk afgehandeld hoeven te worden.

Hun kamer ligt op de begane grond en heeft een schuifdeur naar de tuin. Er is een aparte ouderslaapkamer met een groot tweepersoonsbed en twee banken die in een handomdraai kunnen worden omgebouwd tot bedden voor de kinderen. Buiten staat een rotan zitje. Terwijl Fabian de koffers uitpakt en alles een plekje geeft, helpt Stella de kinderen in hun pyjama.

'Gaat papa ons nog voorlezen?' vraagt Levi.

Stella kijkt naar Fabian. Hij ziet er moe uit. Zelf voelt ze zich al niet veel beter. 'Ik weet het niet, misschien moeten jullie proberen om...'

'Het is goed,' zegt Fabian op geruststellende toon. Hij pakt het voorleesboek en gaat bij Levi op het voeteneind zitten.

Stella loopt naar buiten. De vlonder met het zitje heeft een *beachy* uitstraling, net zoals het appartement zelf, en in de tuin staan palmbomen. Ze kijkt naar binnen. Fabian heeft het boek alweer dichtgeslagen. Lang hebben de kinderen het dus niet volgehouden.

'Wat denk je, even samen een drankje doen aan de hotelbar?' fluistert hij.

Stella kijkt naar de twee kleine figuurtjes die op de grote bedden liggen. 'Als ze wakker worden, raken ze misschien in paniek.'

'Er is hier een babyfoonservice. Zodra een van de twee ook maar een kik geeft, krijgen we een seintje via de receptie.'

Fabians voorstel klinkt aantrekkelijk. Ze zijn allebei geen grote drinkers, maar even bijkomen aan de hotelbar met een glas wijn zou fijn zijn. Misschien kan ze zich dan eindelijk ontspannen.

Liza opent haar ogen. Die was kennelijk nog niet zo ver in dromenland als haar broertje. 'Dus jullie komen als we dat vragen?'

'Onmiddellijk,' belooft Fabian haar.

'Oké.' Ze draait zich om en even later wordt haar ademhaling rustig.

'Nu slaapt ze wel,' fluistert Stella.

In de hotelbar is het minder druk dan op het terras. Hoewel het een zwoele avond is, kiezen Fabian en Stella voor een tafeltje binnen. Geen van tweeën hebben ze zin om zich tussen de mensen te begeven.

'Denk je niet dat de politie die man had moeten natrekken?' vraagt Stella.

'Waarom vraag je dat?'

'Ik geloof helemaal niets van dat cruisecontrolverhaal. Die pick-uptruck is hartstikke oud en er liggen rollen met netten in de laadbak die boeren onder hun olijfbomen leggen vóór de olijven vallen. Waarom zou een boer een dure cruisecontrol in zijn auto laten installeren?'

‘Slim.’ Fabian kijkt haar bewonderend aan. ‘Dan blijf je er dus bij dat die man het op ons gemunt heeft?’

Dat zegt ze al de hele tijd, maar hij weigert haar te geloven. ‘Ja.’

‘We kennen hem helemaal niet, Stella. Hij reed al even achter ons voor jij het noodnummer belde. Misschien heb ik een bord met een snelheidsaanduiding gemist en vond hij dat ik te langzaam reed.’

Daar gaan ze weer. ‘Mijn opa had gelijk: familie brengt alleen maar problemen met zich mee,’ zegt ze bitter.

‘Nou, bedankt.’ Fabian klinkt boos.

‘Hoezo, bedankt? Ik had het niet over jou en de kinderen, maar over de familie Venizelos. Sinds we op het eiland zijn worden we belaagd!’

‘Je maakte anders geen onderscheid tussen jouw Griekse familie en ons gezin.’

Fabian houdt zich in, maar ze ziet aan zijn ogen dat hij boos is.

‘Het leek mij voor de hand liggen wie ik bedoelde. Vergeet wat ik gezegd heb, Fabian. Het was een stomme opmerking. Jij kunt net zo goed gelijk hebben als ik.’ Toch is ze ervan overtuigd dat Fabian er te makkelijk over denkt. Ze kan het alleen niet bewijzen.

‘We zullen het in oktober weten,’ zegt hij.

Stella draait haar glas aan het pootje rond. Dit is Fabians manier om te zeggen dat ze een afspraak hebben gemaakt, beseft ze. Daar wil ze zich best bij neerleggen, maar niet zolang er gekke dingen blijven gebeuren.

‘Het hotel heeft een oppasservice,’ merkt Fabian na een poosje op.

‘Als in: we zouden nu kunnen doen wat we deze herfst van plan waren?’ vraagt Stella. Zou hij dan toch overstag gaan en haar willen helpen om de waarheid te achterhalen?

'Nee, als in: ik heb nog steeds zin in dat vistochtje met Alex.'

Stella rolt met haar ogen. 'Pff. Echt?'

'Ja, jij niet? De kust moet er geweldig uitzien vanaf zee. Hengeltje uit en terwijl de boot zachtjes dobbert uren naar de donkere bergen staren. Heerlijk, toch?'

'Zalig,' mompelt ze. Ze draait zich een kwartslag om zodat ze hem recht aan kan kijken. 'Waarom wil je eigenlijk nooit bij ons op het strand zitten?'

Hij kijkt stuurs voor zich uit en het duurt even voor hij antwoord geeft. 'Ik wil niet nog een keer toekijken terwijl jij bijna verdrinkt omdat anderen zo stom zijn het water op te gaan zonder zwemdiploma.'

Dat is dus het probleem! En zij maar denken dat hij doodsbang was voor het water. Ze kon dat enthousiasme over het avondje vissen al niet plaatsen.

'Aan het zwembad kom ik gewoon naast je liggen, maar niet op het strand,' gaat Fabian verder. 'Ik heb al een keer iemand van wie ik hield zien verdrinken, dat overkomt me geen tweede keer.'

Stella denkt na. Ze kan hem moeilijk beloven dat ze de volgende keer niets doet als iemand hulp nodig heeft. Dat gaat haar veel te ver. Ze is niet voor niets jaren vrijwilliger geweest bij de reddingsbrigade!

'In dat geval: prima. Dan gaan we vissen. Maar ik wil ook iets, namelijk achterhalen waarom mijn opa op de vlakte van Omalos uitgestrooid wilde worden en wat er in 1945 gebeurd is.' Ze slaat haar armen over elkaar en kijkt hem aan. 'Wat zeg je ervan?'

'Ik mijn avondje vissen en jij jouw zoektocht? Is dat wat je bedoelt?'

'Ja,' zegt ze. 'Eigenlijk wel. Ik vind het prima om in de herfst samen een weekje weg te gaan, maar ik weet nu al dat ik dit verhaal niet kan loslaten. Niet zolang er stenen door onze ramen gaan of we achtervolgd worden. De kinderen hebben het hier prima. Er is een oppasservice en een animatieteam en er zijn andere kinderen. Wat willen ze nog meer?'

'Hun ouders misschien? Als we jouw plan uitvoeren zien we ze de rest van de vakantie amper!'

'Onzin,' zegt Stella. 'Ik wil gewoon nog een keer terug naar Omalos en naar dat kloostermuseum.'

'En naar alle plekken waar mensen je heen sturen omdat daar meer informatie te vinden zal zijn. Het stopt natuurlijk niet bij die locaties, dat weet je zelf ook wel. Als straks een monnik beweert dat je naar de bibliotheek van Athene moet, pakken we dan de boot die kant op?'

'Nee, natuurlijk niet.' Ze is zelf minder overtuigd van haar antwoord dan het klinkt.

'Ik weet niet of ik zó graag mee wil op dat bootje van Alex,' zegt Fabian.

Ze gaat hem op deze manier niet over de streep trekken. Ze moet hem specifiek vertellen waar ze heen wil. En dat niet alleen, ze moet haar belofte houden. Ook als die bezoekjes niets opleveren. 'Goed,' zegt ze. 'Ik wil nog een keer naar de hoogvlakte om die Engelse vrouw te spreken en ik wil het archief van Preveli bezoeken. Afhankelijk van wat ik te weten kom, wil ik hooguit nog één keer naar Armeni, maar dat is het. Beloofd is beloofd.'

'Als ik nu ja zeg, ga je daarna dan mee vissen?'

'Deal.'

Na de wijn zijn ze de tuin in gelopen. De drukte concentreert zich rond de buitenbar, maar in de rest van de tuin is het rustig. Vanaf de rand kijken ze uit over de zee. Er rollen schuimkoppen het strand op. De wind is aangetrokken en de zee is ruwer dan vanmiddag.

'Weet je wat ik denk?' zegt Fabian nadat hij een poosje peinzend voor zich uit heeft gekeken. 'Ik denk dat je opa helemaal geen ruzie heeft gehad, maar dat hij is weggelopen van huis. Dat is waarschijnlijk ook de reden waarom hij nooit terug wilde naar Kreta. Als je mensen een lange tijd niet gezien hebt, wordt het steeds moeilijker om weer contact te zoeken.'

'Maar waarom reageren de mensen in Armeni dan zo vreemd?'

Hij zet zijn handen op de Italiaans aandoende stenen omheining die de tuin van het strand scheidt. 'Doen ze wel echt zo vreemd? Wie weet hebben zijn ouders wel rondgestrooid dat hij is overleden om geen gezichtsverlies te lijden.'

'En dan kom ik navraag doen naar iemand die in hun beleving al tachtig jaar dood is en beweer ik dat ik zijn kleindochter ben, zoiets bedoel je?'

'Ja. En in dat geval ben jij voor hen niets meer dan een leugenaar die om een onduidelijke reden hun leven komt verstoren.'

Stella gaat op de omheining zitten. Ze laat Fabians woorden op zich inwerken. 'Het zou kunnen,' zegt ze uiteindelijk. 'Maar waarom zouden die mensen ons uit Rethymnon weg willen hebben?'

'Wij denken dat het een met het ander te maken heeft, maar dat hoeft natuurlijk niet zo te zijn. De huiseigenaar kan nog steeds gelijk hebben, net zoals de politie van Rethymnon.'

'Ja, dat kan,' zegt ze. 'Alles kan.'

'Juist, alles kan,' herhaalt Fabian. 'Zullen we maar weer teruggaan naar onze hotelkamer?'

Stella laat zich van de omheining afglijden en steekt een arm door de zijne. Tussen de palmbomen door lopen ze richting het zwembad. Stella doet een slipper uit en steekt haar teen in het water. Het is warmer dan de zee. Aan de andere kant van het bad zijn een paar grote glijbanen. De kinderen gaan hier zo blij van worden. Ondertussen is het terras leeggestroomd. Het is inmiddels ook al twaalf uur, ziet Stella aan de grote klok die boven de buitenbar hangt.

Als ze langs de receptie lopen kijkt de receptionist kort op van haar werk. 'Kali nichta,' zegt ze zachtjes.

In de gang vraagt Stella. 'Vind je het vervelend dat we nu toch in een hotel zitten?'

'Eigenlijk niet. Hier wordt alles voor ons gedaan, dat heeft ook wel wat.' Fabian houdt de sleutelkaart bij de lezer. Er verschijnt een groen lampje en hij opent de deur. Hun kinderen liggen nog diep in slaap, ziet Stella in één oogopslag. Ze gaapt. Ondanks hun kleine botsing aan de hotelbar was de tweede helft van de avond ontspannen genoeg om alle narigheid even van zich af te zetten.

25

Een jonge vrouw die zich heeft voorgesteld als Nina bukt om Liza en Levi een handje te geven. 'Hallo,' zegt ze. 'Ik ben Nina van het animatieteam. Hebben jullie zin om vandaag met z'n allen wat leuks te gaan doen?'

'Jij spreekt Nederlands,' antwoordt Levi verbaasd.

'Ja, goed hè. Zal ik jou een geheimpje verklappen?' zegt Nina samenzweerderig. 'Ik kom ook uit Nederland. Niet doorvertellen, hoor!'

Liza begint te lachen en ook Levi ziet er een stuk vrolijker uit dan eerst.

Nina gaat weer rechtop staan. 'Hoe laat zijn jullie ongeveer terug? Blijven ze ook op de KidsClub eten?'

'Kan dat?' vraagt Fabian.

'Jazeker,' zegt Nina. 'We gaan gewoon met ze naar het buffet. Zijn er nog allergieën waar we rekening mee moeten houden?'

Terwijl Fabian alles wat Nina van hun kinderen zou moeten weten aan haar vertelt, voelt Stella zich opgelucht. In dit hotel voelt ze zich veilig. Als ze zich al schuldig voelde dat zij en Fabian samen op pad gaan, dan is dat nu als sneeuw voor de zon verdwenen. Het is voor de kinderen veel leuker om met leeftijdsgenootjes te zijn dan telkens auto in auto uit met hun ouders mee te moeten gaan.

Als ze afscheid hebben genomen, pakken ze op de kamer hun rugzak in: water, crackers, fruit en voor ieder een trui.

Als laatste checkt Stella de batterij van haar mobiel. De laatste tijd heeft haar telefoon steeds vaker kuren en loopt de batterij snel leeg. Achtenvijftig procent, ziet ze op het scherm staan. Dat moet voldoende zijn.

'Ben je er klaar voor?' vraagt Fabian.

Stella strikt de veters van haar wandelschoenen. 'Helemaal.'

Ze hebben ervoor gekozen om dezelfde weg te nemen als de vorige keer. Eerst volgen ze de kust om in de buurt van Georgioupoli landinwaarts te rijden. In Vrisses steken ze de brug over en niet veel later laten ze het dorp achter zich. Deze keer zit Stella achter het stuur. Rustig rijdt ze door de haarspeldbochten, erop bedacht dat er elk moment een tegenligger aan kan komen.

'Ben je niet bang dat Anna's man thuis is?' vraagt Fabian.

'Daar heb ik jou toch voor meegenomen?'

'Die man werkt dagelijks op het land, daar kan ik niet tegenop met mijn sportschoolspieren.'

'We zien wel,' zegt ze. Ze wil zich op de weg concentreren, die na elke bocht smaller lijkt te worden. Naarmate ze hoger komen zijn de berghellingen steeds minder begroeid, tot er alleen nog kale steenvlakten te zien zijn.

'We zijn er bijna,' zegt Stella als de weg rechter wordt. Dit stuk herkent ze van de vorige keer. Na de volgende bocht ziet ze de hoogvlakte liggen. Vanaf hier rijden ze weer een stukje omlaag. Tussen het plukje huizen dat in de verte ligt staat ook dat van Anna, weet Stella nu. Nog steeds kan ze zich niet voorstellen dat de vrouw gelukkig is in deze onherbergzame omgeving. Wat wil ze haar straks eigenlijk vragen? Daar heeft ze nauwelijks over nagedacht. Terwijl haar hersenen op volle toeren werken, rijdt Stella de lange weg naar het gehucht tot ze de parkeerplaatsen herkent. Ze zet de auto stil.

'Dit gaan we toch hoop ik geen derde keer doen?' vraagt Fabian. 'Ik vond de rit minder eng toen ik zelf achter het stuur zat.'

'Ik vind het ook geen feest. De mensen hier moeten telkens weer die berg over om boodschappen te doen.' Stella leunt met haar armen op het stuur. 'Ik zou er niet aan kunnen wennen.'

'Dan toch liever Tilburg?'

'Ja. Of Rethymnon.'

'Huh?' Fabian kijkt haar aan alsof hij vuur ziet branden. 'Meen je dat nou?'

'Ik weet het niet. Dit eiland verwart me. Ik voel me hier thuis en tegelijkertijd zou ik weg willen rennen om nooit meer terug te komen. Misschien had mijn opa daar ook wel last van en heb jij gelijk met je theorie.'

'Niets zo veranderlijk als mijn echtgenote. Zullen we gaan kijken of Anna thuis is?' Fabian gooit het portier open en stapt uit.

Stella stopt haar zonnebril in een brillenkoker en bergt die op. Ze is benieuwd hoeveel Anna weet van de geschiedenis van Omalos; per slot van rekening is ze Brits. En haar man leek stuurs te zijn en geen gezellige prater die graag over zijn geschiedenis vertelt. Stella stapt uit. Het kralengordijn wordt opzijgeduwd.

'Stella?' vraagt de vrouw. Ze loopt naar buiten. Vandaag is ze in lappen gekleed; anders kan Stella het niet omschrijven.

'Hoi Anna, hoe is het?' vraagt ze zo vrolijk mogelijk.

'Goed. Eh...' Anna rekt haar nek en kijkt de straat in. 'Komen jullie voor mij?' vraagt ze zonder oogcontact te zoeken.

'Ja. Ik wilde je nog wat dingen vragen.'

Anna loopt een paar passen de weg op. Ze legt een hand

boven haar ogen en tuurt in de verte. Dan zegt ze: 'Goed. Kort dan. Ik heb niet veel tijd. Tien minuten en daarna moeten jullie echt weer gaan. Mijn man wil niet dat jullie hier komen.'

Ze is bang voor hem, schiet het door Stella heen.

'Blijf nou niet buiten staan!' zegt Anna. 'Kom.'

Ze volgen haar door het kralengordijn het huis in.

'We gaan in de keuken staan. Als mijn man binnenkomt, moet je meteen via de achterdeur weg.'

Stella knikt. Kennelijk is haar voorgevoel over Anna's man terecht. 'Dat is goed,' zegt ze. 'Maak je maar geen zorgen. Hij zal niet weten dat we hier geweest zijn.'

Ze gaat hun voor naar een piepklein keukentje. Het aanrecht is gemaakt van beton en in plaats van deurtjes hangen er gordijntjes onder. De oude wasbak ziet geel van het vuil. Op het fornuis staan koekenpannen met aangekoekt vet erin en ze hebben een kromme bodem, ziet Stella. Er hangt een streng verdroogde knoflook voor een gebarsten raam.

'Wat wil je weten?' vraagt Anna gehaast.

'Waarom hangt die gedenkplaat op de rots bij het monument, wat is daar gebeurd?'

Anna slikt. Ze kijkt over Stella's schouder naar de gang. Het kralengordijn hangt stil. Dan begint ze te vertellen. 'Naast de rots met de gedenkplaat heeft een schuur gestaan. Heb je dat gezien?'

Stella knikt.

'In mei 1941 zaten daar soldaten in verstopt. 's Nachts is de schuur uitgebrand. Iedereen die erin zat is om het leven gekomen. Meer weet ik niet. Mijn schoonvader is de enige in Omalos die het zich kan herinneren, maar hij is nu vierennegentig en dement. Ga naar het klooster van Preveli, daar liggen oude verslagen en archieven van de oorlog opgeslagen. En nu moeten jullie echt weg. Het spijt me.' Ze duwt tegen Stella's arm. 'Echt waar, jullie moeten nú gaan,' zegt Anna zachtjes. 'We zijn bang. Ga!' Weer geeft ze een duwtje.

Stella wil nog wat vragen, maar Fabians blik vertelt haar dat hij het beter vindt om gehoor te geven aan Anna's wens. In tegenstelling tot de vorige keer zegt de vrouw hen niet gedag. Als ze weer buiten in de zon staat, hoort Stella dat de deur achter het kralengordijn wordt gesloten. Ze stapt in de auto. Als Fabian ook zit zegt ze: 'Dit slaat toch nergens op?'

'Laten we maar gaan rijden voordat hij thuiskomt. Niet voor onze veiligheid, maar voor die van Anna,' zegt hij.

Stella start de auto. Vlug parkeert ze uit en rijdt weg. Terug naar de haarspeldbochten die hen hierheen brachten.

Vlak voor ze de bergen weer in rijden, parkeert Stella de auto in de berm. 'Ik moet wat eten en drinken,' zegt ze.

Fabian haalt de rugzak van de achterbank en geeft haar een flesje water. 'Je vraagt je af waarom die vrouw nog bij zo'n kerel blijft.'

Stella neemt een paar slokken. 'Ze zei wel dat ze allebéí bang waren. Of misschien kan ze nergens anders heen. Ik denk niet dat Omalos een blijf-van-mijn-lijfhuis heeft of maatschappelijk werkers met wie ze kan praten.'

'Gevangen in een huwelijk.'

'Net zoals Gariklia,' zegt Stella. Ze pakt een banaan uit de rugzak die nog steeds op Fabians schoot staat. 'Ik heb me afgevraagd of mijn opa ook een meisje zwanger heeft gemaakt.'

'Hoe kom je daar nu bij?' vraagt hij lacherig.

Ze pelt de schil af en neemt een hap. De bananen smaken hier beter dan in Nederland, veel zoeter, valt haar op. Niet zo gek, want volgens het stickertje op de schil komt deze uit Kreta. Kennelijk worden ze hier ook gekweekt en daarmee is de tijd tussen oogsten en verkopen veel korter. De vrucht rijpt dan aan de plant. Dat is wat ze zo mist in Tilburg. Een eigen bananenplant, een citroenboom, een moestuin met tomaten en...

'Stella?'

'Hè?' In één klap is ze terug op de kale hoogvlakte.

'Hoe kom je erbij dat je grootvader is weggegaan omdat hij iemand zwanger heeft gemaakt? Want dat is toch wat je bedoelt?'

Ze haalt haar schouders op. 'In die jaren kon je een meisje niet met een kind laten zitten. Je moest vast trouwen. Misschien had hij daar geen zin in.'

'Maar dat is toch niks voor je opa? Zoiets zou hij nooit doen.'

'Ik heb het niet tot in detail uitgedacht. Maar je hoorde toch wat Alex vertelde? Gariklia wilde zo graag een echtgenoot vóór de baby kwam dat zij en haar moeder bereid waren hun boerderij en hun land op te geven. Dat is nogal wat, Fabian. Waarschijnlijk zou het ongehuwde moederschap in die tijd tot grote problemen leiden!'

'Dat besef ik wel,' zegt Fabian. 'En toch kan ik me niet voorstellen dat Evangelis zoiets gedaan zou hebben. Daar was hij de man niet naar.'

'Nee, niet toen wij hem kenden, maar wie weet hoe hij als zestienjarige puber was. Wat zullen we doen, doorrijden naar Preveli?'

Fabian kijkt op het scherm van zijn telefoon. 'Het is halftwee. Ik stel voor dat we eerst in Vrisses iets gaan eten en dat we daarna beslissen of er nog voldoende tijd is om door te rijden naar het klooster.'

'En anders?' vraagt Stella.

'Anders gaan we morgen.'

Tegen de tijd dat ze geluncht hebben, is het al over drieën. Te laat om nog naar de zuidkust te rijden. Terwijl ze door Rethymnon richting het dorpje Missiria rijden, waar hun hotel staat, kijkt Stella onwillekeurig in haar achteruitkijkspiegel uit angst dat de gele pick-uptruck weer opduikt.

Bij het hotel is het een drukte vanjewelste. Er staan meerdere bussen op de parkeerplaats waar vermoeide en verhit uitziende passagiers uitstappen. Stella weet ternauwernood een paar mensen te ontwijken die plotseling achter een bus vandaan komen. Als ze de handrem heeft aangetrokken voelt ze zich ontzettend moe.

'Koffie in de buitenbar?' stelt ze voor. De kinderen willen hoogstwaarschijnlijk toch bij de KidsClub blijven, of hun ouders nu vroeger dan gepland terug zijn of niet. Misschien moeten ze van de gelegenheid gebruikmaken en vanavond bij Alex gaan eten. Dan kunnen ze meteen iets afspreken voor dat vistochtje.

Zo druk als het buiten is, is het binnen ook. Mensen drommen bij de receptie. Stella en Fabian weten zich met moeite door de groep heen te werken. Met een zucht van opluchting loopt Stella de tuin in. Zelfs vanaf hier kan ze zien dat het privéstrand van Creta Palace vol ligt met hotelgasten. Rond het zwembad met de glijbanen zijn vooral kinderen te vinden. Ze kijkt of ze die van hen ertussen ziet.

'Mama!' hoort ze Levi roepen.

Ze ziet hem niet. Tot hij haar nog een keer roept en Stella beseft dat het geluid van hoger komt. Haar zesjarige zoon staat bovenaan een grote glijbaan klaar om ervanaf te roetsjen. Ze slikt even en zegt dan zachtjes tegen zichzelf: 'Loslaten, Stella.' Met veel kabaal komt Levi naar beneden. Ze vormt een kommetje met haar hand en roept: 'Geweldig!'

Als ze ook Liza ervanaf hebben zien glijden, zoeken ze

een tafeltje uit bij de bar. Even later staan er twee grote glazen water met munt en citroen voor hen op tafel.

'Ik denk dat we morgenochtend vroeger moeten vertrekken dan vandaag,' begint Fabian. 'De KidsClub start al om tien uur.'

'Dan mogen we de wekker wel zetten.' In het huis werd het 's morgens vroeg warm, maar hun suite heeft een airco die de temperatuur aangenaam houdt.

'Dan doen we dat,' zegt Fabian. 'What the f...'

'Wat is er?' vraagt ze geschrokken.

'Daar, die man. Dat is toch Anna's echtgenoot?' Hij wijst naar een grote in het zwart geklede kerel die de deuropening vult en iemand lijkt te zoeken.

Stella wendt haar gezicht af. 'Ja,' zegt ze.

'Mocht die vent naar ons toe komen, dan zijn we vandaag niet bij het hotel weggeweest.' Hij legt zijn linkerenkel op zijn rechterbeen en zit er zo ontspannen bij dat ze hem nog zou geloven ook.

'Hoe weet hij dat we hier logeren? We hebben Anna niks verteld.'

'Geen idee,' mompelt Fabian en hij zet zijn zonnebril op.

Ze volgt zijn voorbeeld en trekt de clip uit haar haren. Ter afleiding pakt ze haar glas en houdt het half voor haar gezicht terwijl ze uit het rietje drinkt. Vanuit haar ooghoeken houdt ze de man in de gaten. Kennelijk staan hun gezichten niet zo goed op zijn netvlies, want even later ziet ze hem naar binnen lopen.

'Misschien gaat hij naar de receptie. Wat denk jij?' vraagt ze.

Fabian antwoordt niet, maar pakt zijn telefoon en zoekt een nummer op in zijn adresboek. Het duurt even voor er wordt opgenomen. 'Met Fabian Verhoeven, kamer 07,' hoort Stella hem in het Engels zeggen. 'Als er een man komt die vraagt of wij in het hotel logeren, wilt u dan nee zeggen? Dat is op last van de politie die ons adviseerde hierheen te gaan. Dank u!'

Hij legt zijn toestel weer op tafel. 'Dat was een leugen, maar het is in elk geval geregeld,' zegt hij met een voorzichtige grijns.

Stella kan zien dat het hem toch niet lekker zit. 'Vanavond blijven we hier,' zegt ze.

26

Midden in de nacht schiet Stella wakker. Ze trekt aan Fabians arm. 'Ik weet het! Wat stom!' zegt ze.

Kreunend draait hij zich op zijn rug. 'Je weet wát?'

'Hoe Anna's man kon weten dat we hier logeren. Er ligt een papier op ons dashboard van Creta Palace, zodat de beveiliging kan zien dat we hotelgasten zijn!'

Fabian opent zijn ogen. 'Nu je het zegt.' Hij komt overeind en blijft steunend op zijn ellebogen liggen. 'Zou Anna dat gezien hebben en heeft hij haar uitgehoord? Toch blijft het vreemd. Als hij kwaad in de zin had, dan had hij toch niet helemaal hierheen hoeven rijden?'

Ze knipt het nachtlampje aan. 'Geen idee. Ik hoop maar dat hij Anna niks heeft aangedaan. Ze was zo bang voor hem.'

'We gaan niet nog een keer helemaal die kant op, Stella,' zegt Fabian. 'Haar huwelijk is Anna's zaak, niet de onze.'

Stella knipt het lampje weer uit. Toch is ze het niet eens met Fabian. Hun bezoek heeft duidelijk iets losgemaakt bij Anna en haar man. De relatie met haar man is Anna's eigen probleem, maar voor hun inmenging voelt Stella zich wel degelijk verantwoordelijk. Even later hoort ze Fabian zachtjes snurken terwijl zij nog klaarwakker is. Dat die man ruim anderhalf uur in de auto heeft gezeten om hen te zoeken is inderdaad opzienbarend. Ze pakt het flesje water dat op haar nachtkastje staat en neemt een slok. Morgen bergt ze het papier van het hotel op zodra ze het terrein verlaten.

Dit wil ze niet nog een keer meemaken. Gelukkig heeft het hotelpersoneel ontkend dat de familie Verhoeven bij hen logeert, zoals Fabian had gevraagd.

Stella draait zich op haar zij en niet veel later voelt ze de sluimer komen die aankondigt dat ze in slaap valt.

'Ha, daar zijn jullie weer!' roept Nina van de KidsClub enthousiast als ze Liza en Levi ziet. 'Het zijn zulke schatjes,' vertrouwt ze Stella toe.

'Ik denk dat we vandaag vroeger terug zijn,' zegt Stella.

'Ga lekker op pad. Uiterlijk acht uur vanavond moeten ze weer opgehaald worden. Gaan jullie mee?' Nina steekt haar handen uit. Zonder afscheid te nemen van hun ouders lopen Liza en Levi met haar mee.

Stella kijkt het drietal na. 'Ik ben blij dat ze het eindelijk naar hun zin hebben,' zegt ze. 'Zullen wij ook maar gaan?'

Als ze langs de receptie lopen, worden ze geroepen door de vrouw die hen incheckte. '*Mr and Mrs Verhoeven?* Er is een bericht van de politie voor u.' Ze schuift een memoblaadje hun kant op.

'Sorry,' zegt Fabian. 'We spreken geen Grieks.'

'*No problem.* Er staat dat uit onderzoek is gebleken dat het niet om een aanslag op u persoonlijk zou gaan. Dat was het. Fijne dag nog.' Het meisje wendt zich tot een andere gast.

'Dat was het?' vraagt Stella aan Fabian. 'Binnen wat, zesendertig uur, hebben ze vastgesteld dat het een kwajongensstreek was? Of een actie van een groep die toeristen weg wil hebben?'

'Dat stond er niet bij,' zegt Fabian. 'Ga je mee?'

Stella pakt het briefje en stopt het in haar zak. Zo langzamerhand voelt ze zich door niemand meer serieus genomen. Niet door de politie van Rethymnon, niet door de huiseigenaar en ook niet door haar eigen echtgenoot.

Onderweg naar de zuidkust zwijgen ze allebei. Pas als ze in de buurt van Armeni komen zegt Fabian: 'Erdóórheen of erómheen?'

'Erdoorheen.'

Als ze het kerkplein passeren ziet Stella dat er mensen bezig zijn om tafels en stoelen uit te klappen. Er worden lampjes opgehangen in de bomen en aan de kerk zelf hangt een banner met een afbeelding van Maria. Mannen en vrouwen lopen heen en weer met tafelkleden en borden om alles te dekken. Ze heeft het nog niet eerder zo druk gezien in Armeni. In het voorbijrijden herkent ze de eigenaar van het kafenion. Gelukkig ziet ze haar niet, want ze heeft het veel te druk met de andere vrouwen. Alle bars en restaurants zijn vandaag gesloten, ziet Stella. Weer buiten het dorp opent ze het raampje. Het geluid van krekels die hun vleugels langs elkaar wrijven stijgt op uit het dorre gras. Het belooft weer een warme dag te worden.

'Vandaag zou mijn grootvader zevenennegentig zijn geworden,' zegt ze.

'Echt? Moet ik je nu feliciteren of condoleren?'

'Geen van beide, ik dacht er gewoon net aan.'

Bij de boogbrug zit een familie. De kinderen spelen in het water en hun ouders zitten langs de kant met hun voeten in de rivier. Aan deze kant van het eiland is het veel stiller dan aan de noordkant, denkt Stella. Gek eigenlijk. De zee is hier veel rustiger, de natuur is indrukwekkender en toch kiezen de meeste toeristen niet voor dit deel van het eiland. Ze passeren het brede zandpad dat naar het palmenstrand leidt en even later staan ze weer op de parkeerplaats.

'Wil je in je eentje het archief in of zal ik met je meegaan?' vraagt Fabian.

'Samen.'

'En naar welke informatie zijn we op zoek?'

'Ik wil weten wat er in mei 1941 gebeurd is en wat mijn grootvader ermee te maken kan hebben. Eigenlijk ben ik ook nieuwsgierig naar het verhaal van Gariklia, maar dat heeft niets met mijn zoektocht te maken.'

'Helder.' Fabian klikt de auto op slot met de afstandsbediening.

De zon staat hoog aan de hemel als ze hand in hand naar de entree van het klooster wandelen. Met een beetje geluk is het in het archief lekker koel, denkt Stella terwijl ze het zweet van haar voorhoofd veegt. Ze kijkt verlangend naar de zee die ver beneden haar ligt.

Achter in het museum zit dezelfde monnik als tijdens haar vorige bezoek. Hij knikt vriendelijk als hij Stella herkent.

Ze opent de vertaalapp en spreekt iets in. 'De broeder die Engels spreekt zei de vorige keer dat ik het archief mocht bekijken.' Ze houdt de man het scherm voor. Moeizaam komt hij overeind en verdwijnt door de smalle deur.

Even later komen ze samen terug. 'Gaat u maar met me mee,' zegt de Engelssprekende man. Hij wenkt haar.

De smalle deur leidt naar een donkere gang. Er hangt een ouderwetse gloeilamp aan het plafond die amper licht verspreidt. De man opent een dikke houten deur waarachter een trap is die naar de kelder loopt. Stella pakt het touw vast dat aan de muur zit bij wijze van leuning en loopt de uitgesleten treden af, gevolgd door Fabian. Beneden hangt net zo'n gloeilamp aan een elektradraad aan het plafond. Stella's ogen moeten aan het donker wennen.

De monnik loopt naar een groot bureau dat tegen de muur staat en knipt een bureaulamp aan. '*Elá,*' zegt hij.

Na twee weken Kreta weet Stella dat dat 'kom' betekent en ze gaat achter hem aan naar een paar stellingen met mappen, boeken en stapels losse papieren. De monnik pakt een ingebonden boek van de plank. Er staan lijsten met namen in, ziet Stella.

'Hier staan alle Australische en Nieuw-Zeelandse soldaten in vermeld.' Hij slaat een kruisje bij zijn woorden. 'Velen van hen hebben het niet overleefd. Wie zoekt u?'

Stella pakt haar mobiel en opent de foto die ze op de vlakte van Omalos heeft gemaakt. 'Deze mensen,' zegt ze.

De monnik bekijkt het rijtje nauwkeurig. Hij knikt bijna onzichtbaar. 'Mackay, McDonald, Smith, Taylor... Allemaal buitenlandse soldaten, op één overledene na. Ik kan me de aanslag zelf niet herinneren, maar het moet verschrikkelijk zijn geweest. De brand is ontstaan bij de enige deur en greep snel om zich heen. De mannen zaten als ratten in een val. Vreselijk,' zegt hij tot besluit.

'En dat hebben de Duitsers gedaan?'

'Dat is wat er gezegd wordt. Het vreemde is dat er geen enkele Duitse legereenheid in de buurt was die nacht. Ze hebben de aanslag dan ook altijd ontkend.' De monnik sluit het boek weer. 'Waarom wilt u dit allemaal weten? Het is zo lang geleden. Zit er familie van u bij? Ach nee, natuurlijk niet. U komt uit Nederland.'

Stella vertelt hem over de wens van haar grootvader. 'En daarom zijn we naar Kreta gevlogen. Ik weet alleen niet waarom hij bij de gedenkplaat op de vlakte van Omalos uitgestrooid wilde worden, dat probeer ik nu te achterhalen.'

'Daar heb ik ook geen verklaring voor,' zegt de monnik terwijl hij het boek teruglegt op de plank. 'Is er nog iets wat u wilt weten?'

Stella kijkt om zich heen. Hier gaat ze niet meer antwoorden vinden dan ze al heeft, en dat is bar weinig. Ze lopen de trap weer op naar boven. Terug in de gang ziet Stella dat de deur naar het museum openstaat. Er valt licht naar binnen. Buiten schijnt de zon; de wereld is daar heel anders dan hier in de bedompte kelders van het klooster.

'Misschien is uw grootvader er een keer op vakantie geweest,' oppert de monnik, terwijl hij de deur naar het archief sluit.

'Naar Omalos? Er is daar helemaal niets. Nee, dat geloof ik niet. Wel zou het zo kunnen zijn dat hij er zijn schapen hoedde in de zomer.'

De monnik is plotseling alert. 'Heette hij Venizelos?'

'Ja,' antwoordt Stella.

'O, maar dan kan ik u wel vertellen waarom hij wilde dat zijn as daarheen werd gebracht. Zijn jongere broer is bij die brand omgekomen!'

Stella fronst haar wenkbrauwen. Kan dat het zijn? Haar opa sprak nooit over zijn familie; ze zou niet weten hoeveel broers en zussen hij had.

'Evangelis Stellios Venizelos,' mompelt de monnik langzaam, terwijl hij hen passeert en naar het museum loopt.

'Wat zei u?' vraagt Stella.

De monnik blijft stilstaan. 'Zijn naam. Van de jongen die bij de brand omkwam. Evangelis Stellios Venizelos. Hij was pas dertien of veertien jaar.'

'Dat kan niet,' zegt ze. 'Mijn opa is op zijn zeventiende naar Nederland verhuisd en niet omgekomen bij een brand.'

'Vreemd. Zijn naam staat op de gedenkplaat en ik heb de ouderen over hem horen vertellen. De jongen kwam in de jaren voor de oorlog weleens met zijn vader naar het klooster. Te voet vanuit Armeni, twee uur lopen.'

Stella zoekt oogcontact met Fabian, die zich al die tijd afzijdig heeft gehouden. Hij haalt zijn wenkbrauwen kort op. Hij begrijpt er ook niks van. De monnik moet zich vergissen, besluit ze. 'Onmogelijk. Het zou kunnen zijn dat mijn opa een broer had, maar die heeft niet dezelfde naam als hij.'

'Die naam staat op de gedenkplaat, meer weet ik ook niet,' zegt de monnik.

'Wonen hier nog monniken uit die tijd?' vraagt Stella. Een snelle rekensom leert haar dat diegene dan inmiddels tegen de honderd zal zijn, maar ze moet het vragen.

'Helaas, niet meer. Kom, dan gaan we terug naar het museum.' De monnik strekt zijn arm om hen voor te laten gaan.

Stella loopt langs hem heen door de smalle deur. Als zij en Fabian weer tussen de relikwieën staan, zegt de monnik: 'Een fijne Maria Hemelvaart gewenst.' Na zijn woorden sluit hij de deur voor hun neus.

Stella's hand gaat naar de klink, maar dan trekt ze hem terug. Het heeft geen enkele zin om deze man nog meer vragen te stellen. Hij gaf zojuist duidelijk aan dat het gesprek ten einde was. 'Snap jij dat nou?' vraagt ze aan Fabian.

'Ik heb het idee dat Grieken hun kinderen generatieslang vernoemen naar voorouders en dat daardoor iedereen hetzelfde heet. Wat mij betreft kan hij zich best vergissen en het over een neef van je opa hebben gehad.'

Ze pakt haar mobiel en bekijkt de foto nog eens goed. Helemaal onderaan staat inderdaad haar achternaam. Waarom heeft ze dat niet eerder opgemerkt? Ze weet het antwoord wel zonder de vraag hardop te stellen: ze was zo bezig met de naam Mackay dat ze nooit verder gekeken heeft dan haar neus lang is.

'Een neef zou kunnen, maar dat verklaart nog niet waarom er een veertienjarige jongen met mijn grootvaders naam en geboortedatum op het kerkhof van Armeni ligt.' Ze bergt haar toestel op.

'Misschien zijn ze toevallig op dezelfde dag geboren?' oppert Fabian.

Ze ziet aan zijn ogen dat hij het zelf ook niet gelooft. 'Dat zal het zijn,' zegt ze een beetje sarcastisch. 'Ik denk dat de antwoorden toch in Armeni liggen.'

'Ga me niet vertellen dat je weer naar dat kafenion wil.'

'Nee, naar het feest. Je hoorde die man daarnet toch zeggen dat het Maria Hemelvaart is? Daarom werden er tafels op het kerkplein gezet. Het hele dorp viert feest vanavond.'

'Dus?'

'Dus kunnen we gewoon gaan rondvragen. Er zijn te veel mensen op de been straks om gevaar te lopen. De vrouw uit het kafenion is een van hen, maar ik kan me niet voorstellen dat haar dorpsgenoten het zouden accepteren als zij agressief werd tegen een toerist.'

Fabian lijkt na te denken. 'Ik weet het niet, Stella. Armeni lijkt me een dood spoor.'

'We kunnen er gewoon even stoppen en aan een paar mensen vragen of ze mijn opa hebben gekend,' zegt ze koppig. 'Hij zal echt niet met het hele dorp ruzie hebben gehad.'

'Goed, dan gaan we dat doen,' antwoordt Fabian.

27

Stella wacht in de auto op Fabian, die nog in het klooster is om naar de wc te gaan. Ze heeft alle portieren wagenwijd opengezet om de warmte te verjagen. Ze zet haar stoel een stukje achterover en sluit haar ogen. Het gezicht van haar opa schuift voor haar geestesoog. Zijn verweerde huid met de diepe groeven, zijn grijze haar waar nog strengen zwart in zaten en de donkere, diepliggende ogen. Door het gesprek met de monnik is ze ervan overtuigd geraakt dat ze het mis heeft. Haar opa is niet weggevlucht voor een gedwongen huwelijk. Er moet iets veel ergers gebeurd zijn. Zou hij daarom gelogen hebben over zijn naam? Dat zou de verklaring kunnen zijn voor zijn vlucht, maar ook voor zijn besluit om nooit meer terug te keren naar Kreta. Als hij de naam van een overleden jongen had aangenomen, kan ze ook zijn woede-uitbarsting toen ze aankondigde naar Chersonissos te gaan beter plaatsen. In dat geval heeft het geen zin om navraag te doen in Armeni.

Ze opent haar ogen weer. Natuurlijk, dat is het! Een persoonsverwisseling! Maar dan gaat ze nooit achter de waarheid komen. Dan heeft Fabian gelijk en heeft haar opa die mee zijn graf in genomen. Wilde hij daarom op de vlakte van Omalos uitgestrooid worden? Als eerbetoon aan de jongen wiens naam hij tientallen jaren heeft gedragen? Het klinkt in haar oren plotseling heel logisch. Ze stapt de auto uit en loopt naar de rand. Een paar keer haalt ze diep adem.

Maar wie is zij dan eigenlijk? Wat is haar echte naam? Ze is nota bene naar haar opa vernoemd! En wat kan de reden zijn geweest waarom haar opa de naam van een overleden jongen had aangenomen?

Stella kijkt naar de kliffen waar Gariklia zich vanaf gestort zou hebben. Eronder steken scherpe rotspunten uit de zee waar het water omheen kolkt. Niemand kan zo'n val overleven. Ze vraagt zich af waar de boerderij staat waar Gariklia met haar moeder en zusje woonde. Dat moet bekend zijn in het klooster. Fabian is daar nog binnen, dus Stella sluit de portieren en doet de auto op slot. Ze loopt terug naar het museum. De monnik die ze als eerste sprak zit weer op zijn stoel. Ze spreekt haar vraag in op de vertaalapp samen met een uitleg wie Gariklia is.

'*Kali mera,*' zegt ze tegen de man en ze houdt hem het scherm voor.

'*Ah, Gariklia ke Anoula!*'

Hij kent hun namen in elk geval, dat is alvast iets. Dan begint de monnik te vertellen. Stella kan er geen touw aan vastknopen. Terwijl de man door ratelt, zoekt ze een plattegrond van het eiland in haar mobiel en laat hem die zien. Ze vergroot de afbeelding met haar vingers tot Preveli groot in beeld is.

De monnik zet zijn vinger op het scherm. 'Hier,' zegt hij.

Stella kijkt naar wat hij aanwijst. Dat moet vlak bij de boogbrug zijn. Er gaat daar een zandweg de bergen in.

'Efcharisto, dank u wel,' zegt ze. Vlug loopt ze terug naar de parkeerplaats.

Fabian staat tegen de auto aan geleund. 'Waar was je nou?'

'Ik wilde weten waar Alex' oma Gariklia gewoond heeft. Het is hier vlakbij, hooguit een paar kilometer rijden volgens die man in het museum.'

'Gaan we dat verhaal nou ook uitzoeken?' informeert Fabian.

'Ik ben gewoon geïnteresseerd. Het is zo'n triest verhaal en we zijn hier nu toch in de buurt. De kinderen vermaken zich bij de KidsClub, dus wat let ons?'

'Helemaal niets.' Fabian stapt in.

Stella rijdt achteruit de parkeerplaats af. Ze kijkt nog een laatste keer naar het klooster. Dan rijdt ze de weg op richting de boogbrug.

'Je wilt dit pad de bergen in volgen?' Fabian kijkt haar van opzij aan. 'Dat is vragen om problemen!'

Ze staan stil bij de brug en bekijken het zandpad dat voor hen ligt. Het gezin dat hier eerder aan het zwemmen was is inmiddels vertrokken.

'Welnee, het pad waar we over reden om Armeni te vermijden zag er erger uit. We rijden hier gewoon in en mocht de weg slechter worden, dan keren we om. Goed?'

'Is het ver? Kunnen we de auto niet gewoon hier laten staan en de rest te voet afleggen?'

'Het kan honderd meter zijn, maar ook twee kilometer. Het moet ergens langs dit pad aan de rechterkant liggen. Meer weet ik niet.'

'Laten we het erop wagen en de auto hier bij de brug parkeren,' zegt Fabian.

Even later lopen ze het zandpad op naar boven. De zon brandt op Stella's gezicht. Het is eigenlijk veel te heet voor een klim. Na een paar bochten ziet ze een deels vervallen huis langs de kant van de weg liggen. Links ervan zijn de struiken hoog opgegroeid. Ze blijven stilstaan.

'Zou dit het zijn?' Nergens is een naambordje te zien of ook maar iets wat verraadt wie de bewoners waren. Ze loopt tussen twee lage pilaren door over een begroeid paadje naar de plek waar ooit een voordeur moet hebben gezeten. Een deel van het dak is kapot, maar de steunbalken voor de zolder zijn er nog.

'Wat denk je, zullen we naar binnen gaan?'

Fabian kijkt omhoog. 'Ik durf het er wel op te wagen,' zegt hij.

Stella stapt over de drempel. Er liggen oude vloertegels op de grond onder een laag zand. De binnenmuren staan deels nog overeind. Een kast is opzijgezakt en in een hoek staat iets wat ooit een stoel moet zijn geweest. Hier is weinig meer te vinden van vroeger, besluit ze teleurgesteld. Ze loopt door de achterdeur die los in de sponning hangt weer naar buiten. De tuin en het vroegere land zijn overwoekerd en in de schuur ligt een verroeste zeis. Vlak bij de oude woning staat een citroenboom; een van de takken steekt door het venster naar binnen. Ze stapt over een paar takken en stenen heen en loopt naar de linkerkant van het huis. Tot haar verbazing is er achter de struiken een keurige oprit aangelegd met een vrijwel nieuw hek dat naar een olijfgaard leidt.

Fabian komt bij haar staan. 'Als de man met wie Gariklia trouwde het kind onder zijn naam heeft aangegeven bij de burgerlijke stand, dan is er een kans dat Alex' moeder mede-eigenaar van deze boerderij is.'

Aan die mogelijkheid had ze helemaal nog niet gedacht! 'Iemand komt hier in elk geval geregeld.' Ze wijst naar de rollen netten voor de olijfbomen die tegen de ruïnes van het huis liggen. 'Zou dit de olijfgaard zijn waar Alex het over had?'

'Ik heb geen idee. Dat hele huis is een beetje spooky.'

Ineens krijgt Stella een onrustig gevoel. Ze hebben zonder toestemming land betreden en straks rijdt de eigenaar de oprit op. 'Zullen we weggaan?'

Fabian knikt en snel lopen ze terug naar het pad.

Als ze weer op de doorgaande weg rijden is Stella de eerste die iets zegt. 'Ik heb nagedacht, maar denk je dat er sprake kan zijn van een persoonsverwisseling? Dat mijn grootvader expres de naam van die overleden jongen kan hebben aangenomen?'

'Hm, ja. Zou kunnen,' zegt Fabian, die afwezig naar buiten kijkt. Hij lijkt ergens over na te denken.

Stella neemt gas terug voor een scherpe bocht. Ineens schiet haar iets te binnen. Bij het leeghalen van haar opa's huis vond ze een fotoalbum waarin een foto van hem zat die was genomen in Armeni. Op de grafsteen van haar opa's naamgenootje zat ook een foto. Dat gezicht leek als twee druppels water op dat van haar opa toen hij jong was. De jongen die op de vlakte van Omalos overleed bij de brand en haar grootvader kunnen familie van elkaar zijn. Ligt de oplossing van het raadsel dan toch in Armeni?

'Hé, pas op!' roept Fabian.

Stella gooit het stuur om. Ze had de wielrenner helemaal niet gezien. Wie gaat er nu in deze hitte fietsen?

'Let alsjeblieft op,' zegt hij. 'De kinderen vinden de Kids-Club leuk, maar ik denk dat ze ook graag hun ouders terugzien.'

Ze rijden voorbij het plaatsnaambordje van Armeni en slingeren door het dorp naar het kerkplein. Inmiddels is het feest in volle gang. Er staan schalen met eten op tafel en er rennen kinderen rond. Een paar mannen spelen lyra. Stella rijdt rustig voorbij. Na de bocht zet ze de auto in de berm.

'Wat wil je precies doen?' vraagt Fabian.

Stella gooit het portier open. De krekels laten weer van zich horen. 'Ik heb het idee dat iemand in dit dorp de waarheid weet, en die persoon moet gaan praten.'

'En stel dat hij of zij dat nou niet doet?' vraagt hij.

Een terechte vraag. Ze hadden afgesproken om nog één keer naar Omalos en Preveli te gaan. Nu wil ze voor de derde keer antwoorden van de inwoners van Armeni. De kans is groot dat ze opnieuw bot zullen vangen.

'Dit is het laatste wat ik wil proberen,' zegt ze.

Fabian kijkt op het dashboardklokje. 'Twee uur. Op de terugweg naar het hotel rijden we langs Alex om een afspraak te maken.'

Stella kijkt naar de hemelsblauwe lucht. Kon ze de tijd maar terugdraaien om zelf te zien wat er zoveel jaar geleden was gebeurd.

Stella en Fabian blijven aan de rand van het kerkplein staan. Niemand lijkt hen in de gaten te hebben, iedereen heeft het te druk met praten of dansen op de Griekse liedjes die de mannen spelen. Bij de ingang van de kerk is een spit gemaakt boven een houtvuur dat handmatig wordt rondgedraaid door een man. Moet ze de feestvreugde van deze mensen eigenlijk wel verstoren, vraagt Stella zich af. Het ziet er allemaal zo knus en gezellig uit.

Maar nog voor ze kan bedenken wat ze hier nu precies wilde gaan doen, stopt de muziek plotseling. De gesprekken verstommen. Er schrapen stoelpoten over de stenen van bewoners die zich naar hen omdraaien. Iedereen kijkt, zelfs de kinderen.

Stella pakt Fabians hand. '*What do you want?* Ga weg, voor het te laat is!' hoort ze iemand roepen. Ze voelt een rilling van onder tot boven over haar rug trekken. Plotseling heeft ze het warm en koud tegelijk. 'Dat stond ook op het briefje dat om de steen zat,' fluistert ze tegen Fabian zonder haar ogen van de mensen af te wenden.

'Ik weet het. Wat wil je doen?'

Ze weet het niet. Het moet toch mogelijk zijn om normaal met deze mensen te praten? Dit slaat nergens op. 'We stellen gewoon een paar vragen en daarna rijden we naar de kust,' zegt ze.

Nog steeds staren de inwoners van Armeni hen aan.

Fabian knijpt in haar hand. 'We zijn hier niet welkom.'

'Nou en?' zegt ze luider dan ze van plan was. 'Wat er ook gebeurd is, ik ben mijn grootvader niet!'

Weer klinkt het geluid van houten stoelpoten die over stenen krassen, ditmaal omdat er drie mannen tegelijk opstaan, alsof het zo is afgesproken.

'Ze menen het,' zegt Fabian.

'Kom, we wandelen rustig terug naar de auto.'

'Ik ben zo ver gekomen en dan moet ik het nu opgeven?'

'Ik zie het niet als opgeven, eerder als voorkomen dat dit uit de hand loopt. Deze mensen zijn duidelijk. Dit is hun dorp, Stella. En we zijn hier niet gewenst.'

De mannen lopen een paar passen hun kant op. Stella wordt een beetje misselijk. Fabian heeft gelijk: ze kunnen beter vertrekken. Ze doet een pas naar achteren en kijkt Fabian aan. 'Gewoon rustig naar de auto wandelen, zei je?'

'Ja.'

Ze draaien zich tegelijk om. Stella kijkt naar de grond terwijl ze weglopen. Het is doodstil. Er klinken geen andere voetstappen dan die van haar en Fabian. Zelfs de krekels zijn gestopt met lawaai maken, alsof ze iets voorvoelen.

'Stellina!' schreeuwt plotseling een vrouw.

Stella blijft als bevroren staan. 'Roept ze mij nou?'

'Stellina!' klinkt het nogmaals.

Fabian kijkt over zijn schouder. 'Ik denk het wel,' zegt hij.

'Wat zullen we doen?'

Ze ziet hem slikken. Het is niet van angst, weet ze, hij denkt aan de kinderen.

Fabian kijkt over zijn schouder. 'De oude vrouw die aan

de kop van de tafel zat is opgestaan. Zij is degene die je roept.'

Nu kijkt ook Stella achterom. Een in het zwart geklede vrouw staat bij de tafel; ze leunt op een stok en zegt iets tegen de mannen die net zijn opgestaan. Het drietal gaat weer zitten.

De vrouw roept nog een keer 'Stellina'. Dan neemt Stella een beslissing en loopt terug naar het plein.

'Stella!' sist Fabian.

Maar ze luistert niet.

28

Stella blijft een paar meter bij de lange tafel vandaan stilstaan. De vrouw die haar aansprak met Stellina begint te praten. Ze steekt een heel verhaal af in haar eigen taal, terwijl haar ogen vuur spuwen.

Fabian komt achter haar staan en legt een hand op haar schouder. 'Kom, laten we alsjeblieft gaan. Laat die vrouw met rust.'

Stella luistert niet, maar pakt haar telefoon en zoekt naar de vertaalapp. Als ze de app heeft aangezet, laat ze het scherm zien aan de vrouw. Die reageert er niet op. In plaats daarvan balt ze haar vuist en schreeuwt een woord dat Stella inmiddels kent: *vigete*, ga. Hulpeloos kijkt ze naar de andere mensen die aan tafel zitten. Er zal toch wel iemand in Armeni zijn die voldoende Engels beheerst om voor haar te tolken?

Een paar stoelen bij de oude vrouw vandaan staat een jongen van een jaar of twintig aarzelend op.

'*She is my grandmother,*' zegt hij. 'Ze zegt dat iedereen in Armeni weet dat jij de kleindochter van Evangelis Venizelos bent. Je lijkt op hem. Maar er zijn afspraken met je grootvader gemaakt: hij mocht blijven leven onder de voorwaarde dat hij en zijn nakomelingen nooit naar Kreta zouden terugkeren. Ga alsjeblieft weg, voor het te laat is. De hele familie loopt weer gevaar!' De jongen kijkt haar smekend aan.

Zijn grootmoeder is weer gaan zitten. Ze klopt een paar keer met haar knokkels op tafel en onmiddellijk zet een van de mannen zijn strijkstok tegen de snaren van zijn lyra.

Geschrokken blijft Stella staan. Aan deze tafel zitten mensen met wie zij haar genen deelt, realiseert ze zich, en ze sturen haar weg om iets wat haar opa gedaan heeft. Net als hij wordt ook zij verstoten.

'Kom,' zegt Fabian.

Stella beseft dat het voorbij is. Haar eigen familie wil haar hier niet hebben. Een diep gevoel van afwijzing boort zich in haar lijf. Deze keer laat ze zich wel door Fabian meevoeren. Als ze het plein af lopen voelt ze de ogen van Armeni in haar rug prikken.

Pas in de auto durft Stella haar mond open te doen. 'Dus mijn familie loopt gevaar enkel en alleen omdat ik op het eiland ben? Geloof jij dat? Waarom stuurde mijn opa ons dan hierheen? Hij had toch kunnen vermoeden dat we de kinderen zouden meenemen? Die zijn dan net zomin veilig. Het ging om hem en zijn nakomelingen, zei die jongen. Wat moet ik hiermee?'

'Je opa schreef er iets bij in zijn brief, hè,' antwoordt Fabian. Hij legt zijn hand op haar schouder, waardoor ze zich minder eenzaam voelt. De afwijzing van haar familie voelt als een stomp in haar maag.

'"Zoek geen contact met mijn familie, ik vraag je dit voor je eigen bestwil,"' herhaalt ze de woorden uit haar opa's brief. 'En ik was zo eigenwijs om wél op zoek te gaan. Dat bedoel je toch?' Ze kan Fabian beter voor zijn, want dat gaat hij onherroepelijk antwoorden. 'En nu? Wat moeten we nu?' vraagt ze.

'Nu zijn we terug bij waar we begonnen. Er is een reden dat je opa niet wilde dat je hiernaartoe terugging, maar die zullen we nooit te weten komen. Dit bezoek maakte wel duidelijk dat die reden belangrijk genoeg is om zelfs zijn kleindochter niet te accepteren. We moeten ons erbij neerleggen dat dit het einde van de zoektocht is, Stella. We hebben gedaan wat we konden. Laten we lekker gaan vissen, lezen en aan de rand van het zwembad liggen om naar onze twee prachtige kinderen te kijken. Over anderhalve week vliegen we terug naar huis en dan begint het gewone leven weer.'

'Ik zal mijn familie dus nooit leren kennen,' zegt ze verdrietig.

Fabian knijpt kort in haar schouder. 'Dat vrees ik ook, maar weet je, voordat we hierheen kwamen kende je ze ook niet en toen was je leven goed. Er verandert niets, Stella.'

Dat is precies wat zij dacht toen ze de beslissing nam om haar opa's waarschuwing terzijde te leggen. Ze verliest niks. Toch voelt het nu opeens anders. Vroeger wist ze niet beter, maar nu heeft ze gezien dat ze hier misschien wel een grote familie heeft – neven en nichten, ooms en tantes. Maar ze heeft juist van die familie een duidelijk 'nee, wegwezen' gekregen. In de zijspiegel ziet ze de kerktoren van Armeni boven de bomen uitsteken en ineens prikken er tranen achter haar ogen. Ze trekt aan de autogordel en maakt hem met een woest gebaar vast. 'Je hebt gelijk,' zegt ze. 'Maar er is nog één ding dat ik wil doen.'

Fabian laat haar los en legt zijn hoofd tegen de steun. 'Alsjeblieft, Stella. Laten we gaan lunchen bij Alex. Wat is er gebeurd met "beloofd"?'

'Dat staat nog steeds,' zegt ze, terwijl ze de auto de berm uit rijdt. 'Maar ik wil eerst Georgios spreken.'

'Wie?' vraagt Fabian.

'Georgios, de man die in de bergen woont en zijn dagen slijt in het kafenion bij de Rimondifontein,' verduidelijkt Stella.

'Waarom? Welke informatie denk je van hem te kunnen

krijgen? Hij was ervan overtuigd dat je grootvader is doodgegaan in de oorlog!'

'Ja, en nu zeggen de mensen in Armeni dat er een afspraak met hem is gemaakt. Dat staat haaks op elkaar. Ik wil van Georgios weten op welke wijze mijn grootvader zou zijn gestorven.' Ze laat het stuur met één hand los en maakt aanhalingstekens met haar vingers. 'Het verhaal klopt niet, Fabian. Er ligt een graf in Armeni met zijn naam en hij staat als zijnde overleden op een gedenkplaat bij een herdenkingsplek. Ondertussen heeft mijn grootvader een gezin gesticht in Tilburg en is hij zesennegentig geworden. Ik kan dat allemaal niet verklaren.'

'Tenzij het om twee verschillende mensen gaat,' herhaalt Fabian.

'Dat hoor ik dan graag van Georgios. Ik wil weten hoe de Evangelis Stellios Venizelos die hij heeft gekend om het leven is gekomen.'

Fabian schudt zijn hoofd en zucht. Ondanks haar verdriet voelt ze de liefde voor Fabian oplaaien. Voor elk idee is hij wel weer te porren, bij elk plan steunt hij haar. Ook al is het niet altijd van harte.

Inmiddels ziet ze de stad al liggen. Ze probeert de flatgebouwen en hotels weg te denken om een beeld te vormen van Rethymnon in de tijd dat haar grootvader hier woonde. De bebouwing moet zich toen geconcentreerd hebben tussen de haven en het Fortezza. Waarschijnlijk was de asfaltweg waar ze nu over rijden een zandpad.

'Vijf minuten,' belooft ze Fabian. 'Langer heb ik niet nodig. Als Georgios me geen antwoorden kan of wil geven, laat ik het los. Echt waar. Dan gaan we lunchen en daarna terug naar het hotel. We hebben daar een heerlijk terras voor onszelf en misschien hebben de kinderen zin in een spelletje.'

Hij zegt niets en ze vraagt zich af of hij haar nog wel gelooft. Ze zal zich deze keer echt aan haar woord moeten houden, wil de vakantie niet in ruzie eindigen.

De terrassen bij de fontein zitten vol met toeristen. Als ze voorbij de juwelierszaak wandelen waar Liza de oorbelletjes zag, beseft Stella dat hun dochter in september jarig is. 'Liza zag in deze etalage iets wat ze erg graag wilde hebben, dat wilde ik voor haar verjaardag kopen,' stelt ze voor.

'Prima.'

Fabians humeur is nog steeds niet opgeknapt. Misschien is het beter om haar plan te laten varen. Stella kijkt verlangend naar het kafenion. Georgios zit niet op het terras. Dat zegt niks; de vorige keer troffen ze hem ook binnen.

'Wil je ze nu kopen?' vraagt Fabian. 'Of gaan we eerst koffiedrinken?' Dat laatste komt er een beetje sarcastisch uit.

Stella zegt er niets van en loopt het winkeltje binnen. De grote man die ze de vorige keer bezig zag, zit voorovergebogen aan zijn werkbank met een oogloep naar een ring te kijken. Het duurt even voor hij aandacht voor haar heeft. '*Can I help you?*' vraagt hij.

Stella wijst naar de oorbelletjes waar zilveren olijftakjes aan hangen die met groene steentjes zijn ingelegd en vertelt dat ze die wil.

De man pakt ze uit zijn etalage. 'Echte jade,' zegt hij met trots in het Engels. 'Ik heb ze zelf gemaakt. Alles maak ik zelf.'

'*Beautiful,*' antwoordt Stella.

'Dank u wel. Het is een uniek cadeau.' De man pakt een doosje onder de toonbank vandaan en legt de oorbelletjes op een watje dat hij erin stopt. Daarna scheurt hij een stukje papier af en pakt het voorzichtig in. Als laatste maakt hij een strik om het kleine doosje.

'Liza gaat hier zo blij mee zijn,' zegt Stella. Ze kijkt naar Fabian. De norse blik in zijn ogen is gelukkig verdwenen. 'Sorry,' zegt ze. 'Ik weet dat je heel wat te verduren hebt met al mijn plannen en de wispelturigheid die ik voel deze vakantie. Ik herken mezelf soms ook niet.'

Hij mompelt iets en bergt het cadeautje op in de rugtas. Ondertussen rekent zij af. Het is duurder dan ze normaal uitgeven voor een verjaardag, maar Liza kan ze haar hele leven blijven dragen als herinnering aan Kreta. Weer wellen er tranen op in haar ooghoeken. Ooit zal ze haar kinderen moeten uitleggen wat er is gebeurd. Ze mogen best naar Kreta op vakantie, maar ze zullen er nooit over hun afkomst mogen praten.

Bij het kafenion ziet Stella tot haar teleurstelling dat Georgios er niet is. Het liefst zou ze hem opwachten, maar daar zal Fabian nooit mee akkoord gaan. Ze blijft voor de ingang staan dralen. De eigenaar herkent hen en steekt zijn hand op. Hij komt achter de bar vandaan.

'Zullen we toch maar even op het terras gaan zitten en iets te drinken bestellen?' vraagt Fabian tot Stella's opluchting. 'Ik vind het zo onbeleefd om nu weg te lopen.'

Ze moet een glimlach onderdrukken. Wie weet heeft ze geluk en komt de man uit de bergen alsnog opdagen. Ze pakt een stoel.

'Raki?' vraagt de eigenaar.

Fabian en Stella moeten lachen om die raki die te pas en te onpas wordt aangeboden bij elk café waar ze komen.

'Vandaag niet, liever een ijskoffie.'

'Met melk?' vraagt de man in het Grieks.

Inmiddels beginnen ze de taal aardig te verstaan, dus Fabian steekt zijn duim op en gaat zitten. Terwijl de eigenaar hun bestelling klaarmaakt, kijkt Stella naar de stadspoort in de hoop dat Georgios verschijnt. Er lopen mensen in en uit het oudste deel van de stad, maar ze ziet geen glimp van de Kretenzer met zijn zwarte kleding en zijn stok.

'Als hij niet komt, dan stopt het hier echt, Stella. Het is mooi geweest. De volgende keer vliegen we naar Rhodos of Zakynthos of welk ander Grieks eiland dan ook. Overal groeit er bougainville en staan er witte huisjes met blauwe luiken.'

'En hebben ze dat heerlijke eten en raki,' grapt Stella. Maar voorlopig heeft ze haar buik vol van Griekenland.

Er worden twee grote glazen ijskoffie op hun tafeltje geplaatst en de eigenaar lacht zijn tanden bloot. Er ontbreken er een paar, ziet Stella. Ze wil hem net vragen of hij denkt dat Georgios vandaag nog komt, als de man naar binnen wordt geroepen door een klant. Geduldig blijft Stella om zich heen kijken. Verderop is 'hun' bakker. Zou de gevel van het huis dat ze eerder huurden inmiddels weer gewit zijn? Langzaam begint haar nieuwsgierigheid weer op te borrelen. Ze kunnen er straks even langslopen.

'Denk je dat het koud is op zee?' onderbreekt Fabian haar gedachten.

'Geen idee, misschien een paar graden koeler dan op het land. Alleen als je ver uit de kust het water induikt moet je uitkijken. Tenminste, wel in Nederland. Vaak is het oppervlaktewater redelijk op temperatuur, maar dieper kan het veel koeler zijn.'

'Ik was niet van plan om te gaan duiken. Zitten hier eigenlijk haaien?'

Stella schiet in de lach. 'Wat zie je voor je, een scène uit *Jaws*? Zo'n grote witte haai die doorlopend tegen de voorplecht van de boot beukt met zijn kop?' Ze opent een Google-pagina op haar telefoon en tikt *haaien Kreta* in. Tot haar verrassing worden er werkelijk haaien gespot langs de kustlijn. De meeste zijn ongevaarlijk, maar er zijn wel degelijk gevallen bekend waarin mensen werden gebeten, volgens Wikipedia.

'En?' vraagt Fabian.

'Valt mee. Er zwemmen hier geen supergrote exemplaren rond zoals in de film.' Ze besluit ter plekke maar niet té eerlijk te zijn tegen Fabian. Misschien wordt zijn voorpret voor het vistochtje dan minder en ze gunt hem het plezier van zijn grote hobby.

'Gelukkig zitten we op een boot.' Hij neemt de laatste slok van zijn ijskoffie. 'Geen Georgios. Ik ga afrekenen.' En weg is hij.

Stella kijkt naar haar glas, dat ze tot nu toe akelig langzaam heeft leeggedronken om tijd te rekken. Het ziet er inderdaad niet naar uit dat de man nog komt. Ze neemt een grote slok en loopt naar binnen. Als Fabian klaar is met betalen zegt ze tegen de eigenaar: 'Georgios?'

Hij fronst zijn wenkbrauwen en lijkt haar niet te begrijpen.

'*Old man, mountains,*' zegt ze.

'*Ah, Georgios. No, distichós.*'

Een paar mannen die vlakbij zitten slaan een kruis en gaan daarna verder met hun gesprek.

Stella voelt dat haar mond droog wordt.

'Waar is hij?' vraagt ze in het Engels.

De eigenaar werpt een blik naar boven en trekt zijn schouders op. Kennelijk is Georgios al een poosje niet meer in het kafenion geweest, concludeert Stella. Ze moet het opgeven en misschien is dat maar goed ook.

'Oké,' zegt ze. 'Zullen we naar Alex lopen?'

'*Wait,*' zegt de eigenaar. Hij loopt naar achteren. Even later komt hij terug met een stuk papier in zijn hand waar resten plakband aan zitten en strijkt het glad op de bar. 'Georgios.'

Stella kijkt naar de foto van de man die zo hard voor haar wegrende. Eronder staat zijn geboorte- en overlijdensdatum. Ze telt de dagen terug. Hij is gestorven op de dag dat zij hem sprak. Ze opent de vertaalapp en spreekt iets in: 'Wat is er gebeurd?'

De eigenaar leest wat er op het scherm staat en geeft dan antwoord. Stella ziet de letters verschijnen. 'Hij heeft een hersenbloeding gehad. Ze hebben hem net buiten Rethymnon langs de kant van de weg gevonden. Hij was al oud.'

Ze kijkt verward naar Fabian. 'Een hersenbloeding? Komt dat door mijn vragen? Is het mijn schuld?'

'Lieverd, maak jezelf nou niet gek. Het is wat hij zegt: Georgios was al oud. Mensen van die leeftijd kunnen om allerlei redenen plotseling overlijden. Dat is niet jouw schuld.'

Fabians sussende woorden dempen het schuldgevoel nauwelijks. Ze heeft de afgelopen dagen te weinig rekening gehouden met anderen; met haar man en kinderen, met de inwoners van Armeni en met deze oude man en daar schaamt ze zich voor.

'Efcharisto,' zegt ze tegen de eigenaar en ze loopt het kafenion uit.

29

'*Stella and Fabian, so nice to see you!*' Alex lijkt oprecht blij dat ze langskomen. Het is fijn om vrienden te maken op vakantie, denkt Stella. Ze moeten hem voor vertrek hun adres geven. Als hij ooit een keer naar Nederland vliegt, is hij wat haar betreft van harte welkom in Tilburg. Zijn broer mag hij thuislaten. Zonder dat ze erom gevraagd hebben, zet Alex twee glazen en een karaf water met ijsblokjes en citroen op hun tafeltje. 'Retsina? Wijn?'

'Nee, vandaag niet,' zegt Stella. 'Water is prima.'

Hij kijkt rond. 'Waar zijn jullie kinderen?'

'Bij de oppas, we zijn naar een hotel verhuisd,' antwoordt Fabian zonder verdere uitleg te geven over de reden waarom.

'Ah. Oké. Ik moet naar de keuken!'

Er zit een Grieks gezin op het terras en aan het tafeltje bij de deur spelen twee mannen backgammon. Stella kijkt het restaurant in. Alex' moeder zit aan een tafeltje tuinbonen te doppen. Er staat een grote zinken emmer naast haar met een kop schillen erop. Kennelijk heeft ze de bonen vanmorgen geoogst in haar moestuin. Ze steekt haar hand op. De vrouw groet haar terug met een glimlach.

'Wanneer wil je met Alex gaan varen?' vraagt Stella.

Fabian schenkt twee glazen in. 'Zo snel mogelijk. Vanavond, morgenavond, het maakt mij niet uit. We moeten alleen wel iets regelen met de babyfoonservice, want de receptie gaat ervan uit dat we in het hotel zijn zodra die ingeschakeld staat.'

Vanavond lijkt haar erg kort dag. Morgenavond of nog later in de week is een beter idee. 'Zijn er nog meer dingen die je zou willen doen? We zijn hier nog een week.'

'Geen idee. Eerlijk gezegd heb ik me er niet zo in verdiept. We zien wel, go with the flow.'

Alex komt naar buiten gelopen met twee dampende borden die hij op tafel zet. '*Pasticcio*, een Griekse pastaschotel naar grootmoeders recept. Er komt nog een schaal salade aan.' Hij loopt terug naar de keuken.

Stella kijkt naar het bord. 'Volgens mij hadden we nog helemaal niets besteld,' zegt ze tegen Fabian.

'Maar we komen hier toch altijd om te eten? Het ruikt trouwens lekker.' Hij prikt met zijn vork in de pasta en proeft. 'Het ís ook lekker.'

Stella rolt haar bestek uit het servet. Op dat moment rijdt de gele pick-uptruck het verkeersplein op. Van schrik laat ze haar vork vallen. De auto lijkt te willen stoppen, maar dan geeft de chauffeur vol gas. De rollen met netten die in de laadbak lagen zijn verdwenen en er staat een grote witte hond in, ziet Stella.

'Heb je de chauffeur gezien?' vraagt Stella.

'Nee. Ik keek naar de hond die zowat uit de laadbak viel toen hij de bocht te hard nam. Die vent is stapelgek! Zeg, denk je dat we het recept van dit gerecht van Alex kunnen lospeuteren?' Fabian neemt een hap. 'Het is zo lekker.'

Stella pakt haar vork van de grond en loopt het restaurant in om een nieuwe te halen. Fabian heeft overduidelijk geen zin om te praten over de gele pick-up. Ze weet zeker dat de chauffeur gas terugnam om te stoppen voor hij zijn pedaal diep intrapte. Alex' moeder zit niet langer bonen te doppen. Alleen de emmer met schillen staat nog bij de tafel.

'Mag ik een schone vork?' vraagt ze aan Alex, die net de keuken uit komt met de beloofde salade. 'Hij is op de grond gevallen.'

Alex pakt schoon bestek uit een kast en geeft het aan haar.

'Ken jij trouwens iemand die in een gele pick-uptruck rijdt en een grote witte hond heeft?' vraagt Stella.

'Ik ken meerdere mensen met een witte hond. Moet het per se een witte zijn?'

Wat een vreemd antwoord. 'Het gaat me eigenlijk om de auto,' zegt ze.

'In dat geval: nee, ik ken niemand met zo'n auto. Maar mocht je er eentje zoeken, in de bergen hebben bijna alle boeren een pick-uptruck en daar zijn vast gele bij. Alsjeblieft, jullie salade.' Hij geeft haar de schaal aan.

Ze weet niet wat ze met zijn vreemde antwoord aan moet. 'Hij reed daarnet langs, die gele pick-up,' zegt ze.

'Dat zou kunnen. Ik heb het niet gezien, want ik stond in de keuken. En daar ga ik nu weer snel naartoe, want ik heb vis in de koekenpan liggen en de huid mag niet verbranden.' En dan loopt hij bij haar weg.

Er moet wel een heel goede afzuigkap in de keuken hangen, want ze ruikt geen vis. Ze gaat op haar tenen staan in de hoop een blik in de keuken te kunnen werpen, maar ze is niet lang genoeg. Met gemengde gevoelens loopt Stella terug naar het terras en zet de salade op tafel.

'Wat bleef je lang weg,' zegt Fabian. 'Lagen alle vorken soms bij de vaat?'

Nu gaat haar echtgenoot ook al vragen stellen. Ze rolt voor de tweede keer haar bestek uit een servet en begint te eten. De pasticcio is afgekoeld, maar Fabian heeft gelijk, het smaakt erg lekker. Terwijl ze eet ziet Stella in haar ooghoek dat het Griekse gezin vis geserveerd krijgt.

'Ik heb een idee,' zegt Alex, terwijl hij de tafel afruimt. 'Nu jullie oppas hebben, kunnen we vanavond met z'n drieën gaan vissen. Wat vinden jullie ervan?'

'Je haalt me de woorden uit mijn mond,' zegt Fabian. 'Hoe laat vaar je uit?'

'Tien uur. Mijn boot heet Alathea.'

'Net zoals je moeder,' zegt Stella. 'We hebben geprobeerd om de boerderij waar ze is opgegroeid te vinden. Die ligt een paar honderd meter voorbij de boogbrug rechts, toch?'

Heel even lijkt Alex' gezicht te vertrekken, maar dan verschijnt zijn vertrouwde glimlach weer. 'Wat leuk. Volgens mij staat er niet veel meer van overeind. We komen er eigenlijk nooit.'

'Dat is gek. Naast het huis lag een nieuwe oprit en een grote olijfgaard. Er lagen zelfs opgerolde netten klaar, dus moet er af en toe iemand komen.'

'Dat zal de buurman zijn,' antwoordt Alex. 'Kwart voor tien in de Venetiaanse haven, goed? Mijn boot ligt tegenover Zefyros, een visrestaurant.' Fluitend loopt hij naar de keuken.

Fabian kijkt op het scherm van zijn mobiel. 'Kwart voor tien en het is nu halfvier. Dan hebben we nog voldoende tijd om iets met de kinderen te doen. Zullen we gaan?'

Vandaag is het kennelijk wisseldag. Er staan pendelbussen op de parkeerplaats waar koffers van vertrekkende gasten in geladen worden. Stella herkent een paar gezichten van de keren dat ze in de tuin hebben gezeten.

Een vrouw die haar bekend voorkomt glimlacht naar haar. Dit was een fijn hotel, met leuke gasten. Hoewel het groot is, komt het knus over. En de faciliteiten zijn geweldig, zo'n oppasservice zorgt ervoor dat zij en Fabian zelf ook echt vakantie kunnen vieren. Als zij niet bezig was met haar persoonlijke zoektocht...

Ze wenst de vrouw met het bekende gezicht een goede vlucht. Volgende week laden zij ook hun koffers in de huurauto om naar het vliegveld te rijden. Ergens heeft ze ook wel weer zin om terug naar Tilburg te gaan. Naar hun eigen huis, met haar eigen bed en haar eigen ontbijt.

In het hotel gaan ze meteen rechtsaf naar de KidsClub, maar daar is niemand te zien.

'Misschien weten ze bij de receptie wat het programma van vandaag is.' Fabian gaat erheen.

Ondertussen loopt Stella de tuin in. Er zijn heel veel kinderen bij het zwembad, maar ze ziet die van hen er niet tussen. Haar maag begint zich te roeren, want sommige snoetjes herkent ze van de KidsClub. Rondkijkend zoekt ze naar Nina en haar collega, maar ook die kan ze niet vinden.

Fabian komt weer bij haar staan. 'De kinderen zijn met een of ander teamspel bezig op het sportterrein. Dat moet daar ergens liggen.' Hij wijst naar rechts.

Ze lopen langs de Kids Pool naar een omheind sportveld dat in de schaduw van een paar grote platanen ligt.

Levi ziet hen als eerste. Enthousiast rent hij naar het hek. 'We gaan winnen!' roept hij blij. Dan wordt zijn blik plotseling bezorgd. 'Jullie komen ons toch niet ophalen?'

'Welnee. We kwamen even kijken of jullie het leuk hebben.'

'Heel leuk,' zegt Levi en hij rent weg.

Nina komt naar het hek. 'Ze vermaken zich prima,' zegt ze. 'Morgenavond is er een kinderdisco, mogen Liza en Levi ook komen?'

'Als ze zin hebben. Zeg, weet jij of er lastminute-oppasservice is in het hotel? We willen vanavond gaan vissen met een Griek die we hebben leren kennen.' Nu klinkt het net alsof ze haar kroost wil dumpen, denkt Stella.

'Er is wel een babysitservice, maar die moet je vierentwintig uur van tevoren boeken,' antwoordt Nina. 'En dat is voor maximaal vier uur.'

Ze hebben zich niet goed voorbereid. 'Jammer, dan wordt het een andere keer,' zegt Stella. Ze vindt het oprecht jammer, want ook zij had zich er inmiddels helemaal op ingesteld om vanavond lekker op het water door te brengen. Maar wat niet kan, dat kan niet.

'Ik heb vanavond geen afspraken,' zegt Nina. 'En ik spreek Nederlands. Jullie zitten toch in een van de tuinappartementen? Dan ga ik gewoon met mijn boek op het terras zitten en laat ik de schuifdeur een stukje open.'

Stella kijkt naar Fabian. Aan zijn gezicht ziet ze dat hij het ermee eens is. 'Dat zou een oplossing kunnen zijn,' zegt ze. 'Wat vraag je ervoor?'

'Vijftien euro per uur.'

'Prima! We vertrekken om halftien. Ik weet niet precies hoe laat we terug zijn, maar ik schat in dat het uiterlijk rond een uur of een zal zijn.'

'Helemaal goed. Dan kom ik vlak voor halftien naar jullie appartement.' Nina krijgt een bal tegen haar arm. 'Ik ga me weer met het spel bemoeien. Tot vanavond!'

Fabian slaat een arm om Stella heen. 'Goed geregeld,' zegt hij. 'De kinderen kennen Nina en ze spreekt Nederlands. Wat willen we nog meer?'

'Een avondje dobberend naar een hengel staren,' zegt Stella, terwijl ze haar arm om zijn middel slaat.

'Flesjes water, crackers, extra trui, extra sokken, zaklantaarn,' somt Stella op. 'Wat moeten we nog meer meenemen?' Ze heeft geen idee wat ze kan verwachten.

'Je badpak?' grapt Fabian.

'Haha. Heel grappig. Ik duik echt de zee niet in bij nacht.' Ze sluit de rugzak en geeft hem aan Fabian, die een zwart T-shirt en een zwarte lange broek heeft aangetrokken. 'Wat zie jij er gezellig uit,' merkt ze op.

'We gaan vissen. Ik wil geen bloed of ingewanden op mijn witte kleding krijgen, mocht Alex besluiten ze ter plekke te fileren.'

Daar heeft zij helemaal niet bij stilgestaan. Fabian vist wel vaker, die kent het klappen van de zweep.

'Hallo!' klinkt een bekende stem vanaf het terras.

'Hé Nina, kom maar verder, hoor. De kinderen slapen nog niet,' roept Stella. Ze heeft Liza en Levi gedoucht en in hun zomerpyjama's gehesen en nu spelen ze een spelletje op Levi's bed. Het voorleesboek ligt klaar. Stella pakt haar wandelschoenen, want daarmee heeft ze meer grip op een glad dek dan met haar teenslippers. Ze loopt naar de kamer waar de kinderen slapen. Nina is al bij hen gaan zitten.

'Ze zijn eraan gewend om voorgelezen te worden voor het slapengaan. Vind jij het leuk om een verhaaltje voor te lezen?'

'Natuurlijk! Ik ben dol op voorlezen! Hebben jullie een favoriet boek meegenomen van thuis?' Ze pakt *Spaghetti van Menetti* van het kussen, Levi's lievelingsboek. Het is een beduimeld exemplaar dat Fabian op zijn zesde verjaardag kreeg.

'Jaaa!' roept Levi. 'We zijn bij het hoofdstuk dat de mensen uit Spriet gaan gymnastieken!'

'Spriet?' Nina kijkt hem niet-begrijpend aan.

'Dat is een dorp en daar is meneer Menetti komen wonen.' Levi veegt de kaarten van zijn bed en gaat liggen.

Stella bukt om de speelkaarten bijeen te rapen. Normaal

zou ze tegen Levi zeggen dat hij zijn troep moet opruimen, maar vanavond is het even niet normaal.

'Stella, we moeten gaan,' zegt Fabian. 'Anders komen we te laat.'

'Red je het zo?' vraagt ze aan Nina.

'Geen zorgen. Ga maar. Of nee, wacht, wat zijn jullie telefoonnummers?'

Stella noemt de cijfers op en Nina zet ze in haar contactenlijst. 'Als er iets aan de hand is, bel ik,' belooft ze.

Fabian sluit de kamerdeur. 'Ik ben blij dat Nina bij de kinderen is,' zegt hij als ze naar de receptie lopen. 'Fijn dat ze Nederlands spreekt, dat voelt voor de kinderen ook vertrouwd. Dat merk je meteen. Zullen we een beetje opschieten? We hebben nog een halfuurtje om naar Rethymnon te rijden en een parkeerplaats te zoeken.'

'Er is vast wel plek op het terrein bij de haven, waar we altijd parkeerden toen we nog in het huis zaten.' Stella groet de vrouw achter de receptie. Ze heeft moeite om Fabian bij te benen, zo snel loopt hij.

Hij slingert de rugzak op de achterbank en kruipt achter het stuur. 'Mevrouw Verhoeven, we gaan een visje vangen voor de lunch van morgen,' zegt hij met een grote grijns op zijn gezicht.

'Logeren we eindelijk in een all-inclusive, moeten we nog ons eigen eten uit zee halen,' zegt ze met een theatrale zucht.

Fabian zet de auto in z'n achteruit. 'Het leven is hard voor Griekse vakantiegangers. Riemen vast!'

'*Aye, aye*, kapitein.' Even later rijden ze langs de kust naar Rethymnon terwijl de wind door haar haren speelt. Genietend van de avondlucht kijkt Stella naar buiten. Ze ziet verschillende lichtjes op zee van boten die voor anker zijn gegaan. Straks liggen zij ook daartussen; ze heeft er ineens zo'n zin in!

30

De terrassen aan de haven zitten nog steeds vol. Het restaurant waar Alex het over had ligt halverwege, ziet Stella. Tegenover het restaurant ligt een houten kajuitboot met een touw vast aan de kade. Op de zijkant is met blauw de naam geschilderd: ALATHEA. Alex staat op het dek te zwaaien. Tussen de tafeltjes door lopen ze naar hem toe en passeren een man die gasten bedient. Hij kijkt hen met een vreemde blik aan. Waarschijnlijk vindt hij het niet leuk dat ze over zijn terras lopen, denkt Stella. Ze lacht verontschuldigend naar hem, maar hij blijft hen vreemd nakijken als Stella nog een keer over haar schouder zijn richting op kijkt.

'Vrienden! We varen zo uit. Ik moet alleen nog even dit visdraad vastmaken en dan ben ik klaar,' zegt Alex. 'Kom erin.'

Stella ziet Fabian bedenkelijk kijken. Die had zich een heel andere voorstelling gemaakt van de boot, maar hier had ze hem al voor gewaarschuwd. Ze gaat op de rand van de kade zitten en springt op de voorplecht. Het bootje deint vervaarlijk heen en weer, maar ze weet haar evenwicht te bewaren.

'Zo, klaar,' zegt Alex, terwijl hij het visdraad met de molen oprolt. Hij legt de hengel in de kajuit en gaat dan in de verveloze houten kuip zitten, naast de buitenboordmotor.

'Kom op nou,' roept hij naar Fabian, die nog altijd op de kade staat.

Stella steekt haar hand naar hem uit. Fabian aarzelt nog steeds, maar hij is te trots om nu af te haken. 'Zolang je rustig blijft zitten, kan er weinig gebeuren,' belooft ze hem.

Hij gaat op de kade zitten en laat zich zakken. Weer schommelt de boot heen en weer. Kort lijkt hij zijn evenwicht te verliezen, maar dan grijpt Fabian de lage reling vast. Voetje voor voetje schuifelt hij naar achteren. Als ze allebei zitten, trekt Alex aan het koord van de motor. Onmiddellijk begint het ding te pruttelen. Ze varen een stukje achteruit en dan draaien ze richting de vuurtoren. In een rustig tempo varen ze langs de pier naar open zee. Hoewel het donker is, ziet Stella dat alle kleur uit Fabians gezicht is weggetrokken. Hij houdt zich angstvallig met twee handen vast aan de rand.

'Meestal ga ik een kilometer uit de kust liggen,' zegt Alex. 'Gooi je rugzak maar in de kajuit.'

Dat laatste is voor Fabian bedoeld. Voorzichtig laat hij een hand los en trekt zijn arm uit de lus. Kennelijk voelt hij zich zekerder, want nu laat hij ook zijn andere hand los. Hij stopt zijn mobiel in de rugzak en legt hem op de grond. Stella pakt hem op en loopt de drie uitgesleten treden van de kajuittrap af. Ook zij stopt haar waardevolle spullen in de rugzak; mocht ze in het water belanden, dan is tenminste niet álles nat. Binnen is het klein en bedompt. Aan de zijkanten zijn twee smalle banken waar kennelijk weleens op geslapen wordt, aan de vieze dekens te zien. Er liggen geen visnetten, zoals in andere boten, en er staan geen emmers of bakken voor de gevangen vis. Ze twijfelt er zelfs aan of er een wc aan boord is.

Als ze weer in de kuip is, vraagt ze: 'Waar gaan we de vis in bewaren?'

'In een emmer,' antwoordt Alex, terwijl hij om de vuurtoren heen stuurt en de snelheid opvoert.

'Er staat anders geen emmer in de kajuit.'

'Ben ik die vergeten? Dat is stom van me. Of nee, wacht, er staan er een paar onder de bank. Ik pak ze zo wel.' Hij keert de boot en zet de motor uit.

Stella gaat weer zitten. Er ligt nog een boot op zee, ziet ze aan een scheepslamp die verderop een paar meter boven het wateroppervlak heen en weer gaat. Het zal wel een van de zeilboten zijn die ze eerder zag.

'Kijk nou eens hoe mooi het eiland is! Prachtig toch?' zegt Alex.

Stella kijkt. De kust is goed verlicht en ook in de bergen schitteren kleine lichtpuntjes als sterretjes. Kreta is inderdaad mooi vanaf zee.

'Daar is de haven met links de boulevard,' zegt Alex terwijl hij de plekken aanwijst. 'Het is jammer dat we de bergtoppen niet kunnen zien in het donker. Ik zal de hengels pakken.' Weer schommelt de boot gevaarlijk heen en weer.

'Gaat het?' vraagt Stella als Alex in de kajuit is verdwenen.

'Het went.'

Stella vraagt maar niet door. Ze kijkt naar de kustlijn. De vuurtoren brandt inderdaad niet, zoals ze al had gedacht. Als de terrassen sluiten en de mensen naar bed gaan, zou zij de haven zelf nooit meer kunnen vinden in het donker. Alleen het Fortezza blijft 's nachts baden in het licht. Ze gaat er maar van uit dat Alex als local wél weet welke kant hij op moet varen. Ze hangt een beetje over de reling en laat haar hand door het water glijden. De scheepslamp die ze zojuist zag is nu uit. Wat vreemd; ze heeft geen motor horen aanslaan, dus de boot moet er nog liggen. Zou er iemand op overnachten?

'Waarom duurt het zo lang?' vraagt Fabian.

'Ik heb geen idee. Misschien zoekt hij naar emmers.' Ze voelt een koele wind langs haar huid strijken, een verademing na de hitte van vandaag. Gelukkig heeft het hotel airco, anders was het niet uit te houden in de slaapkamers. Ondanks alles wat er gaande is, is dit hotel haar ontzettend goed bevallen. Ze is blij dat de kinderen het ook zo naar hun zin hebben in Creta Palace. Die liggen waarschijnlijk allang te slapen. Het is maar goed dat ze niet aan boord mochten; het zou niets voor hen zijn, verplicht stilzitten in zo'n kleine boot.

Stella kijkt naar de kajuit. Alex heeft een lampje aangedaan. Ze hoort hem rommelen.

'Lukt het?' roept ze.

'Ja. Een momentje nog. Ik heb de emmers gevonden.'

Het duurt een paar minuten voor hij naar buiten komt met drie hengels en een zinken emmer waarin iets ligt wat tegen het zink tikt. Alex legt de hengels in de kuip en buigt zich met de emmer in zijn hand over de reling om water op te scheppen. Hij kiept hem weer leeg en schept de emmer voor de tweede keer vol. 'Er zat troep in,' zegt Alex als hij Stella ziet kijken.

'Is het zo lang geleden dat je voor het laatst uit vissen bent gegaan?' Het is een gekke vraag, beseft Stella, want vanmiddag heeft ze hem nog vis zien serveren.

'Nee, dat niet, maar ik ben vergeten om de emmers vanuit het restaurant mee terug te nemen naar de boot. Ze staan nog in de keuken, dus we moeten ons even behelpen met wat hier staat.' Hij zet de emmer in de kuip en deelt de hengels uit. 'Ik neem aan dat jullie weten hoe je hiermee moet omgaan?'

Stella pakt een hengel aan. 'Ik heb geen idee,' zegt ze. 'Maar Fabian heeft vaker gevist.'

'Je gooit de lijn uit en als je voelt dat er iets aan de hengel trekt, draai je hem met het molentje binnen. Kijk, zo.' Alex zwiept de hengel vanaf zijn linkerkant naar voren.

Stella hoort het molentje zachtjes ratelen. 'Moet er geen aas aan de haak?' vraagt ze. Dit lijkt haar weinig zinvol.

Alex lacht. 'Natuurlijk. Ik wilde het je alleen even laten zien.' Hij haalt de lijn weer binnen en legt de hengel in de kuip. 'Even het aas pakken.' Opnieuw gaat hij de kajuit in.

'Het komt op mij niet erg professioneel over,' zegt ze zachtjes tegen Fabian.

Hij zegt niets, maar knijpt zijn ogen tot spleetjes en kijkt naar de kust. 'Hoe ver denk je dat het is?'

'Wat Alex al zei, een kilometer. Ik vind het moeilijk in te schatten. Het kan net zo goed minder zijn.'

Fabian is stil. Stella durft niets meer te zeggen, maar ze merkt dat Fabian niet op zijn gemak is. Zelf heeft ze ook niet helemaal een goed gevoel bij dit uitje. Iets aan Alex komt amateuristisch over, niet als de professionele visser die hij zou moeten zijn. Of verbeeldt ze zich dingen?

'Zo, aas,' zegt Alex als hij weer uit de kajuit komt. Hij pakt de hengels en peutert iets aan de haakjes. De scheepslamp geeft zwak licht, te zwak voor Stella om te zien wat hij eraan doet. Alex gooit de eerste hengel uit en geeft hem aan Fabian. 'Binnenhalen als je voelt dat er iets aan hangt.' De tweede geeft hij aan Stella. Daarna installeert hij zichzelf met de derde. 'Ik heb retsina meegenomen, wat dachten jullie ervan?'

'Nee, dank je,' antwoordt Stella. Ze wil graag nuchter blijven vanavond.

'Eentje dan,' zegt Alex 'Om te proosten op het goede leven.'

Stella merkt dat zijn opmerking haar irriteert. Ze wil zich niet verplicht voelen om alcohol te drinken. Proosten kan wat haar betreft ook met een flesje water. Mocht Alex werkelijk een glas in haar handen duwen, dan kiept ze de inhoud overboord. 'Gaat Mick weleens mee vissen?' vraagt ze.

'Meestal gaan we samen, maar we passen niet met z'n vieren in deze kuip. Hoe lang blijven jullie eigenlijk nog op Kreta?'

'We vliegen volgende week woensdag terug,' antwoordt Fabian, die zijn blik op de kust blijft houden.

Aan zijn stem hoort Stella dat hij zich onprettig voelt. Ze kan haar vinger er niet op leggen, maar iets aan deze situatie voelt onveilig. Misschien moet ze voorstellen om terug te varen, hoewel dat niet erg aardig is tegenover Alex. Maar als ze heel eerlijk is, komt het plotselinge onveilige gevoel juist vanwege hém. Hij gedraagt zich anders dan de andere keren dat ze hem zagen. Ineens voelt ze de sterke behoefte om op het vasteland te staan. Maar hoe krijgt ze Alex zover? Ze kan veinzen dat ze zeeziek is.

'Heerlijk toch, zo op het water. Ik vind dit altijd erg rustgevend. De stilte en niemand om je heen. Vaak zet ik de scheepslamp uit, dan zien ze vanaf de kust niet eens dat er een boot ligt,' zegt Alex.

Dat is haar grootste nachtmerrie. Als er per ongeluk een jacht van of naar de haven vaart, lopen ze een groot risico omdat ze niet zichtbaar zijn.

'Mag dat?' vraagt ze. 'Zonder licht?'

Alex schiet in een overdreven lach. 'Nee, natuurlijk niet! Maar er mag zoveel niet!' Zijn gezicht vertrekt in een grimas, waardoor hij er in dit schaarse licht uitziet als een enge clown. 'Doe jij nooit iets wat niet mag?'

Stella krijgt kippenvel; niet van zijn vraag, maar van zijn toon. Plotseling voelt ze zich werkelijk misselijk. De hengel schiet uit haar hand en klettert in de kuip.

'Heb je beet?' vraagt Alex.

Ze zegt niets en kijkt naar Fabian.

'Bij hem bijten ze ook niet,' fluistert Alex met een knipoog. 'En bij mij ook niet! We gaan hier vast de hele avond zitten zonder iets te vangen, wedden?'

Ineens weet Stella zeker dat er helemaal geen aas aan de haakjes zit. Niets klopt aan deze situatie. Het is onmogelijk om met een paar hobbyhengeltjes voldoende bij elkaar te vissen voor een restaurant. De kleine sardientjes die Alex laatst serveerde, kunnen ook niet met een hengel uit zee zijn gehaald. Dat moet met een net zijn gebeurd, maar ze heeft geen netten aan boord gezien. Daar is ook nauwelijks plaats voor.

Alex duwt zijn hengel in haar hand. 'Goed vasthouden. Ik ga de wijn halen.' Hij verdwijnt weer in de kajuit.

Stella buigt zich naar voren. 'Zullen we vragen of hij terug wil varen?'

Fabian kijkt haar aan. 'Dat is hij zeker weten niet van plan.'

Hij is boos – ze ziet het in zijn ogen. Niet op haar, maar op de situatie waarin ze zich hebben laten manoeuvreren. Ongetwijfeld voelt ook hij aan dat er iets niet klopt. Binnen loopt Alex fluitend in het donker rond.

'Niet drinken,' zegt ze zachtjes tegen Fabian.

'Ik kijk wel uit. We hadden niet op zijn uitnodiging in moeten gaan; iets voelt helemaal niet goed. Heb jij dat ook?' vraagt hij zorgelijk.

Stella slikt een vervelende opmerking in. Ze zitten hier voor zíjn plezier, niet dat van haar. Maar ze weet dat het nu geen nut heeft om boos op elkaar te zijn. Het is beter om hun aandacht te richten op datgene waar ze wel iets aan kunnen veranderen. Ze pakt het hendeltje van de molen om de lijn binnen te draaien. Ze moet weten of er aas aan hangt, of dat Alex deed alsof. Zolang Alex in de kajuit is, kan hij het geratel hopelijk niet horen. Ze heeft geen idee hoeveel meter vislijn ze moet oprollen, maar opeens stopt het fluiten. Stella blijft stokstijf zitten. Alex komt de kajuittrap weer op en ze laat het hendeltje los.

'Hier, hou vast.' Hij geeft hun ieder een glas.

'Ik hoef echt niet,' zegt Stella.

'Kom, een klein slokje.' Hij schenkt een klein flesje retsina uit in hun glazen en opent voor zichzelf een nieuw flesje. 'Jamas!' Alex tikt zijn glas tegen dat van haar. Ondertussen gooit Fabian de inhoud van zijn glas stiekem de zee in, ziet Stella vanuit haar ooghoeken.

'Lekker,' liegt hij nu. 'Het blijft wel een beetje wennen, die harssmaak.' Hij tuurt weer naar de kust.

'Jij gaat het niet opdrinken?' Alex trekt het glas uit haar handen en gooit de inhoud weg. Stella schrikt van zijn directheid. 'Nou, dan niet. Mijn grote vriend hier wil wel, toch?' Hij pakt Fabians glas uit zijn handen en schenkt het opnieuw vol.

De scheepslamp die Stella eerder zag, knippert twee keer om daarna uit te blijven. Het lukt haar niet om het gevoel opzij te duwen dat er iets mis is en tegelijkertijd kan ze niet benoemen waar het aan ligt. Net zomin als Fabian, kennelijk, die maar naar de kust blijft staren. Ze weet bijna zeker dat Alex met hun drankje gerommeld heeft, anders had hij dat van haar niet in zee gegoten.

'Mijn broer en ik kunnen echt uren zo zitten,' zegt Alex. 'Toch wel fijn, zo'n KidsClub en oppasservice. Dan heeft iedereen het naar z'n zin, kinderen én ouders.'

Stella voelt haar hart bonzen in haar keel. 'Wat zei je nou?'

'De KidsClub van Creta Palace, dat dat leuk is voor jullie én leuk voor de kids.'

Ze durft amper adem te halen, want als ze één ding heel zeker weet, dan is het wel dat zij noch Fabian aan Alex verteld heeft waar ze verblijven. Net zomin als ze Nina of de receptie hebben laten weten met wie ze vanavond de zee op zijn gegaan; dat schiet haar nu pas te binnen. Hoe hebben ze zo ontzettend onnadenkend kunnen zijn? Ze probeert

Fabians aandacht te trekken door haar blik niet van hem af te halen. De spieren in zijn nek staan strak en ze ziet een ader kloppen op zijn slaap. Stella beseft dat hij zich zojuist precies hetzelfde heeft gerealiseerd als zij, namelijk dat ze gevaar lopen.

31

Tien minuten lang zwijgen ze alle drie, tot Fabian zegt: 'Ik denk dat het tijd wordt om terug naar de haven te varen.'

'Waarom? We hebben nog niets gevangen!' Alex pakt het flesje retsina en klokt de rest achterover.

'Dat weet ik, maar ik wil graag terug. De oppas blijft tot twaalf uur.' Fabian draait aan het molentje.

Alex legt een hand op de zijne. 'Niet doen. Straks kan ik mijn gasten weer geen vis serveren.'

Fabian stopt en legt zijn hengel in de kuip.

'Luister, beste mensen,' begint Alex. 'Ik stel voor dat we nog een kwartiertje blijven liggen dobberen. Als we iets vangen is dat mooi meegenomen, zo niet, dan is het jammer. Akkoord? Kom op, we hebben het altijd zo gezellig. Wat is er gebeurd?'

'Oké,' hoort Stella Fabian zeggen.

'Mooi. Vertel eens iets over jullie leven in Nederland. Of nee, over jouw grootvader, Stella. Want daarom zijn jullie toch naar Kreta gekomen?' Alex kijkt haar vragend aan.

'Eh, er valt weinig te vertellen. We hebben zijn as uitgestrooid en...' Stella stopt met praten. Heeft ze Alex ooit verteld over haar opa? Ze kan het zich niet herinneren. 'En dat was dat.' Ze wil dit onderwerp graag laten rusten.

'Dat was dat?' herhaalt Alex.

'Ja,' antwoordt Fabian scherp. 'Daarna zijn we leuke dingen gaan doen met de kinderen.'

Weer ziet Stella een scheepslamp twee keer knipperen op het water. Niet snel en niet langzaam, het is alsof iemand hem moedwillig aan- en uitzet. Alex moet het ook zien, dat kan niet anders. Alleen Fabian zit er met zijn rug naartoe.

'Ik pak nog even iets te drinken,' zegt Alex.

'Zou jij onze rugtas willen meenemen? Hij ligt op de bank,' vraagt Stella. Ze wil haar telefoon graag bij de hand houden nu de sfeer zo beladen is.

'Natuurlijk.' Alex loopt de kajuit weer in. Onmiddellijk doet hij de scheepslamp uit. 'Sorry, verkeerde knop!' roept hij. De lamp springt weer aan.

Stella staart nadenkend het donker in. Is ze nou echt achterdochtig, of communiceren Alex en de schipper van de andere boot met elkaar door lampen te laten knipperen?

Alex komt de kuip weer in. 'Zo.' Hij schroeft een flesje retsina open.

'Heb je onze rugzak meegenomen?' vraagt Stella.

'Nee, sorry. Die ben ik vergeten. Wat stom van me.' Hij neemt een slok en duwt het flesje dan in Stella's handen. 'Jullie hebben gelijk. Het is mooi geweest. Ik ga de buitenboordmotor aanzetten.'

'Gelukkig,' mompelt Fabian.

Verlangend kijkt Stella naar de kajuit. Het liefst zou ze hun tas halen, maar als ze nu opstaat, loopt ze het risico dat ze haar evenwicht verliest als Alex te snel wegvaart.

De motor pruttelt een paar keer, maar slaat niet aan. Ineens voelt Stella paniek opkomen. Dit kan onmogelijk toeval zijn. Ze zitten hier gevangen op zee met een man wiens intenties ze nu al ruim een uur in twijfel trekt. Weer hoort ze dat Alex aan het koord trekt en weer eindigt het in kort geprutteL.

Alex maakt een beweging waardoor de boot hevig heen en weer schommelt. Er golft zeewater over de rand. 'De brandstoftank is leeg. Ik had 'm moeten bijvullen. Stom van me,' zegt hij.

'En nu?' vraagt Fabian, die zich vastgrijpt aan de reling. 'We kunnen hier niet tot morgenochtend blijven liggen!'

'Waarom niet? Dat heb ik zo vaak gedaan. Ik kan de kustwacht proberen te bellen, maar of die 's nachts uitvaren voor een lege brandstoftank...' Hij haalt zijn telefoon tevoorschijn en activeert het scherm. Even later houdt hij het toestel tegen zijn oor en zegt iets in het Grieks. Het gesprek duurt amper een halve minuut, dan hangt Alex op. 'Helaas, ze varen 's nachts niet uit voor brandstoftekort. Wat ik al dacht. In dat geval hebben we weinig keus.'

'Dus we gaan vissen tot het licht wordt?' Fabian kijkt hem ontzet aan. 'We moeten naar het hotel, want de oppas kan niet zo lang blijven.'

'Het is niet anders. We kunnen om de beurt een paar uurtjes slapen op de banken,' stelt Alex voor. 'Jullie mogen wat mij betreft eerst, dan hou ik de wacht.'

En dan dringt bij Stella het besef pas echt goed door. Ze weet zeker dat ze geen last heeft van zeeziekte, maar dat ze misselijk is vanwege de situatie. Hoe hebben ze allebei zo naïef kunnen zijn om met deze man – die ze helemaal niet goed kennen – de zee op te gaan? Kort overweegt ze om het water in te duiken en naar de kust te zwemmen. Een kilometer is een eind, maar als getraind zwemmer goed te doen. Dat betekent echter ook dat ze Fabian alleen met Alex moet achterlaten en dat wil ze niet. Als Fabian in zee belandt, is hij hulpeloos. Ze moet iets doen. Ineens schiet haar iets te binnen.

Zonder aankondiging loopt Stella naar de kajuit. Binnen knipt ze het licht van de scheepslamp uit en die van de kajuit aan; de knoppen zitten pal onder elkaar op de houten deurlijst.

'Doe dat licht aan!' roept Alex onmiddellijk.

'Wat zeg je?' Als ze gelijk heeft en de scheepslamp wordt gebruikt om seintjes naar elkaar te geven, dan is ze benieuwd wat er gebeurt als de lamp een poosje uit blijft.

'Het licht!' De boot begint ineens hevig te schommelen. Alex' hand verschijnt om de deurpost en hij geeft een harde tik tegen de knop.

'O, het licht,' zegt ze. 'Ik verstond je niet goed.' Stella pakt hun rugzak en loopt ermee naar de kuip. Ze gaat zitten en opent de tas. Haar telefoon lag bovenop, dat weet ze zeker, maar nu is hij weg. Ze voelt met haar hand. Water, crackers, sokken, zaklantaarn, alles zit er nog in, maar niet hun telefoons.

'Zoek je iets?' vraagt Alex.

Stella haalt er een flesje water uit. 'Ja, dit.' Ze draait de dop open en neemt een slok. Als Alex hun telefoons eruit heeft gehaald, dan moet hij ze aan boord hebben verstopt. De vraag is alleen: waar? Ze kan niet ongezien alles overhoophalen.

'Weten jullie wat de naam Alathea betekent?' vraagt Alex vanuit het niets.

'Nee, sorry.' Stella zet hun rugzak naast zich op de bank en probeert na te denken. Er moet een manier zijn om uit deze situatie te ontsnappen. Het is twee tegen een, ook al is Alex groot en sterk en drijft er vermoedelijk een handlanger van hem verderop. Wat wil hij van hen? Geld? Of... Het kan toch haast niet iets te maken hebben met haar opa?

'Alathea betekent waarheid. Mijn grootmoeder gaf haar die naam. Prachtig, vind je niet?' gaat Alex verder.

'Zeker,' antwoordt Stella weinig enthousiast. Dit trekt ze niet langer. Voor de tweede keer overweegt ze het water in te springen. Ze kijkt naar het verlichte stukje kust waar haar twee kinderen liggen te slapen. Zij had een opa die zich over haar ontfermde, maar waar moeten Liza en Levi naartoe als haar en Fabian iets overkomt? Haar schoonouders zijn tegen de tachtig, Fabians jongste broer is een nietsnut en zijn andere broer heeft zelf een jong gezin. Deze vistocht mag niet eindigen in hun dood. Wat bezielt Alex eigenlijk?

'We willen graag nú terug naar de haven,' zegt ze zonder er nog langer over na te denken. 'Je hebt vast wel een extra tank diesel aan boord. Ik kan me niet voorstellen dat jij en je broer de zee op gaan zonder reserve.'

Alex' gezicht vertrekt. Er schittert iets in zijn ogen wat Stella niet kan plaatsen.

'We hebben kinderen. Die willen erg graag dat hun ouders terugkomen.'

'Ja, dat had mijn grootmoeder ook. Mijn moeder had ook erg graag haar moeder niet van de rotsen zien springen.'

Wat dat met haar en Fabian te maken heeft weet ze niet en ze wil het ook niet weten. Dit gaat om haar gezin en niet om Alex' verknipte familie.

'Stella heeft gelijk,' zegt Fabian rustig. 'Ik denk ook dat er vast wel een jerrycan diesel aan boord is. Wil je de tank alsjeblieft bijvullen zodat we naar de haven kunnen? We zullen geen melding doen bij de politie.'

'De politie?' Alex kijkt eerst Fabian aan en dan haar. 'Waarom beginnen jullie ineens over de politie? Er is toch niks gebeurd? Jullie zijn geheel vrijwillig bij mij aan boord gestapt om te gaan vissen en toen bleek de brandstof op te zijn. Dat is alles!'

Met deze man valt niet te praten, besluit Stella. Ze steekt een hand uit. 'Mag ik onze telefoons terug?'

Alex gooit zijn armen in de lucht. 'Ho, ho. Waar komt dit opeens vandaan? Ik heb helemaal niets van jullie afgepakt. Weet je wel zeker dat je ze hebt meegenomen? Liggen ze niet gewoon in het hotel?'

Stella laat haar arm zakken. Alex blijft spelletjes spelen. Het liefst zou ze met Fabian overleggen wat ze het best kunnen doen, maar dat gaat Alex nooit toestaan. Zo rustig mogelijk laat ze alle opties de revue passeren: afwachten, naar de kust zwemmen, om hulp schreeuwen...

'Ga gewoon in de kajuit liggen. Creta Palace laat jullie kinderen echt niet alleen. Morgenochtend voor het ontbijt zijn jullie weer in het hotel. Beloofd.'

Dat is precies wat ze niet wil. Stella schiet overeind en duikt richting de buitenboordmotor. Ze graait naar het koord en geeft er een flinke ruk aan. De motor springt moeiteloos aan. Stella geeft gas en de boot vaart in hoog tempo richting de kust. Alex schreeuwt iets in zijn eigen taal en haalt uit met zijn vuist. In een poging hem te ontwijken schiet Stella het achterdek op. De boot beukt over het water. Ze drukt zichzelf tegen de reling, terwijl Alex probeert om haar te bereiken. Fabian komt overeind. Hij klauwt om zich heen, zoekend naar iets waar hij zich aan kan vastgrijpen, en pakt Alex bij zijn enkel. Die maakt een paar schoppende bewegingen, waardoor Fabian zijn grip verliest op hetzelfde moment dat de boot wordt gegrepen door een golf. Tot haar afgrijzen ziet Stella hem overboord slaan. *Ik heb vast een nachtmerrie*, schiet het door haar heen, *dit kan niet waar zijn.* Als ze Fabian niet uit het water haalt, is hij ten dode opgeschreven. Hij zal in paniek raken en verdrinken.

Ze rent in twee stappen over de kajuit en springt terug in de kuip. Op de tast zoekt ze naar de knop waarmee de buitenboordmotor kan worden uitgezet, maar ze heeft geen verstand van dit soort motoren. Toen ze nog bij de reddingsbrigade werkte zat ze weleens aan het roer, maar die boten hadden een stuurhut!

Ook Alex heeft kans gezien om weer in de kuip te komen.

Hij grijpt haar pols vast en sist iets wat ze niet kan verstaan. Het interesseert haar ook niet wat hij zegt; ze moet Fabian redden. Ondertussen sterft het geluid van de motor weg en komen ze weer stil te liggen. Stella's hart maakt overuren, ze voelt het bloed in haar aderen pulseren en ziet sterretjes. Haar ademhaling zit te hoog, op deze manier gaat ze hyperventileren.

Een man schreeuwt iets over het water. Het is een stem die ze herkent van een paar dagen geleden, toen Alex door zijn broer werd geroepen. Mick moet op de boot zitten waarvan de scheepslamp telkens knipperde. Alex schreeuwt iets terug wat ze niet kan verstaan, op één woord na: nero. Water. Hij roept vast en zeker dat Fabian in het water ligt. Als ze nu niet snel handelt, ziet ze hem nooit meer terug. Dan vist Mick hem uit de zee en is zij overgeleverd aan Alex. Ze rukt haar pols los en geeft Alex een goedgemikte trap tegen zijn knie, waardoor hij onderuitgaat. Dan trekt ze aan het koord van de buitenboordmotor en duikt vervolgens het zeewater in.

Stella zwemt een stuk onder water om uit Alex' gezichtsveld te ontsnappen. Happend naar adem komt ze weer boven. De boot is een eind vooruitgevaren. Fabian is nergens te bekennen. Ze probeert zichzelf te kalmeren. Logisch nadenken, dat heeft ze geleerd bij de reddingsbrigade. Fabians reflexen zullen het overnemen. Hij zal proberen om naar lucht te happen en niet om hulp schreeuwen. Binnen een minuut zinkt hij en dan duurt het maximaal drie minuten voor zijn lichaam het helemaal overneemt en hij water zal inademen. Ze heeft geen idee hoeveel tijd er precies verstreken is sinds hij uit de boot is gevallen, maar ze weet wel dat ze snel moet handelen. Zo kalm als mogelijk is onder de omstandigheden blijft ze stilliggen om te luisteren of ze gespartel hoort. Niets. Toch kan hij onmogelijk ver zijn afgedreven. Fabian kennende heeft hij geen slag gezwommen en de golven brengen hem hooguit dichter bij de kust. Schreeuwen heeft geen zin, want een drenkeling reageert niet, is haar ervaring. Ze alarmeert er hooguit Mick en Alex mee. Ze moet hem op eigen kracht zien te vinden.

Vlug trekt ze onder water de veters van haar wandelschoenen los en schopt ze uit – die zware dingen kunnen een reddingsactie alleen maar in de weg staan. Hetzelfde doet ze met haar broek; met moeite stroopt ze hem half zwemmend van haar benen. Dan zwemt ze een stukje en kijkt weer om zich heen. Het is zwart, inktzwart. Fabian kan op een meter afstand van haar liggen en dan zou ze hem nog niet zien. Zonder hulp gaan ze hem hoogstwaarschijnlijk niet vinden, beseft Stella. Mogelijk is hij al verdronken en naar de bodem gezakt. Weer zwemt ze een paar slagen. Al watertrappelend dringt de afschuwelijke waarheid tot haar door: Fabian, de man die ze zo liefheeft, de vader van haar kinderen, heeft deze avond niet overleefd. Het enige wat zij nu nog kan doen is ervoor zorgen dat ze uit handen blijft van Alex en Mick.

Met Liza en Levi op haar netvlies begint ze rustig te zwemmen. Een halve kilometer, hooguit, ziet ze. Dankzij de ruk aan het koord van de buitenboordmotor zijn ze honderden meters richting de veilige kust gevaren. Dat moet ze halen, ze heeft geen keus.

32

Er glijdt een lichtbundel over het water, afkomstig van Micks boot. Vlak voor ze zichtbaar wordt duikt Stella onder. Kort, want zojuist zag ze iets in het water liggen: Fabian. Zijn witte gezicht kwam happend naar lucht mee omhoog met een golf. De blik in zijn ogen, alsof hij ver weg is – ze weet wat dat betekent. Het zijn de laatste tellen voordat een drenkeling voorgoed kopje-onder gaat. Met twee slagen is ze bij hem. Ze slaat een arm van achteren onder zijn oksels door en zwemt zo snel als ze kan bij de boot van Mick vandaan, terwijl ze het verlichte Fortezza in de gaten houdt. Daar liggen rotsen in plaats van zand en er is een trap naar de doorgaande weg.

In de verte wordt een motor aangezet. Het kan niet anders of Alex vaart hun kant weer op. Haar benen klieven door het zeewater terwijl ze langs de kustlijn zwemt. *Zo min mogelijk lawaai maken*, schiet het bij elke beweging door haar heen. Gelukkig is Fabian nauwelijks bij kennis. Hij had gelijk toen hij zei dat drenkelingen vaak hun redder mee de dood in sleuren – dat heet paniek. Weer scheert de lichtbundel over de golven, maar inmiddels is ze te ver bij de boot vandaan gezwommen om gevaar te lopen. Het geluid van de buitenboordmotor komt dichterbij en de scheepslamp van de andere boot gaat aan. Nu pas ziet Stella dat het een veel grotere vissersboot is. Eentje met een lier aan boord en netten. Alex komt ernaast varen en de motor wordt uitgezet. Stella voelt haar bovenbenen verkrampen. Ze moet haar energie beter doseren, wil ze de kust halen. Haar naam schalt over het water, gevolgd door het licht, maar ze zoeken aan de verkeerde kant. Zolang Alex en Mick op hun positie blijven liggen, zijn ze buiten gevaar. Fabian kreunt.

'Sst,' zegt ze hijgend. 'Niet praten. Het komt goed.'

Hij kent haar en vertrouwt haar, dat is anders wanneer ze een onbekende uit het water haalt. Fabian doet wat ze vraagt.

'Maak flipperbewegingen met je benen,' fluistert ze. 'Maar hou ze onder water.'

Als Fabian op die manier meehelpt, gaan ze het redden. Stella maakt opnieuw een paar krachtige slagen. Hoe verder ze van de boten verwijderd zijn, hoe beter. Vanaf dit punt moet ze naar de kust zwemmen. Het is een paar honderd meter, hooguit, houdt ze zichzelf voor terwijl ze haar spieren tot het uiterste dwingt. Na een paar minuten wordt de golfslag anders. Af en toe ziet ze een witte schuimkop naast haar en dat betekent dat ze ondieper water naderen.

Er wordt een motor aangezet. Aan het geluid te horen is het een veel zwaarder exemplaar dan die aan het bootje van Alex hing. Ze moet voorkomen dat ze in de buurt van Micks boot terechtkomt. Met alle kracht in haar lijf zwemt ze verder bij hem vandaan richting de veilige rotsen. De grote vissersboot keert om en vaart rustig richting de haven. Af en toe komt er een golf die haar en Fabian een paar meter meevoert. Op die momenten gunt ze haar benen even rust. Er glijdt opeens iets langs haar kuit wat aanvoelt als schuurpapier. Het kan hier niet zo ondiep zijn dat ze waterplanten voelt. En dan ineens schiet het haar te binnen: haaien. Er zwemmen haaien in de zee rond Kreta, dat heeft ze nog gegoogeld toen Fabian erover begon. Dat is vast en zeker wat ze zojuist voelde. Mick heeft zijn boot stilgelegd, maar Alex vaart nog rond, hoort ze aan het geluid dat dan weer dichterbij en dan weer verder weg klinkt. Opnieuw glijdt er een lichtbundel over het water. Ze zijn te ver weg om haar en Fabian te zien, maar Stella zag wel iets. Bloed. Er liep zojuist een dun straaltje waterig bloed over Fabians slaap de zee in. Het kan niet anders of hij heeft de reling geraakt met zijn hoofd vlak voordat hij in het water viel.

Razendsnel denkt Stella na. Weliswaar heeft ze opgezocht welke haaiensoorten er in de Middellandse en Libische Zee leven, maar niet of ze gevaarlijk zijn voor mensen. Veel keus heeft ze echter niet; ze moet Fabian aan land zien te krijgen. Ondertussen voelt ze de stroming die de schroef van Alex' boot onder water veroorzaakt en zwemt er een haai bij haar in de buurt. Het zal wel een kleintje zijn, maar toch: een haai. Met de golven mee begint ze als een razende te zwemmen en negeert de brandende pijn in haar benen en schouders. Nog zestig meter, vijftig meter, veertig meter... Ze kan de afstand niet goed inschatten, maar ze moet zichzelf houvast geven door meters te tellen. Anders houdt ze het niet vol.

Mick schreeuwt iets. Misschien heeft hij haar gezien, misschien ook niet. Er worden motoren aan- en weer uitgezet. De lichtbundel scheert dan weer voor haar en dan weer langs haar, maar nooit over haar heen. Ze hoort de paniek in de stemmen van Mick en Alex. Van het ene op het andere moment gaan de golven in haar voordeel werken. Telkens weer worden zij en Fabian opgetild en een stukje verder geholpen. Ze moeten uit het zicht van de broers zien te blijven, maar haar bovenbenen willen niet meer, haar spieren zijn totaal verzuurd. Ze moet rusten. *Nee, doorgaan*, spreekt ze zichzelf toe, *doorgaan tot ik de bodem voel. Dan pas is er tijd voor rust.* Opnieuw hoort ze geschreeuw. Ook Alex heeft nu de scheepslamp aangezet. Ze ziet het krakkemikkige bootje in hoog tempo richting de haven varen.

Stella gaat rustiger zwemmen. De meeste terrassen die aan de weg liggen die om het Fortezza heen loopt zijn gesloten, bij slechts een enkele brandt nog licht. Aan het geluid van de buitenboordmotor te horen vaart Alex nu in steeds breder wordende cirkels rond tussen de haven en Micks boot. Hoewel de golfslag sterker wordt, probeert ze langs de kustlijn bij hen vandaan te zwemmen. Het lukt maar moeizaam. Fabians benen bungelen nutteloos in het water en hij lijkt niet meer bij kennis te zijn. Weer worden ze opgetild door een grote golf die hen een paar meter dichter bij de rotsen brengt en kort worden ze omsloten door de zee. Als ze weer bovenkomen, spuugt Stella het water uit en ook Fabian begint te hoesten. Ze moet alle zeilen bijzetten om haar grip op hem niet te verliezen. Haar voeten schuren ergens overheen, maar deze keer is het geen haai. Het voelt te onregelmatig en te zacht voor een haaienhuid. Het moeten planten zijn.

Ze kijkt naar de kust, die ineens verrassend dichtbij is, als een tweede golf over haar heen spoelt. Proestend komt ze weer boven. Nog tien of twintig meter, hooguit. Met alle kracht die ze nog in zich heeft zwemt ze door. De lampen die de muren van het Fortezza verlichten geven haar voldoende zicht. Er zijn ook platte rotsen, heeft ze gezien toen ze er een eeuwigheid geleden met de kinderen langsliepen. Plotseling krijgen haar voeten grip op de bodem. Ze negeert de scherpe stenen en planten die in haar voetzolen prikken en komt overeind. Terwijl ze Fabian op een platte rots hijst, kan ze niet voorkomen dat zijn rug over de zeebodem schuurt. Het water op de rots raakt vermengd met bloed.

'Sorry,' mompelt Stella voordat ze uitgeput naast hem neervalt. Zijn borst gaat op en neer, en dat is een goed teken. Wel voelt hij akelig koud. Ze begint te hoesten. Onmiddellijk slaat ze een hand voor haar mond – straks hoort een van de broers haar en dan is alles voor niets geweest. Hijgend blijft ze zo stil mogelijk liggen. De spieren in haar benen schreeuwen om rust. Als ze nu een poging gaat wagen om over de rotsen naar de muur te komen en de trap op te klimmen, is de kans groot dat ze ongelukkig ten val komt. Inmiddels lijken Alex en Mick het te hebben opgegeven. Er klinken geen motoren meer en er wordt niet langer geschreeuwd. Die gaan er waarschijnlijk van uit dat ze allebei verdronken zijn en dat is terecht, want zonder de training die zij heeft gehad red je het niet om zo'n eind te zwemmen in zee, en zeker niet met een drenkeling.

Stella draait zich met moeite op haar zij. Ze voelt voorzichtig aan de wond op Fabians slaap. Hij moet een flinke klap gemaakt hebben, want de huid is opengebarsten. Een plotseling opkomende woede overspoelt haar. Wat bezielt die twee? Eerst hing Alex dat zielige verhaal over zijn moeder op en nu dit. Alathea, waarheid. Welke waarheid? Waar doelde hij op? De gedachten tollen rond in haar hoofd. *Niet over nadenken*, houdt ze zichzelf voor. Ze moet zich concentreren op het hier en nu. Eerst zal er hulp moeten komen voor Fabian.

Ze probeert te gaan zitten. De lichten van de terrassen zijn inmiddels uit en dat betekent dat alles gesloten is. Er komen nauwelijks auto's of scooters voorbij. Voorzichtig probeert Stella te gaan staan. Ze kijkt om zich heen. Tussen haar en de trap ligt zo'n zes meter aan rotsen met gevaarlijk uitstekende punten die ze op haar blote voeten moet zien te passeren. Om hulp roepen durft ze nog steeds niet.

Ze kijkt naar Fabian en twijfelt. Kan ze hem hier in z'n eentje laten liggen met het risico dat Alex en Mick hem alsnog vinden? Gelukkig draagt hij donkere kleding. Wat moet ze doen? Ze kan bij een willekeurig huis aanbellen, maar ze spreekt geen Grieks. Hoe gaat zij in haar slip en T-shirt en op blote voeten uitleggen dat haar man halfdood op de rotsen onder het Fortezza ligt? Hun huurauto staat hier vlakbij op een parkeerplaats, maar de sleutels zitten in hun rugzak en die is achtergebleven op de boot.

Ineens schiet haar iets te binnen. Op de dag dat ze in Rethymnon aankwamen werden ze verwelkomd door de huiseigenaar. Hij gaf haar een visitekaartje waar zijn adres op stond voor het geval ze hem nodig hadden. De man woonde in dezelfde straat als waar hun Airbnb was. Ze sluit haar ogen en probeert zich te herinneren wat zijn huisnummer was. Achtentwintig, dat was het! Ze kan hem als een van de weinigen vertrouwen, dat weet ze zeker. En hij spreekt Engels.

'Fabian,' zegt ze zachtjes. Hij reageert niet. 'Fabian,' probeert ze nogmaals. Hij kermt zachtjes.

'Luister,' fluistert ze met trillende stem in zijn oor. Ze moet haar angst onder controle krijgen, Fabian mag niet merken hoe bang ze is. 'Ik ga hulp halen. Het kan even duren, maar ik kom terug. Blijf rustig hier liggen, niet bewegen.'

Fabian geeft geen enkele reactie meer. Hij is opnieuw buiten bewustzijn. Stella gaat staan. Haar benen protesteren hevig. Wankelend kijkt ze rond. Tussen de rotsen die ze moet zien te passeren glinsteren plasjes water: getijdenpoelen die blijven staan als de vloed zich terugtrekt, weet Stella. Vaak blijven er schaaldieren en kwallen in achter, maar daarover hoeft ze zich hier geen zorgen te maken. Het grootste gevaar dat ze aan de kust van Kreta loopt is in een zee-egel trappen. Het is onmogelijk om de trap te bereiken zonder haar voeten open te halen. Dat moet ze dan maar voor lief nemen. Fabian moet zo snel mogelijk naar een ziekenhuis. Ze haalt diep adem en wil net de eerste stap zetten, als er tot haar grote schrik ergens op zee een buitenboordmotor wordt gestart.

33

Verstijfd van angst blijft Stella staan. Begint nu alles weer opnieuw? Ze werkt in de tv-wereld en is geen arts, dus het is voor haar onmogelijk om in te schatten hoe ernstig zijn hoofdwond is. Op dit moment kan ze niet anders dan een afschuwelijke keus maken; ze moet hulp zoeken. Voorzichtig zet ze haar voet op de volgende rots en overbrugt een getijdenpoeltje. Een paar meter gaat het goed en bezeert ze zich niet, maar dan worden de stenen grilliger van vorm. Ze tast de oppervlakte af met haar voet; het is te scherp om op te gaan staan. Besluiteloos kijkt ze om zich heen. Er lijkt geen enkele weg naar de trap te zijn die ze zonder zich te bezeren kan nemen.

Het geluid van de motorboot komt dichterbij. Stella duikt in elkaar. Haar witte T-shirt zal haar verraden, beseft ze. Wanhopig kijkt ze om zich heen, zoekend naar een schuilplaats. De boot komt nog dichterbij. Verlangend kijkt ze naar Fabian; ze was zo graag bij hem gebleven, maar als hij door Alex of Mick gevonden wordt, is zij de enige die kan verklaren wat er met hem gebeurd is. Ze laat haar voet in een getijdenpoel zakken en voelt voorzichtig op de bodem of er zee-egels liggen. Als ze daarop gaat staan, is ze nog veel verder van huis. Uit ervaring weet ze dat een prik hevige spierpijn kan veroorzaken – of erger. Ze voelt steentjes en planten, maar geen scherpe punten.

De boot vaart heen en weer voor de kust. De scheepslamp is uitgezet, ze kan hem niet zien. Het geluid gaat van links naar rechts en het klinkt als de motor van Alex' boot. Naarmate het geronk dichterbij komt, neemt de paniek vanbinnen toe. Ze schuift het water in, maar duikt niet onder. Alex blijft van links naar rechts varen. Inmiddels is alleen haar gezicht nog boven water. Een paar keer gaat het geluid heen en weer tot ze een schaduw van de boot waarneemt dankzij het licht van de Fortezza. Net als ze heeft aanvaard dat Alex steeds dichter naar de kust zal komen, dat het voorbij is, keert hij niet meer om. Een paar minuten hoort ze de motor pruttelen, tot het geluid helemaal stilvalt. Stella komt overeind. Alex heeft aangelegd in de haven, dat kan niet anders. Voor nu is ze veilig, maar als ze straks bovenaan de trap is, loopt ze het risico dat hij voorbijrijdt en haar ziet.

Ze klimt terug op de rots. Voetje voor voetje schuifelt ze over het ruwe gesteente naar de trap. Een paar keer haalt ze haar voet open, ze weet dat het pijn doet, maar door alle adrenaline in haar lijf voelt ze het amper. Uiteindelijk neemt ze een laatste sprong naar het plateau onderaan de trap. Hijgend van de inspanning en angst kijkt ze omhoog, naar de ruim twintig treden die naar de bewoonde wereld leiden. Als Stella een beetje tot rust is gekomen, kijkt ze nog een keer achterom naar Fabian. Met elke tree omhoog wordt de afstand tussen hun tweeën groter, maar komt hulp dichterbij.

Stella zit in elkaar gedoken tegen het lage muurtje dat rond de Fortezza loopt en kijkt verwilderd om zich heen. Ze heeft geen idee in wat voor auto Alex of Mick rijdt, en ze weet ook niet zeker of ze wel aangemeerd hebben. De taverna's zijn dicht, nergens brandt binnen nog licht, en ook in de huizen is het donker. Ze heeft geen idee hoe laat het is. Nina zal zich wel afvragen waar ze blijven. Misschien heeft ze al geprobeerd om haar of Fabian te bellen! Er komt geen verkeer aan. Ze trekt een sprint naar de overkant van de weg en drukt zich tegen een gevel aan. Dan doemen er twee koplampen op uit de Arkadiou. Ze laat zich tegen de voordeur van restaurant Fanari zakken. Ze houdt haar adem in en haar hart bonst zo wild dat ze haar natte T-shirt op en neer ziet gaan. De auto passeert zonder in te houden. Voorzichtig komt ze weer overeind. Met haar armen om zich heen geslagen loopt ze richting het pleintje waar Odos Macedonia begint. Vanaf daar kan ze hun huurauto zien staan.

Ineens schiet haar iets te binnen. Ze hoeft maar een klein stukje te lopen om zicht te hebben op de Venetiaanse haven, waar 's avonds lichtjes blijven branden. Dan kan ze zien of de boot van Alex aan de kade ligt of niet. Het kost haar hooguit een minuut. Ze twijfelt, want Fabian heeft hulp nodig. Aan de andere kant: als ze zeker weet dat Alex niet meer op zee is om hen te zoeken, weet ze ook zeker dat ze veilig hulp kan zoeken. Dan maakt ze een keuze. Ze rent naar de overkant en voorbij het parkeerplein tot de glooiing die naar de haven leidt. De Alathea ligt weer voor restaurant Zefyros. De scheepslamp brandt niet, maar ze ziet licht door de kieren van de houten kajuit. Alex zal dus nog wel aan boord zijn.

Zo snel als ze kan loopt Stella terug naar het pleintje. De nacht is warm en toch heeft ze kippenvel op haar armen en benen. Ze voelt dat ze haar voeten heeft opengehaald, maar ze kan nu niet stoppen. Ze loopt Odos Macedonia in. Tussen de huizen voelt ze zich veiliger dan langs zee. Nummer 28 ligt ietsje verderop dan het huis dat ze via Airbnb hadden gehuurd. De gevel is nog steeds niet geschilderd, ziet ze in het voorbijgaan. Ineens vraagt ze zich af of Alex die tekst erop geschreven heeft, of Mick. Het doet er niet toe; ze moet de huiseigenaar zien te bereiken, maar haar benen lijken wel dienst te weigeren. Ze grijpt zich vast aan een van de openstaande luiken en blijft staan tot de pijn wegzakt en er weer iets van kracht terugkeert in haar benen. Er zit iets kleverig op haar heup. Ze voelt eraan. Bloed. Ze moet ergens gewond zijn geraakt, maar ze weet niet waar. Haar vingers glijden over haar huid. Er zit een gemene snee aan de zijkant van haar buik. Plotseling vouwt haar lichaam dubbel van de pijn en ze zakt door haar benen. Ze duwt haar hand tegen de wond om het bloeden te stoppen. Ze moet zo snel mogelijk naar nummer 28 zien te komen. Het moet! Kermend hijst ze zichzelf overeind. Voetje voor voetje schuifelt ze langs de witte gevels tot ze voor het juiste huis staat. Met de laatste kracht die ze in zich heeft bonst Stella met haar vuist op de brede houten voordeur. 'Help,' roept ze met een zwak stemmetje.

Het is donker binnen. Er gaat geen licht aan en ze hoort ook geen enkel geluid. Ze laat zich op de grond zakken. Weer slaat ze met haar vuist op de deur. Laat hem alsjeblieft thuis zijn, denkt ze. Ergens in het huis klinkt geluid. Voor de derde keer wil ze haar vuist tegen het hout laten vallen, maar ze heeft geen kracht meer in haar armen. 'Help,' roept ze nogmaals.

Binnen hoort ze de stemmen van een man en een vrouw; ze praten met elkaar. Er komen voetstappen dichterbij en ineens wordt de deur opengetrokken. Knipperend tegen het felle licht kijkt ze omhoog.

'Mrs Verhoeven?' vraagt de huiseigenaar verbaasd.

Gelukkig herkent hij haar. Zijn betrouwbare gezicht doet Stella beseffen dat ze de juiste keuze heeft gemaakt. De wereld wordt een paar tinten donkerder als voorbode dat ze haar bewustzijn gaat verliezen. Dat mag niet gebeuren, niet nu. 'Fabian,' fluistert ze. '*Rocks.*' Het lukt haar niet om Engelse zinnen te formuleren.

De huiseigenaar zegt iets op gebiedende toon tegen zijn vrouw. Even later voelt ze dat hij haar van straat tilt.

'*No, Fabian! Help!*' probeert ze weer. Ze kan haar gedachte niet ordenen. Er rennen mensen heen en weer, en plotseling ligt ze op iets zachts. Iemand trekt een deken over haar heen. Het donkere niets lonkt: even rusten, even slapen. Nee, ze moet deze mensen vertellen dat Fabian hulp nodig heeft. Ze moet... Het lukt haar niet meer om te vechten en ze voelt zichzelf wegzinken.

Stella heeft geen idee hoe lang ze buiten bewustzijn is geweest als ze haar ogen weer opent. Er zit een vrouw naast haar die iets zegt wat ze niet verstaat.

'Fabian,' zegt ze weer. '*I left him on the rocks by the sea, near the Fortezza. He needs help. Please.*'

De vrouw glimlacht en dept haar gezicht met een warme natte doek.

'Please,' herhaalt Stella. 'Nero.'

De vrouw komt overeind en loopt bij haar vandaan. Heel even heeft Stella het gevoel dat de vrouw haar begrijpt, maar dan komt ze terug met een glas water. Terwijl ze pogingen doet om haar te laten drinken, komt de huiseigenaar de kamer weer binnen.

'*Please, help my husband.*' Voor de tweede keer vertelt ze waar hij ligt. Nu heeft ze de aandacht van de man.

'*At the rocks?*' herhaalt hij.

Ze knikt. '*Boat, sea, water, at the rocks. He needs help.*'

Plotseling verandert de uitdrukking op zijn gezicht. Hij roept iets wat ze niet verstaat en rent vervolgens weg. Zijn vrouw zet het glas water op het nachtkastje en pakt haar mobiel. IJsberend door de kamer belt ze. Hoewel Stella niets van het gesprek kan volgen, beseft ze dat er eindelijk hulp komt. Voor de tweede keer die avond wordt haar wereld zwart.

34

Als ze weer bij kennis komt, klinkt er lawaai buiten. Het geluid van sirenes galmt door de smalle straat. Ze opent haar ogen. Twee ambulancemedewerkers komen de slaapkamer binnen. '*My name is Maria. Do you speak English?*' vraagt een vriendelijke vrouw die met een lampje in Stella's ogen schijnt.

'*Yes,*' antwoordt Stella. '*Fabian, my husband, he...*'

'*It's okay.* Geen zorgen,' antwoordt Maria. 'We hebben hem gevonden. Hij is onderweg naar het ziekenhuis. Wij gaan u ook meenemen.' Ze knipt het lampje uit en bevestigt een saturatiemeter aan haar vinger om het zuurstofgehalte in haar bloed te meten.

'Is alles goed met hem?' vraagt Stella. Haar stem klinkt onnatuurlijk schor, waarschijnlijk door al het zoute zeewater dat ze heeft ingeslikt.

'Ik ben geen arts, maar ik denk het wel,' antwoordt Maria. 'Waar logeert u?' Ondertussen wikkelt ze de band van een bloeddrukmeter om Stella's bovenarm.

Nog voor Stella antwoord kan geven, hoort ze de huiseigenaar zeggen dat ze in hotel Creta Palace verblijven. Hij zegt er nog iets achteraan.

'*Kids, you have kids?*' vraagt Maria. 'Waren die bij u?'

Stella schudt haar hoofd. '*No, hotel,*' zegt ze.

Maria knijpt in de pomp en kijkt op het metertje. '*It's okay,*' zegt ze om haar gerust te stellen. Ze wenkt haar collega en even later ligt Stella vastgesnoerd op de brancard.

Als ze naar buiten wordt gereden, bedankt ze in het voorbijgaan de huiseigenaar en zijn vrouw. Hij glimlacht een beetje meewarig en zegt in het Engels: 'Ik had jullie moeten geloven.'

Dat is nu te laat, denkt Stella bitter. Fabian had haar ook moeten geloven. En ze had zichzelf serieuzer moeten nemen. Welke signalen van Alex heeft ze gemist? Van meet af aan vond ze dat Mick zich vreemd gedroeg, maar Alex was juist zo vriendelijk. Achteraf gezien een beetje té vriendelijk misschien. Hij wilde wel erg graag dat ze mee gingen vissen. Wat waren die twee van plan vanavond? Als zij geen duik naar de buitenboordmotor had genomen, hadden ze dan nog geleefd?

De ambulance komt in beweging. Zonder sirene of blauwe zwaailichten rijden ze naar het ziekenhuis in Rethymnon. Daar aangekomen wordt ze een grijze gang in gereden. De brancard wordt op de rem gezet in een grote, met tl-balken verlichte ruimte. Maria pakt haar hand, terwijl haar collega een gordijn rondom Stella dichttrekt.

'Er komt zo een Engelssprekende arts naar je kijken. Ik vermoed dat je een nachtje in het ziekenhuis moet blijven.'

Stella schrikt. 'En onze kinderen dan?'

'Het hotel heeft laten weten dat een vrouw die Nina heet bij ze blijft tot je uit het ziekenhuis ontslagen wordt.' Maria knijpt kort in haar hand. 'Ik ga nu regelen dat je straks even naar je man mag.' Na die woorden laat ze haar los.

Opgelucht kijkt Stella naar het plafond. Hoewel ze nu niets liever zou willen dan bij haar kinderen zijn, is ze blij dat Liza en Levi in goede handen zijn.

Nadat de wonden op haar voeten verzorgd zijn, brengt een verpleegkundige Stella in een rolstoel naar de kamer waar Fabian in ligt. Ze opent de deur en rijdt haar naar binnen.

'Ik kom je zo weer ophalen,' zegt ze, om daarna stilletjes te verdwijnen.

Fabian ligt vastgekoppeld aan apparaten die zijn hartslag en bloeddruk in de gaten houden. Overspoeld door emotie kan Stella niets uitbrengen. Ze is zo blij om te zien dat hij veilig in een ziekenhuisbed ligt. Ze heeft sinds haar duik van de boot in de overlevingsstand gestaan, praktisch nagedacht over wat de beste opties waren om aan deze nachtmerrie te ontsnappen. Pas nu beseft ze hoe bang ze was om hem kwijt te raken. Ze pakt zijn hand, die gelukkig warm aanvoelt, maar ze zegt niets. Het duurt een paar minuten voor hij zijn ogen opent.

'Hé liefje,' zegt hij. 'Ben je eindelijk uitgezwommen?'

Ze schiet in de lach. Direct beginnen ook de tranen te stromen. 'Het spijt me dat ik je moest achterlaten op de rotsen, ik...'

'Ik heb er helemaal niets van gemerkt. Het enige wat ik me nog kan herinneren is dat ik in het water lag en dat jij beloofde dat het goed ging komen. Volgens mij ben ik daarna buiten bewustzijn geraakt. Wat is er gebeurd? Wat wilde Alex van ons?'

Ze vertelt hem over de zoekactie van Alex en Mick, en dat ze telkens weer de lichtbundel moest zien te ontwijken. En over haar klim naar de trap. 'Ik heb mijn voeten opengehaald op de rotsen en een wond op mijn buik is gehecht,' zegt ze ten slotte. 'Ik wil zo snel mogelijk naar huis, Fabian. Desnoods reizen we via Athene, maar laten we alsjeblieft vertrekken zodra jij het ziekenhuis mag verlaten.'

Hij draait zich op zijn zij. Het bloed van zijn hoofdwond is door het verband heen gedrongen, ziet Stella.

'Doet het zeer?' vraagt ze.

'Niet meer. Ik heb allerlei pillen moeten slikken van de dokter. Het is gehecht.'

Daar was ze al bang voor. Toen zij eraan voelde waren de randen van de wond rafelig en dik.

Fabian veegt de tranen zo goed en zo kwaad als het gaat van haar gezicht. 'Ik ben blij dat je niet naar me geluisterd hebt,' zegt hij.

'Hoe bedoel je?'

'Ik had je gevraagd om niet langer de held uit te hangen en iedere drenkeling uit zee te redden.'

Door haar tranen heen begint ze te lachen. 'Ik zou jou toch nooit hebben laten verdrinken?'

'Nee, gelukkig niet.'

Er wordt op de kamerdeur geklopt. De agent die ze heeft gesproken op het politiebureau komt binnen.

'*One minute*,' zegt hij. 'Ik moet u een paar vragen stellen.'

Stella veegt haar gezicht droog aan de badjas die het ziekenhuis haar heeft gegeven. 'Natuurlijk. Wat wilt u weten?'

'Allereerst jullie namen.' Hij haalt een pen en opschrijfboekje uit zijn borstzakje.

'Fabian Verhoeven en Stella Verhoeven-Venizelos.'

'Venizelos?' herhaalt de agent. Onmiddellijk gaat hij verder in zijn eigen taal. Kennelijk veronderstelt hij dat ze Grieks spreekt vanwege haar naam.

'Sorry,' zegt ze. 'Mijn grootvader is vlak na de oorlog vanuit Armeni naar Nederland verhuisd en ik ben daar opgegroeid.'

'Hoe heet uw grootvader?' vraagt de agent belangstellend. 'Ik ken de familie Venizelos uit Armeni goed.'

'Evangelis Stellios,' antwoordt Stella een beetje kribbig. Ze wil niet praten over haar familie. Dat stukje van haar leven is wat haar betreft nu een gesloten boek.

De agent laat zijn opschrijfboekje zakken. 'Maar...' begint hij.

'Ja, ik weet het. Hij is dood. Dat hoor ik nu al twee weken.

Mijn opa is dood, dat klopt, maar hij is niet in 1941 overleden, zoals iedereen schijnt te denken. Ik neem aan dat u niet midden in de nacht naar het ziekenhuis bent gekomen om mijn stamboom uit te pluizen.' Dat klinkt vreselijk onaardig, beseft ze, maar het lukt haar niet om beleefd te blijven tegen deze man.

'Sorry, ik begrijp hier gewoon niets van,' zegt de agent. 'Goed. Kunt u mij vertellen wat er vanavond gebeurd is? De eigenaar van het huis waar u verbleef vertelde een vreemd verhaal. Jullie zouden met twee mannen de zee op zijn gegaan om te vissen, maar zij wilden u vermoorden?'

Dat is een wel zeer korte samenvatting van wat er vanavond gebeurd is, denkt Stella, maar het dekt de lading wel.

'Mick en Alex. Hun moeder heeft een restaurantje aan dat pleintje waar een beeld op een sokkel op staat van een man met een helm op.' Ze heeft geen idee hoe het restaurant heet.

'Mamalakis?' vraagt de agent.

Stella haalt haar schouders op. 'Zou kunnen. Het is een klein zaakje waar voornamelijk plaatselijke bevolking komt.'

'Wat hebben de broers Mamalakis gedaan dat u over een poging tot moord spreekt?'

Stella begint kwaad te worden. Als ze ergens geen zin in heeft, dan is het wel in een tweede discussie met deze man. Hij hoeft haar niet te geloven. Morgenavond zitten ze weer veilig op hun hoekbank in Tilburg, ver weg van dit eiland. 'Laat maar,' zegt ze. 'U hebt vast belangrijkere dingen te doen.'

'Ik zou het toch erg graag weten. Het zal niet de eerste keer zijn dat de heren in aanraking komen met justitie.'

Die opmerking had ze niet zien aankomen. Vlug vertelt Stella alsnog wat zich die avond allemaal heeft afgespeeld op de boot. Tijdens haar verhaal ziet ze aan het gezicht van de agent dat hij steeds nijdiger wordt. Als ze klaar is zegt hij: 'Ik zal ervoor zorgen dat er politiebewaking komt bij jullie appartement in Creta Palace.'

Stella kijkt hem geschrokken aan. Daar heeft ze helemaal niet bij stilgestaan. Alex weet waar ze logeren!

'Gewoon voor de zekerheid,' gaat de agent verder. 'Ik ken de broers Mamalakis niet als mensen die kinderen iets zouden aandoen. Ze hebben veel op hun kerfstok, maar geen moord. We zullen ervoor zorgen dat ze de komende nacht in een cel doorbrengen, zodat ze morgenochtend verhoord kunnen worden. Ik hou jullie op de hoogte.'

'Gelooft hij me nou?' vraagt Stella als de agent vertrokken is.

'Als hij zou denken dat je uit je nek kletste, stuurde hij geen collega naar ons hotel en ging er geen arrestatiebevel uit,' zegt Fabian.

'Waarom denk je dat Alex en zijn broer ons iets wilden aandoen?' vraagt ze. Het woord 'vermoorden' durft ze niet in de mond te nemen, omdat het te heftig is. Toch beseft ze hoeveel geluk zij en Fabian hebben gehad.

'Ik heb geen idee, maar het kan onmogelijk om geld zijn gegaan. Ik kan mezelf wel voor mijn kop slaan dat ik zo stom ben geweest om Alex te vertrouwen.'

'Anders ik wel,' zegt ze bitter. Het afgelopen uur heeft ze alles van de afgelopen dagen de revue laten passeren. Alex moet de boel in scène hebben gezet vanaf het moment dat ze ingingen op zijn voorstel.

'Nadat we in zee beland zijn, hebben Alex en Mick nog minstens een uur gezocht,' zegt Stella. 'En dat was niet omdat ze ons uit zee wilden redden.'

Fabian strijkt met zijn hand over haar wang. 'Zonder jou had ik niet meer geleefd. Nu móét ik wel de rest van mijn leven bij je blijven.'

'Had je dan plannen om weg te gaan?' vraagt ze. Ondanks wat er gebeurd is, en hoewel ze zich emotioneel en fysiek een wrak voelt, kan ze het niet nalaten hem te plagen.

'Nee, natuurlijk niet, gekkie.'

De deur gaat open en de verpleegkundige die Stella gebracht heeft komt weer binnen. 'Ik ga je terugbrengen naar je eigen kamer, want jullie hebben allebei rust nodig.' Ze pakt de handvatten van de rolstoel. Als Stella afscheid heeft genomen, wordt ze de gang op gereden. Ook voor de kamerdeur van Fabian zit een agent, ziet ze nu, en waarschijnlijk zit er bij haar kamer ook een. Enerzijds geeft het een veilig gevoel, maar anderzijds ook niet. Als de politie Alex en Mick niet als gevaarlijk zou zien, was het niet nodig geweest om haar gezin te bewaken.

35

Stella wordt wakker door het gerammel van karren op de gang. Waarschijnlijk betekent het geluid dat er ontbijt geserveerd wordt. Voorzichtig gaat ze op de rand van haar bed zitten. Behalve dat ze verschrikkelijk veel spierpijn in haar armen en benen heeft, voelt ze zich beter dan gisteren. Hopelijk worden zij en Fabian inderdaad vandaag ontslagen uit het ziekenhuis. Ze wil zo graag terug naar het hotel, naar haar kinderen.

Ze gaat staan. Haar lijf doet nog een beetje zeer, vooral haar voetzolen en de wond op haar buik. Voetje voor voetje schuifelt ze naar de badkamer. Vanaf de wc kan ze zichzelf in de spiegel bekijken. Ze ziet donkere kringen onder gezwollen ogen. Vannacht heeft ze ook niet goed geslapen. Om de haverklap schrok ze happend naar adem wakker uit een nachtmerrie waarin ze naar de zeebodem werd gezogen. Na het handen wassen gooit ze een plens koud water in haar gezicht. Het frist haar meteen wat op. Als ze zich heeft afgedroogd met de schone handdoek die klaarligt, loopt ze terug naar de kamer. Ze trekt het gordijn open. Het ziekenhuis ligt midden in de stad, maar toch hoort ze geen lawaai van auto's en motoren. Ze ziet het park waar het wijnfestival was. Over de daken kijkt ze in de richting van het plein waar het restaurant van Alex is. Hopelijk zijn hij en zijn broer inmiddels gevonden door de politie. Ze gaat weer op bed liggen. Nauwelijks heeft ze zichzelf geïnstalleerd of de deur zwaait open.

'Kali mera, goedemorgen,' zegt een jongen die een kar naar binnen rijdt. Hij zet een dienblad met stukken stokbrood, een paar kuipjes boter en jam, fruit en een bakje yoghurt op haar nachtkastje. '*Café*?'

Stella knikt bevestigend. Haar hoofd is nog een beetje mistig, dus koffie kan geen kwaad. Als hij heeft ingeschonken, vertrekt de jongen weer. Opnieuw is ze alleen. Het maakt haar onrustig. Liever had ze samen met Fabian gegeten, maar ze zou niet weten in welke kamer hij ligt. Daar heeft ze gisteravond niet op gelet. Ze trekt het tafeltje over het bed heen en haalt de plasticfolie van het bord. Haar maag rammelt. Gisteravond heeft de verpleegkundige haar iets te eten aangeboden, maar toen had ze geen trek. Nu wel. Ze besmeert het stokbrood en neemt een hap.

Ineens vliegt haar kamerdeur open.

'Mama!' klinkt het in koor.

Liza en Levi rennen naar binnen en storten zich boven op haar. Zelden is ze zo blij geweest om haar kinderen te zien. Het lukt Stella maar met moeite om haar tranen te bedwingen; ze wil zich sterk houden voor Liza en Levi. De kinderen kletsen door elkaar heen over Nina die bij hen heeft geslapen en over het ontbijt, en dat ze pas vanmorgen hoorden dat zij en Fabian in het ziekenhuis lagen, maar dat alles goed met papa en mama is, en over de KidsClub waar vanavond een disco is. Ondertussen zoekt Stella oogcontact met Nina, die in de deuropening is blijven wachten, en vormt geluidloos de woorden 'dank je wel' met haar lippen.

'Waar is papa?' vraagt Levi als hij zijn verhaal kwijt is.

'Ook hier in het ziekenhuis,' antwoordt Stella. 'Maar ik weet niet precies waar. Er komt straks vast een verpleegkundige langs aan wie we het kunnen vragen.'

Ze ziet de twee teleurgestelde koppies, maar ze zullen toch echt even moeten wachten.

'Ik kan wel bij de balie vragen in welke kamer hij ligt,' stelt Nina voor. 'Dan breng ik de kinderen naar hem toe. Er staan toch allemaal mensen op de gang die jou willen spreken.'

'Hè? Politie? Alweer?' Ze heeft het hele verhaal al verteld.

'Nee, geen politie. Ik weet niet wie het zijn.'

'Ik heb geen familie en ik kan me niet voorstellen dat Fabians ouders of broers hier zo snel heen zijn gevlogen.'

'Nee, het lijken locals, geen Nederlanders. Het is een heel oude vrouw. Ze is samen met vier mannen en drie vrouwen. De agent die voor jouw kamer zit vroeg al of ik ze kende.'

Dit wordt steeds raadselachtiger. 'Ik weet niet of ik daar zin in heb. Vraag alsjeblieft aan die agent of hij ze wil wegsturen.'

'Ik zal het zeggen. Gaan jullie mee?' Nina steekt twee handen uit naar Liza en Levi.

Als Stella weer alleen is, duwt ze het dienblad van zich af en kijkt rond. Er hangt geen kleding van haar, maar ze had natuurlijk ook niet veel meer aan toen ze uit de zee kwam. Ze heeft in haar ondergoed bij de eigenaar van hun Airbnb aangebeld. Ineens schiet ze in de lach bij het idee. Ze had Nina moeten vragen of ze kleren voor haar wilde gaan halen in het hotel. Dat kan alsnog. Stella opent de kamerdeur en probeert de agent uit te leggen wat ze wil.

'Mevrouw,' zegt hij. 'Er zijn mensen die je willen spreken.' Hij wijst de gang in.

Tot haar schrik herkent Stella de oude vrouw die daar zit. Zij nam het woord in Armeni, op Maria Hemelvaart. Ook een paar andere gezichten herkent ze, waaronder dat van de Engelssprekende jongen. Hoe weten deze mensen dat ze in het ziekenhuis ligt? En wat komen ze doen? Ze weet niet wat ze tegen hen moet zeggen.

De jongen doet een paar stappen naar voren. '*My grandmother would like to talk to you. Please,*' zegt hij.

Overdonderd door de vraag kan Stella een moment geen woord uitbrengen. Waarom willen deze mensen nu ineens met haar praten? Juist nu ze zo kwetsbaar en uitgeput in het ziekenhuis ligt. Is het wel veilig? Als ze de agent vragend aankijkt, zegt hij dat hij een oogje in het zeil zal houden.

'Kom binnen,' zegt ze uiteindelijk.

Als Stella weer op bed ligt, gaat de groep mensen om haar heen staan.

'Namens mijn grootmoeder wil ik je iets vertellen,' begint de jongen aarzelend in het Engels.

Wat haar betreft mag hij zijn gang gaan, zolang ze deze keer maar wel vriendelijk blijven. Haar hoofd staat niet naar nog meer problemen.

De jongen kijkt zijn oma aan. Die geeft hem met een bemoedigend knikje toestemming om verder te praten. En dan begint hij te vertellen: 'Op 31 mei 1941 was jouw grootvader met zijn vader op de hoogvlakte van Omalos om schapen te hoeden. Onze familie had daar een stuk land en als het zomers te warm werd, brachten de mannen de schapen er lopend heen. Op dat moment probeerde het Duitse leger Kreta te bezetten. De Australische en Nieuw-Zeelandse soldaten die de Kretenzers kwamen helpen verbleven in het klooster van Preveli. Op een nacht zijn zeventien Australische soldaten met de partizanen meegegaan naar Omalos, omdat was uitgelekt dat de Duitsers de Samariakloof wilden bezetten. Op die hoogvlakte van Omalos woonde de familie Papadopoulos.'

Stella fronst haar wenkbrauwen. Die naam kent ze. De achternaam van Anna's man is Papadopoulos. Zou hij geprobeerd hebben haar te waarschuwen? Of wilde hij achterhalen of ze werkelijk de kleindochter van Evangelis was?

'De familie Papadopoulos had een grote houten schuur op de hoogvlakte waar de schapen 's winters in stonden. Maar het was mei en de schuur stond leeg. Daar konden de Australische soldaten in slapen.'

'Waar sliepen de partizanen dan?' vraagt Stella.

'In de grotten, natuurlijk,' zegt de jongen alsof het de gewoonste zaak van de wereld is. 'De zeventien Australiërs sliepen in het hooi. Evangelis heeft die nacht een enorme fout gemaakt. Hij zag de zeventien Australische mannen in de schuur aan voor de bezetter. Hij wist niet dat de Australiërs een kaki uniform droegen en de Duitsers een grijsgroen. Op 31 mei vond Evangelis een handgranaat tussen de rotsen, eentje die nog niet was afgegaan. Zonder het aan iemand te vertellen, is hij 's nachts naar de schuur geslopen. Hij heeft de pin uit de handgranaat getrokken en hem in het dorre gras tegen de houten deur aan gelegd. Daarna is hij weggerend. De schuur van de familie Papadopoulos is die nacht tot aan de grond toe afgebrand, niemand heeft het overleefd. De volgende dag spraken de mensen in Omalos over de brand en toen hoorde Evangelis dat er geen bezetters in de schuur hadden gezeten, maar Australische bevrijders. Hij was zo eerlijk om het onmiddellijk op te biechten. Evangelis' vader kon niet voorkomen dat al snel het verhaal de ronde deed dat zijn zoon de brand had gesticht. Omdat men bang was dat Evangelis aangezien zou worden als verrader en dat er wraakacties zouden volgen, hebben de ouderen van Armeni samen met de familie Papadopoulos een ander verhaal bedacht. Ze vertelden dat er niet zeventien slachtoffers waren, maar achttien. Jouw grootvader zou ook bij de brand om het leven zijn gekomen toen hij probeerde de deur van buitenaf te openen. De mensen geloofden het. We hielden een begrafenisceremonie voor hem in Armeni en zijn naam werd bijgeschreven op de gedenkplaat als een van de gevallenen. Er was echter een keerzijde. De afspraak werd gemaakt dat Evangelis bij zijn ouders op zolder moest blijven tot de oorlog was afgelopen. Daarna moest hij Kreta verlaten. Hij en zijn nakomelingen mochten nooit meer terugkeren.'

'Maar waarom?' vraagt Stella. 'Het is 2025! De oorlog is al tachtig jaar voorbij!'

'Vlak bij Preveli stond een boerderij waar een moeder met twee dochters woonde,' gaat de jongen verder zonder op haar vraag in te gaan. 'Die was van de familie Mamalakis. De oudste dochter heette Gariklia. Ze was verliefd op James Mackay, een van de Australische soldaten die omkwamen bij de brand, en droeg zijn kind. Na de oorlog zouden James en Gariklia trouwen. Toen de familie Mamalakis hoorde dat Evangelis die brand gesticht had, zwoeren ze wraak. Zij waren ervan overtuigd dat Evangelis nog leefde. Gariklia's moeder heeft gezien dat hij na de oorlog in de haven aan boord stapte van een vissersboot die hem naar Athene moest brengen. Als wraak doodden de neven van Gariklia Evangelis' vader. Hun boodschap was: als jouw grootvader ooit weer voet aan land zou zetten, zouden er nog meer doden vallen.'

'Alex en Mick?'

'Alexis en Mikis,' verbetert de jongen haar. 'Hun ooms hebben de moord gepleegd, niet zij. Na de moord hebben de families tientallen jaren naast elkaar in Armeni geleefd, maar ze werden nooit vrienden. Niet iedereen vond dat je opa nooit meer terug mocht komen, maar sommigen konden het verleden niet vergeten. Twee weken geleden kwam Mikis naar Armeni. Volgens hem was er een kleindochter van Evangelis aangekomen op Kreta. Sindsdien hield hij het dorp in de gaten. Hij verbood ons om met jou te praten. Wij kennen de broers Mamalakis, die deinzen nergens voor terug. Hoewel wij met je wilden praten, wilden we ons leven er niet voor op het spel zetten.'

Stella is doodstil. Na al die tijd begrijpt ze nu waarom haar grootvader al die jaren heeft gezwegen. Zij en Fabian zijn gisteravond door het oog van de naald gekropen. De man van Anna kwam hen dus eerder opzoeken om hen te waarschuwen! Er is echter één ding dat ze niet begrijpt: ze heeft nooit iets over haar grootvader aan Alex verteld en ook haar meisjesnaam heeft ze nooit genoemd. Hoe wisten hij en zijn broer dan wie zij was? En dan is er nog iets. 'Wie heeft jullie verteld dat ik in het ziekenhuis lag?'

'Vannacht kwam er een agent uit Rethymnon naar ons dorp. Hij vertelde dat de kleindochter van Evangelis in het ziekenhuis lag omdat Alexis en Mikis Mamalakis hadden geprobeerd haar te vermoorden. De broers waren toen net gearresteerd. Ze hadden zichzelf opgesloten in de kajuit van een oude boot die al jaren lag te rotten in de Venetiaanse haven van Rethymnon. De eigenaar van het restaurant ertegenover had daar melding van gemaakt bij de politie. Hij vond het vreemd dat Alex met twee toeristen was weggevaren. Vlak voor sluitingstijd zag hij de boot weer liggen. Door de kieren van de kajuit zag hij licht branden. Toen er een politiebericht rondging dat de broers Mamalakis werden gezocht, heeft hij naar het bureau gebeld.'

Het duizelt Stella allemaal. 'En wie zijn jullie?' vraagt ze.

De jongen wijst op de oude vrouw. 'Zij is de zus van je opa en dit zijn haar kinderen. Ik ben een van de kleinkinderen.'

Stella kijkt hen een voor een aan. 'Dus jullie zijn allemaal familie van me?'

Ineens lijkt het ijs gebroken. Er wordt gelachen en gehuild, stuk voor stuk knuffelen ze Stella, ze pakken haar handen en strelen over haar wangen. Stella zit er verdwaasd bij en plotseling voelt ze zich doodmoe.

De deur van haar kamer gaat open. Fabian wordt binnengebracht door Nina, samen met de kinderen. 'We hoorden het al van de agent dat er familie op bezoek was,' zegt Fabian, die verwonderd rondkijkt.

Ze heeft hem straks zoveel te vertellen, denkt Stella. Zittend op bed ziet ze dat Liza en Levi voor het eerst familie van haar kant ontmoeten. Terwijl iedereen door elkaar heen praat, realiseert Stella zich dat ze de Griekse taal zal moeten leren.

Fabians rolstoel wordt naast haar bed gezet. Hij pakt haar hand vast. 'Lieverd,' zegt hij.

Ze knijpt in zijn hand. Voor het eerst sinds haar opa's dood zijn er mensen in haar leven op wie ze lijkt. Met wie ze haar genen deelt.

'Stellina,' zegt haar oudtante. De vrouw pakt haar schouder vast en zegt iets.

Stella kijkt hulpeloos naar haar neefje dat zo goed Engels spreekt.

'Er zal altijd een bed voor jullie klaarstaan in Armeni,' vertaalt hij. 'Welkom thuis.'

36

De familie is nog maar nauwelijks vertrokken of de agent die ze al een paar keer hebben gesproken komt binnen.

‘Nina, wil jij de kinderen weer meenemen?’ vraagt Stella. Wat de politie te zeggen heeft gaat alleen haar en Fabian aan. ‘Zou je trouwens alsjeblieft een jurk en een paar slippers voor me willen kopen in de stad? En geef de kinderen maar een ijsje. Ik betaal je terug.’

‘Ga ik doen.’

Als ze zijn vertrokken, zet de agent hun rugzak op het voeteneind van het bed. ‘We hebben de mannen gisteravond gearresteerd. Voor zover we nu weten waren ze van plan om jullie op zee achter te laten in het oude vissersbootje. Aan boord troffen we slaapmiddelen aan.’

Stella slikt. Dan was haar onderbuikgevoel toch goed. Alex gaf hun die retsina niet zomaar.

‘En dan? Iemand zou ons hebben opgepikt, er varen zoveel boten rond het eiland.’

‘De broers Mamalakis hebben niks bekend, maar wij achten de kans groot dat ze óf de boot lek hadden gestoken terwijl jullie lagen te slapen, óf brand hadden gesticht.’

Stella voelt het bloed uit haar hoofd wegtrekken. Ze zijn zo onnadenkend geweest. Ze waarschuwt haar eigen kinderen om vreemden niet zomaar te vertrouwen, maar zelf stapt ze aan boord bij een crimineel!

‘Het onderzoek loopt nog. We willen jullie vragen om

nog een paar dagen op het eiland te blijven, mochten er aanvullende verklaringen nodig zijn. Je bent tot niets verplicht.'

Vanmiddag in het vliegtuig stappen is dus geen optie, realiseert Stella zich. Gek genoeg wil ze plotseling niet meer halsoverkop weg. Liever brengt ze nog wat tijd door met haar familie. Dat zou voor Liza en Levi ook veel leuker zijn dan onmiddellijk vertrekken.

'Dat lijkt me geen probleem,' zegt ze.

Als de agent verdwenen is, kiept ze de rugtas om op bed. Ze bekijkt de spulletjes. Kennelijk heeft de politie hun telefoons niet aan boord gevonden.

'Geen telefoons?' vraagt Fabian.

Ze schudt haar hoofd. 'De kans is groot dat hij die overboord heeft gegooid.'

'Ja, toen hij de emmer omspoelde. Ik hoorde dat er iets in zat, maar Alex hield het op "troep", weet je nog?'

Hij heeft gelijk! Zij had het ook gehoord. Stella voelt plotseling woede opvlammen. Dat een enorme fout van een kind in 1941 ertoe leidde dat zij en Fabian moesten boeten, om nog maar niet te spreken van wat haar familie allemaal heeft doorgemaakt. Wat is dit voor een waanzin? Als Alex en Mick geslaagd waren in hun plan, waren twee onschuldige kinderen wees geworden! Haar grootvader was geen moordenaar, maar een jonge jongen die opgroeide in oorlogstijd.

'We kunnen weer ademen,' hoort ze Fabian zeggen. 'Het is voorbij.'

Hij heeft gelijk, het heeft geen enkele zin om zich op te winden. En toch lukt het haar nauwelijks om haar emoties te bedwingen. Van nijd geeft ze een schop tegen het voetbord. 'Au!' Ze grijpt naar haar tenen.

'Zo, dan ben je het nu kwijt. Laat het los, Stella. Ja, we

hebben iets stoms gedaan, maar het was de laatste wil van je opa. En met een reden. Je hebt er een complete familie bij gekregen.'

'Daar heb je gelijk in,' mompelt ze. De pijn zakt al weg. 'Weet je wat ik niet begrijp? Hoe Alex kon weten wie ik ben. Niemand in Armeni zal hem op de hoogte hebben gebracht.'

'Wat zei ik nou over loslaten?'

Ze wil hem net weerwoord geven als de arts binnenkomt. '*Ah, you're both here.*'

'*Can we go, please?*' vraagt Stella.

De arts glimlacht. 'Wat mij betreft wel. We verschonen straks het verband. Als alles goed gaat, hoeven jullie niet meer terug te komen voor controle. De hechtingen kunnen er ook in Nederland uit gehaald worden. Dan neem ik u nu mee, meneer Verhoeven.'

De verpleegkundige knipt een stuk leukoplast af als Nina en de kinderen binnenkomen met een klein plastic tasje.

'Ik hoop dat de jurk je bevalt. Volgens de kinderen ben je gek op zuurstokroze,' zegt ze.

Stella lacht. Als er één kleur is die ze nooit draagt, is het die wel. 'Dank je. Zou jij alvast met ze terug willen gaan naar het hotel? Fabians verband wordt nu vervangen en daarna moeten we nog wat papieren regelen voor de verzekering. Ik denk dat we over een uur of twee in Creta Palace kunnen zijn. Dan zal ik je ook betalen. Hoeveel krijg je van ons?'

'Zestig euro,' antwoordt Nina.

Stella kijkt haar niet-begrijpend aan.

'Vier uur oppassen en de rest is "service van de zaak". Ik heb het met liefde gedaan en mijn werkgever heeft me gelukkig alle ruimte gegeven.'

'Weet je het zeker?' Dit vindt ze wel heel loyaal.

'Honderd procent. Tot zo!'

Als ook de verpleegkundige is weggegaan, trekt Stella de jurk en de slippers aan. De kleur doet pijn aan haar ogen, zo knalroze is de stof. Ze haalt haar borstel uit de rugzak. Even later bekijkt ze zichzelf in de spiegel. Gelukkig hoeft ze vandaag niet op de foto. Ze stopt alles terug in de rugzak en loopt de gang in om Fabian te zoeken.

Een taxi heeft Stella en Fabian naar de parkeerplaats gebracht waar ze hun auto hebben achtergelaten. In de Venetiaanse haven liggen de bootjes aan de kade, maar eentje ontbreekt. De deur van restaurant Zefyros staat open en personeel is bezig om de tafeltjes af te nemen. Als ze de eigenaar naar buiten ziet lopen, begint Stella enthousiast te zwaaien. Dankzij zijn melding bij de politie zijn de broers ingerekend. Hij steekt een hand naar haar op als hij in de gaten krijgt dat haar gezwaai voor hem bedoeld is. Stella heeft geen idee of hij haar herkent. Ze neemt zich voor hem ooit nog echt te bedanken, als ze hier weer een keer terugkomen.

Stella start de motor en rijdt om het Fortezza heen naar de doorgaande weg. 'Zou Alathea het restaurant vanmorgen geopend hebben?' vraagt ze als ze het park passeren.

'Hoezo? Wil je bij haar gaan lunchen?'

'Ben jij gek! Hoewel, ze kan heerlijk koken. Nee, ik vraag het gewoon uit nieuwsgierigheid. We kunnen een stukje kustweg nemen...'

'Zodat we langs het restaurant rijden, toch? Doe wat je niet laten kunt, zolang we maar niet uitstappen.'

Ze tikt tegen de richtingaanwijzer en slaat links af. De tafels en stoelen staan buiten, maar verder ziet het restaurant er gesloten uit. Stella stopt voor de deur en kijkt naar het terras waar ze zo graag zaten. Er hangt een bordje aan de deur met een woord erop. Ongetwijfeld betekent het: gesloten. Achter het raam staat een grote witte hond te blaffen.

'Fabian,' zegt ze, 'is dat dezelfde hond als die we in de laadbak van de gele pick-uptruck zagen staan?'

Nu pas kijkt hij naar het pand. 'Dat zou goed kunnen. Ik weet het niet. Zullen we alsjeblieft verder rijden?'

De hond springt tegen het raam en laat zijn tanden zien. 'Het is geen vriendelijk beest,' zegt ze. Ze kijkt in de spiegel of er verkeer aan komt, als de deur van de woning naast het restaurant opengaat. Er stapt een man naar buiten. Haar hart slaat een slag over. 'Dat kan niet waar zijn,' zegt ze.

'Wat?'

De man passeert hen en loopt richting de boulevard.

'Hij daar,' zegt Stella en ze wijst naar de man. 'Die kerel met zijn wit geblondeerde haar is de douaneambtenaar bij wie ik de as van mijn opa inklaarde. Hij reageerde al zo vreemd toen ik hem de papieren gaf.'

'Weet je het zeker?'

Ze kijkt hem na tot hij om de hoek verdwijnt. Als ze gelijk heeft, dan heeft ze het laatste puzzelstukje gevonden. Dan kan het niet anders of die man heeft aan Alex en Mick verteld dat zij op het eiland was geland met de as van haar grootvader. Het zou veel verklaren.

'Niet honderd procent.'

'Jij denkt dat hij onze gegevens heeft doorgespeeld? Dat kost hem zijn baan!'

'Ik weet dat je naar het hotel wilt,' zegt Stella. 'Maar...'

'Doe maar,' antwoordt Fabian met een zucht. 'Als ik één ding geleerd heb deze vakantie, dan is het wel dat jij moeilijk tegen te houden bent als je per se iets wilt.'

'Dank je.' Ze trapt het gaspedaal in en rijdt de boulevard

op. Rustig rijdend speurt Stella de terrassen af. Halverwege zet ze de auto stil. 'Ik zie hem niet meer. Misschien is hij een van de winkeltjes binnengegaan.'

'Wat stel je voor?'

Ze denkt na. Ze staan midden op de weg. Hier blijven wachten tot hij weer opduikt kan niet. Als ze het zeker wil weten, moet ze de auto ergens kwijt zien te raken en lopend verder zoeken. 'Ik rij terug naar het plein om de auto te parkeren.'

'Denk je niet dat we genoeg gevaar hebben gelopen voor één vakantie?'

Fabian is het er duidelijk niet mee eens. 'Gisteravond was het donker en lagen we op zee, nu is het licht en wandelen we over een drukke boulevard.'

'Goed dan.'

Ze keert de auto om en parkeert. Even later lopen ze gearmd langs de terrasjes en winkeltjes. Ze ziet de blonde man nergens lopen of staan.

'Zullen we even ergens gaan zitten? Ik heb dorst en honger, en Nina verwacht ons toch pas over een uurtje,' zegt Fabian.

Ze is blij met zijn voorstel. Haar voeten doen zeer en dat geeft haar in elk geval nog een kleine kans om de man te vinden. Fabian loopt naar het terras waar hij ook steeds zat als zij op het strand lag met de kinderen. Ze zoeken een tafeltje in de schaduw. Het is nu nog rustig, dus ze hebben de keuze.

Stella zet de rugzak op de grond. 'Ik baal ervan dat we hem zijn kwijtgeraakt en...'

'We gaan niet staan posten voor Micks huis,' onderbreekt Fabian haar. Hij wenkt iemand van de bediening.

'Dat stel ik toch ook helemaal niet voor?'

Fabian geeft haar een knipoog. 'Dat weet ik, maar ik ken

jou. Leg je verdenkingen neer bij de politie en laat ze hun werk doen, goed?'

Daar gaat ze geen antwoord op geven. Voor de zoveelste keer laat Stella haar blik over de terrassen glijden, want die man moet ergens zijn. De boulevard eindigt in de Venetiaanse haven, maar daar kan hij nooit in zo'n korte tijd heen zijn gelopen.

De serveerder komt bij hun tafeltje. Fabian bestelt een karaf water en een paar Griekse mezzes. Ze vindt het allemaal prima.

'Ik wil vanmiddag het liefst in het hotel blijven,' zegt Fabian nadat hij besteld heeft. 'Mijn hoofd doet zeer en ik voel me uitgeput.'

Stella legt een hand op zijn arm. 'Dat gaan we ook doen.' Ze geeft het op. De man is hier niet. Straks na de lunch rijden ze naar Creta Palace en zal ze de receptie vragen om de politie te bellen. Het is hun taak om actie te ondernemen. Vanavond gaan de kinderen naar de disco, en misschien kunnen zij en Fabian rustig op hun eigen terras zitten. Daar heeft ze zin in, terug naar het normale leven.

De serveerder komt met het water, een paar glazen en een schaaltje olijven.

Stella kijkt naar het strand. Er lijkt geen enkel bedje meer vrij te zijn. De zee is rustig vandaag, er zijn nauwelijks golven en er hangt geen wolkje in de lucht. Het is een prachtige mediterraanse dag na een verschrikkelijke nacht. Nu ze hier zo zitten kan ze zich nauwelijks voorstellen dat ze bijna op dezelfde plek zijn als waar ze gisteravond gevaar liepen.

Er schiet haar opeens iets te binnen. 'Voor we terugvliegen wil ik nog een keer naar Armeni,' zegt ze. 'Ik ben vergeten om ons adres en onze telefoonnummers aan mijn familie te geven.'

'Doen we.' Fabian pakt haar hand terwijl hij naar de zee staart.

Ze kijkt naar hem. Hij ziet er bleek en moe uit. Zelf voelt ze zich ook afgemat. De gebeurtenissen van gisteravond zullen nog lang hun sporen nalaten. Wat een bizar idee dat ze amper twaalf uur geleden nog voor hun leven vocht!

Er komen nog meer schaaltjes op tafel te staan en ze laat zijn hand los. Fabian heeft veel te veel besteld voor hen tweeën. Ze pakt een stukje stokbrood en doopt dat in de tzatziki. Al dat lekkere eten gaat ze straks in elk geval missen.

Tegen de tijd dat de meeste schaaltjes leeg zijn, zijn vrijwel alle strandgangers naar huis. Stella pakt de rugzak. Fabian is binnen om af te rekenen. Ze loopt het terras af en knijpt met haar ogen tegen het zonlicht. Ziet ze dat nou goed? Haar benen beginnen te trillen. Amper twintig meter bij haar vandaan ziet ze de man met zijn geblondeerde haar op een handdoek in het zand zitten. Daar moet hij al die tijd al gezeten hebben. Hoe is het mogelijk dat ze over hem heen gekeken heeft? Stella kijkt naar de bar waar Fabian staat en dan weer naar de overkant. Ze moet het zeker weten. Resoluut steekt ze de weg over en loopt het strand op.

'Stella?' roept Fabian verbaasd.

Zij reageert niet, maar de man wel. Hij kijkt over zijn schouder. Ze blijft staan. Hij is het echt; dat geblondeerde haar, die ogen, die mond, ze weet het zeker. De man komt razendsnel overeind en grist zijn handdoek en slippers uit het zand. Zonder acht op haar te slaan rent hij weg over het strand.

Stella blijft staan. Hij moet haar herkend hebben, anders zou hij wel zijn blijven liggen. Inmiddels is hij een stip aan de horizon geworden. Het heeft geen enkele zin om achter hem aan te gaan en dat hoeft ook niet; ze weet genoeg. Ze loopt terug naar het terras waar Fabian op haar wacht. 'Het is die douanebeambte,' zegt ze.

'En nu?' vraagt hij korzelig.

Het liefst zou ze zeggen 'en nu niets,' maar ze kan niet niets doen. Ze moet dit meteen aan de politie doorgeven, hoe graag ze ook naar de kinderen toe wil. 'En nu gaan we eerst langs de politie,' zegt ze dan ook. 'Daarna rijden we naar het hotel.'

37

Terwijl Fabian in de auto op haar blijft wachten, loopt Stella het politiebureau binnen. Ze had de naam van de Engelssprekende agent moeten vragen, realiseert ze zich als ze in de vriendelijke ogen van een jonge vrouw kijkt die achter de balie zit.

'*English?*' probeert ze.

De vrouw schudt haar hoofd. 'Sorry.' De vrouw loopt bij de balie vandaan en verdwijnt door een deur. Even later komt ze terug met een collega. '*Can I help you?*' vraagt die.

Stella begint te vertellen over gisteravond.

Halverwege haar verhaal heft de agent haar hand op. 'Ik weet het,' zegt ze. 'Moment.'

Stella kijkt door het raam naar het parkeerplein. Fabian heeft zijn stoel in de ligstand gezet. Ze had hem beter eerst naar het hotel kunnen brengen.

'Mrs Verhoeven?' Er komt iemand met een bekend gezicht binnen. Nog voor ze haar verhaal kan doen, legt hij twee telefoons op de balie. 'Deze zijn denk ik van u. Ze zijn vandaag aangespoeld. Eentje is bij de pier gevonden en de andere op het strand. Toeristen hebben ze hierheen gebracht.'

Stella pakt haar telefoon. Ze zullen er wel niks meer aan hebben, maar voor de verzekering is het altijd handig om bewijs te hebben. Misschien moeten ze een rapport van de politie vragen, als bewijs dat de telefoons zijn aangespoeld.

Maar dan beseft ze dat ze hier voor iets heel anders is: 'Ik weet wie Alex en Mike Mamalakis heeft verteld dat ik op het eiland ben,' begint ze en ze vertelt het hele verhaal.

'Maar u hebt geen naam?' vraagt de agent als ze uitgesproken is.

'Nee, maar zoveel mannen met wit geblondeerd haar zullen er niet bij de douane in Heraklion werken.'

'Ik ga erachteraan,' belooft de agent. 'Als ik nieuws heb, bel ik het hotel. Overigens mogen jullie het eiland verlaten. De broers zijn vanmorgen zo verstandig geweest om schuld te bekennen. Ze worden binnenkort voorgeleid.'

Kort overweegt Stella om te vragen wát ze precies bekend hebben, maar dan herinnert ze zich de woorden van Fabian: laat het los. 'Bedankt,' zegt ze. Ze laat de telefoons in de zak van haar nieuwe jurk glijden en loopt weer naar buiten. Misschien kunnen ze vanavond twee nieuwe kopen in de stad, dan zijn ze in elk geval weer bereikbaar.

Onderweg naar het hotel kijkt Stella opzij. Fabian lijkt in slaap te zijn gevallen. Hij moet rust krijgen en dat lukt het best in zijn eigen bed. Voor de kinderen geldt dat een normaal ritme ze goed zou doen en zij wil graag haar verhaal kwijt aan Marijke. Ze verlangt naar thuis, naar Tilburg. Maar ergens is dit hier ook een beetje als thuis gaan voelen, ondanks alle gebeurtenissen.

Ze rijdt langs de plek waar ze 's nachts de politie gebeld heeft, omdat Mick zo vlak achter hen zat. Wie weet wat er zou zijn gebeurd als de politie niet was gekomen. Ook al namen ze haar niet serieus, ze voorkwamen wel dat hij hen van de weg reed.

Op de parkeerplaats van Creta Palace is het rustig. Er zijn geen tourbussen die passagiers uitladen en er staan bijna geen auto's. Kennelijk zijn veel gasten vandaag op pad.

‘We zijn er,’ zegt ze.

Fabian opent zijn ogen. Hij kijkt een beetje verdwaasd rond. ‘Ik dacht even dat we thuis waren,’ zegt hij.

Hij wil het portier opendoen, maar ze houdt hem tegen. ‘Die agent zei dat we naar huis mogen, als we dat willen. Zal ik straks TOI bellen om te vragen of ze vliegtickets kunnen regelen? Desnoods reizen we via Athene.’

‘Doe dat maar,’ zegt Fabian.

‘Weet je nog wat ik het liefst wilde doen voor ons vertrek?’

‘Ja, met z’n vieren naar Armeni rijden om afscheid te nemen van je familie.’

‘Klopt. We kunnen niet weg zonder een laatste bezoek,’ zegt Stella.

Liza en Levi zijn met de KidsClub bij het zwembad met de glijbanen. Stella kijkt vanaf de kant toe terwijl ze keer op keer naar boven klimmen. Zelf gaat ze het water niet in. Ze heeft nog steeds het gevoel dat er een vrachtwagen over haar bovenbenen is gereden en het verband om haar buik mag niet nat worden. Fabian is meteen na aankomst op bed gaan liggen. Ze hebben afgesproken om vanavond in Armeni te gaan eten.

‘Mama!’ gilt Levi voor de zoveelste keer.

Ze steekt werktuigelijk haar hand omhoog. De kinderen hebben het erg naar hun zin, maar toen ze vertelde dat ze morgenochtend terug naar huis zouden vliegen, kwamen alle emoties in één keer los. Het is goed om even afstand te nemen en later in het jaar uitgerust terug te keren naar het eiland.

‘Mama!’ klinkt het weer. Deze keer is het Liza die om aandacht vraagt. Weer zwaait ze. Nina en haar collega’s staan langs de kant van het zwembad te kijken of alles goed gaat.

Stella is haar eeuwig dankbaar voor alle goede zorgen. Ze gaat op het bedje liggen en zet het hoofdeind een stukje omhoog. Terwijl ze naar de spelende kinderen kijkt, valt ze in slaap.

'Stella.'

Ze opent haar ogen. Nina staat over haar heen gebogen.

'Het is zes uur. Eten Liza en Levi mee met de KidsClub?'

Ze gaapt. Ineens schiet haar te binnen dat ze Fabian een uur geleden wakker had moeten maken. Ze wrijft in haar ogen. 'Nee, we hebben andere plannen. Waar zijn de kinderen?'

'Binnen,' zegt Nina. 'Ik haal ze wel even.'

Stella rekt zich uit en gaat op de rand van het bedje zitten. Op een andere moeder na is ze de enige die nog bij het zwembad is. Ze pakt haar nieuwe jurk en trekt hem over haar hoofd. Vanmiddag heeft ze besloten dat dit haar lievelingsjurk wordt omdat Liza hem voor haar heeft uitgezocht. Zuurstokroze of niet. De bijpassende badslippers staan klaar. Ze steekt haar beurse voeten erin. De kinderen komen naar haar toe gerend.

'Gaan jullie mee om papa wakker te maken?' vraagt ze.

'Waar gaan we eten?' wil Levi weten. 'Bij Alex?'

'Nee, in Armeni. We willen vanavond de familie gedag zeggen.' Op een dag moet ze de kinderen vertellen wat er gisteravond gebeurd is, maar niet nu. Als ze een jaar of achttien zijn. Dat is vroeg genoeg.

'Mogen we dan weer verstoppertje spelen?' vraagt Liza.

'Van mij wel. Ik heb vlak bij het kafenion een restaurant gezien, misschien zijn de kinderen met wie jullie de vorige keer speelden weer op straat.'

Bij dat idee worden Liza en Levi vrolijk. Met z'n drieën lopen ze tussen de palmbomen door naar het hotel.

Stella opent de kamerdeur. 'Liza, ga jij jezelf als eerste afspoelen in de badkamer. Er liggen schone handdoeken bij de wasbak,' zegt ze.

Fabian is al wakker; hij zit op bed en doet een poging om zijn hoofd te verbinden. Gelukkig hebben ze voldoende verbandmiddelen meegekregen van het ziekenhuis.

'Zal ik dat straks voor je doen?' vraagt ze.

Hij laat zijn armen zakken. 'Eerlijk gezegd denk ik dat er wel gewoon alleen een pleister op kan. Het is zo netjes gehecht.' Hij draait zijn hoofd zodat ze de wond kan zien.

De artsen hebben inderdaad hun best gedaan, ziet Stella.

'Klaar!' brult Liza vanuit de badkamer.

Het is onmogelijk dat ze zo snel klaar is, maar Stella zegt er niets van.

'Kleed je maar aan, dan kan Levi erbij.'

Liza komt in een handdoek gewikkeld de kamer binnen. Ze geeft haar broertje in het voorbijgaan een duwtje. Levi reageert onmiddellijk en even later rennen ze achter elkaar aan door het appartement.

Stella gaat naast haar man op de rand van het bed zitten terwijl de kinderen gillend van het lachen rondrennen. Ze plakt een pleister die het ziekenhuis heeft meegegeven op Fabians slaap en kruipt daarna tegen hem aan. Meer dan ooit koestert ze wat ze heeft met hem, haar gezin. Fabian moet het ook voelen en hij slaat zijn armen stevig om haar heen.

Epiloog

Stella legt het Nederlands-Griekse woordenboek in haar koffer en sluit het deksel. Van de zomer heeft ze les genomen bij iemand van de Griekse Vereniging Tilburg. Af en toe gaat ze ook naar bijeenkomsten en het voelt altijd als een warm bad. Achteraf gezien vindt ze het jammer dat haar grootvader zo koppig is geweest en nooit de stap heeft gezet om contact te zoeken met de vereniging. Het enige wat hem herinnerde aan zijn geboorteland was de muziek van Mikis Theodorakis. De grijsgedraaide langspeelplaat ligt de laatste maanden bijna permanent op hun platenspeler.

Ze kijkt naar het fotootje op haar nachtkastje, de foto die in 1945 in Armeni is gemaakt. Het hondje was van hem, weet ze nu. Hij kreeg het op zijn twaalfde verjaardag en heeft het diertje vijf jaar later moeten achterlaten op Kreta toen hij naar Nederland vluchtte. Inmiddels weet ze ook hoe dat gegaan is. De grootvader van de norse eigenaar van het kafenion had een visserskotter in de haven van Rethymnon liggen. Met die zeilboot heeft hij haar opa naar Athene gebracht. Ze hebben twee dagen over de tocht gedaan. Vanuit Athene heeft hij de trein genomen. Het moet een verschrikkelijke tocht zijn geweest door een verwoest Europa. Dat heeft haar opa in de enige brief geschreven die de familie van hem ontving, maanden nadat hij aan boord was gestapt in de Venetiaanse haven. Haar ogen worden vochtig, zoals altijd als ze naar zijn foto kijkt. Stella pakt een tissue. Haar opa heeft zoveel meegemaakt. Hij verloor jaren nadat hij verbannen was zijn enige kind – haar vader. Nu begrijpt ze ook zijn woede over haar vakantie in Chersonissos: hij was doodsbang om ook haar te verliezen!

De deurbel gaat. Dat moet Marijke zijn. Stella rent de trap af en trekt de voordeur open.

'Jij hebt gehuild,' zegt Marijke.

'Klopt. Kom binnen.' Stella doet een stap opzij en struikelt bijna over Pipi, de pup waar Fabian na hun vakantie mee thuiskwam. Ze tilt hem van de grond.

Marijke trekt haar koffer over de drempel en sluit de deur. 'De hondenoppasservice is er,' zegt ze.

Stella zet Pipi weer op de grond. Het beestje stuift weg. Hij houdt er niet van om opgetild te worden.

'Koffie?'

'Ik was even bang dat je er nooit over zou beginnen, maar alleen als je daar tijd voor hebt.'

'Absoluut. Volgens mij ben ik de enige die al klaar is met inpakken en de taxi komt pas over een uur.' Stella loopt naar de grote eetkeuken en drukt een cupje in het Nespresso-apparaat.

'O, voor ik het vergeet, in welk hotel verblijven jullie eigenlijk?' vraagt Marijke.

'We hebben geen hotel, maar logeren bij familie. Een neef van me pikt ons op bij het vliegveld. Ik zal het adres aan hem vragen en je dat appen.'

'Wat leuk!' roept Marijke uit. 'Vind je dat niet spannend?'

'Heel spannend. Ik spreek maar een klein beetje Grieks, dus dat wordt met handen en voeten werken, of de vertaalapp.' Stella pakt de beker onder het apparaat vandaan en zet hem op de bar.

Marijke gaat op een kruk zitten. 'Spam me alsjeblieft elke

dag met foto's. Ik ben zo benieuwd!'

'Mam, ik krijg mijn koffer niet dicht!' schreeuwt Liza, die op haar slaapkamer aan het inpakken is.

'Goh, waar kan dat nou aan liggen?' mompelt Stella.

Haar vriendin lacht en zegt: 'Weet je dat ik me nooit heb gerealiseerd dat jij Liza vernoemd hebt naar je opa?'

'Evangelis, Evangelitza. Alleen de Grieken schrijven het met een t en een z. Daar hebben wij niet voor gekozen, omdat ze dan altijd en eeuwig haar naam moet spellen.'

'Maar jullie spreken de t wel uit. Ik blijf het een bijzonder verhaal vinden, jullie zoektocht naar zijn geschiedenis.'

'Ja, vooral het laatste deel.' Stella's hand gaat naar haar buik. Het litteken trekt af en toe nog, maar het doet niet langer pijn. Ook Fabian is voor de rest van zijn leven gehavend. Ze vindt het er wel stoer uitzien, alsof ze met Jack Sparrow uit *Pirates of the Caribbean* getrouwd is. Toen ze dat tegen Fabian zei, rolde hij zowat uit bed van het lachen.

'Als je het niet erg vindt, ga ik nog een laatste inspectierondje doen en mijn gezin aansporen om op te schieten,' zegt ze.

'Doe wat je moet doen, ik vermaak me wel met Pipi en de koffie,' antwoordt Marijke.

Drie uur later staan ze te wachten bij de gate. Over tien minuten begint het boarden. Liza en Levi rennen als vanouds rond. Stella laat ze maar begaan; straks moeten ze bijna vier uur stilzitten. Liza heeft de oorbelletjes met de olijftakjes in en ze staan haar schattig.

Fabian pakt haar hand. 'Heb je er zin in?' vraagt hij.

Ze knikt. 'Ik vind het doodeng, maar kijk er tegelijkertijd enorm naar uit.' Ze landen om halfzes vanmiddag op Kreta. De familie heeft al aangekondigd dat er een feest is vanavond op het plein voor de kerk. Als ze door het raam de grijze Hollandse lucht ziet, kan ze zich nauwelijks voorstellen dat ze vanavond in een T-shirt buiten zit.

'Waar zijn de kinderen?' vraagt Stella. Ze kijkt om zich heen.

'Daar!' Fabian wijst naar de balie waar ze straks moeten inchecken. Ze staan bij een man die duidelijk plezier heeft in hun gebabbel. Stella onderdrukt de neiging om Liza en Levi bij hem weg te sleuren en houdt de boel vanaf een afstandje in de gaten. Niet iedere vreemde heeft slechte bedoelingen en niet iedere vriend is te vertrouwen. Dat is de levensles die ze haar kinderen moet meegeven.

Er komen twee medewerkers aan die bij de balie gaan staan. Onmiddellijk roept Levi dat hij als eerste het vliegtuig in mag.

Stella komt overeind. 'Zullen we ook die kant opgaan, voordat onze kinderen zonder boardingpass proberen in te checken?'

Even later lopen ze via de vliegtuigslurf naar het vliegtuig dat hen naar Heraklion zal brengen.

'Jij mag bij het raam zitten, mama,' zegt Liza als ze door het gangpad van het toestel lopen en naar hun stoelnummers zoeken.

'Dat is lief van je,' zegt Stella. Ze opent het bagageluik en stopt de handbagage erin. Als ze zit klikt ze de riem vast. Ze kijkt naar buiten. Over vier uurtjes staan ze te wachten bij de bagageband van de luchthaven Heraklion Nikos Kazantzakis, zoals het vliegveld officieel heet. Onderweg zal ze elke minuut aftellen.

'Mama, wakker worden!'

Ze opent haar ogen.

'We zijn er bijna,' zegt Fabian, die kennelijk de schuif voor het raam weer heeft geopend. De kinderen hangen over haar heen om het uitzicht te kunnen zien. 'Kijk!'

Nog een beetje slaperig knippert ze tegen het licht. Maar ineens is ze klaarwakker. Het zonlicht schittert op het zeewater en in de verte ziet ze het eiland liggen. Haar blik glijdt naar een plek tussen de twee hoge bergtoppen in het westen. Daar ergens moet Armeni liggen. Ze krijgt een brok in haar keel. In Tilburg is ze thuis, maar een stukje van haar hart zal voor altijd aan Kreta toebehoren.